BEINAHE VERLIEBT

KYLIE GILMORE

Übersetzt von
ANNA DRAGO

Übersetzt von
KATRIN DOLLE

Beinahe verliebt: © 2015 von Kylie Gilmore

Covergestaltung: Sweet 'N Spicy Designs

Veröffentlicht von: Extra Fancy Books

Übersetzt von: Anna Drago und Katrin Dolle

ISBN-13: 978-1-64658-073-6

„Du rockst meine Welt, Bare."

Ein paar aufmunternde Worte vor einem Date konnten nicht schaden. Positives Denken und all das.

Barry Furnukle grinste sein Spiegelbild an, er stand in Boxershorts mit Kuhmuster, auf denen *Melk mich* stand, dazu weißen Tennissocken vor dem größten Date seines Lebens. Amber Lewis, die schöne Frau im Apartment auf der anderen Seite des Flurs, mit den flippigen pinkfarbenen Strähnen in ihren lockigen blonden Haaren war einverstanden gewesen, mit ihm auszugehen.

Wie konnte ein Typ wie er nur so viel Glück haben? Vier Wochen lang vorsichtige, harmlose Freundschaft und ein Kuss, der einen um den Verstand brachte. Das war wie.

Es war nicht sein üblicher, vorsichtiger Kuss gewesen. Er war absichtlich aggressiv gewesen wie der Typ in *Fleischlicher Werwolf*, einem der Liebesromane, die seine Mom im Haus hatte herumliegen lassen. Und Amber hatte es gefallen.

Er schlug zweimal mit der Faust in die Luft und legte dazu großartige Fußarbeit hin. „Siehst gut aus. Hast du trainiert?"

Er wandte sich der Rückansicht zu. *Da ist ja dieser knackige*

Hintern. Er drehte sich wieder zurück und brachte seine Arme in Position, spannte seinen Bizeps an, um seine Sixpack-Bauchmuskeln zu präsentieren. „So muss das aussehen."

Die DVD *Sixpack und Knackarsch in 30 Tagen* hatte sich ausgezahlt.

Er nahm seine Arme herunter und lockerte seinen Nacken. *Du schaffst das.* Er hatte das Date perfekt geplant. Zuerst ein Ausflug in den Naturschutzpark am Strand, wo er sein Lieblingshobby mit ihr teilen würde – Vögel beobachten. Amber war Aquarellmalerin, deswegen dachte er sich, dass sie die Schönheit der Natur bewundern würde. Vielleicht wäre sie auch so inspiriert, dass sie noch einmal (mit ihm) zurückkommen wollte, um einige Vögel zu malen. Danach würde er sie in seinen erfolgreichen Frozen Yogurt-Laden, The Dancing Cow, bringen, um dort einen Fro-Yo zu essen und für eine besondere, unterhaltsame Überraschung.

Er zog ein graues T-Shirt an, das eine Nummer zu klein war, damit es sich an seinen neu geformten Sixpack legte. Unglücklicherweise hatte Barry mit einunddreißig nicht gerade viel Erfahrung im Daten. Hauptsächlich hatte er belanglose Techtelmechtel mit Frauen aus seinem alten Softwareentwicklungsjob, die ihn hin und wieder für ihre Bedürfnisse gebrauchten. Ihm hätte eine Beziehung fallen, die über Essen von unterwegs und eine kurze Affäre hinausging, doch sobald das Wochenende vorüber war, machten die Frauen sich immer gleich wieder an die Arbeit und sahen nicht zurück.

Bei Amber wollte er wirklich, dass es anders lief – mehr als nur eine einmalige Sache – deswegen hatte er das genaue Gegenteil seines üblichen Dates geplant. Es fand morgens statt, nicht abends. Es gab nicht einmal Essen von unterwegs oder ein Abendessen. Nur Natur und Fro-Yo. Er war sich auch ziemlich sicher, dass sie nicht gleich miteinander ins Bett gehen würden, da sie einander erst noch kennenlernten. Seine vorigen Affären hatten sich erst nach monatelanger Freundschaft ergeben. Er und Amber teilten erst seit einem Monat eine solche Freundschaft.

Er wollte sie mehr, als er in seiner Vergangenheit jemals eine der Frauen gewollt hatte. Sie war eine umwerfende Frau – schön, talentiert, freundlich. Und so-oo-oo sexy.

Er stieß einen Atem aus. *Denk nicht darüber nach.* Er wollte nicht bei ihrem ersten Date einen Ständer vor sich hertragen. Darum hatte er sich bereits unter der Dusche gekümmert, damit so etwas nicht passierte.

Er zog eine Jeans an, die eng genug war, um auch seine Rückansicht zu betonen. Ja, bei Amber würde alles anders gelaufen. Sie war jetzt schon ganz anders als die Computer Freaks, auf die er sich normalerweise einließ, sowohl was das Aussehen anging als auch den Beruf, und er hatte sich große Mühe gegeben, mehr wie die Art Mann auszusehen, die ihr gefallen würde.

Er durfte das jetzt nicht vermasseln. Er schlüpfte in seine Sneaker. Er würde vorsichtig vorgehen, sie von Freunden in Liebhaber mit einer Zukunft verwandeln. Er mochte, wie sich das anhörte – Liebhaber mit einer Zukunft.

Er hauchte in seine Hand, warf das dritte Erfrischungs-bonbon des Morgens ein und ging zur Tür.

AMBER ZOG eines ihrer liebsten rosa bauchfreien Tops an, dazu einen weißen Rock und rosa Ledersandalen mit hohen Absätzen, in denen sie sich sexy vorkam und nicht so sehr wie ein Shrimp (sie war eins siebenundfünfzig). Sie hatte keine Ahnung, wie man sich für ein Date am Morgen anzog, dachte sich aber, dass das Outfit für einen wunderschönen Früh-lingstag im Mai in Connecticut perfekt war. Sie bürstete ihre langen blonden Haare mit den pinkfarbenen Strähnen durch, und dachte über die Tatsache nach, dass sie tatsächlich gleich ein Date mit Bare haben würde. Normalerweise stand sie auf heiße, kantige Typen. Jungs, die wussten, wie man Spaß hatte, wie lang auch immer der dauerte. Für gewöhnlich nicht lang, sobald sie miteinander geschlafen hatten. Was soll's. Sie hatte nie wirklich erwartet, dass einer für etwas Dauerhaftes blieb. Sie hatte ein paar etwas längere Beziehungen gehabt – sechs Monate war das längste gewesen – doch die Sache mit heißen, kantigen Typen war, dass sie in Beziehungen ätzend waren. Die meisten hatten sie betrogen. Verdammt, wahrscheinlich alle.

Sie trug ein wenig Mascara auf und dachte an Bare mit seinem zerzausten aschblonden Haar und den grellen Hawaiihemden. Er war … süß, ein wenig nerdig, ein netter Typ. Und ein guter Freund.

Der einzige Grund, weswegen sie einem Date zugestimmt hatte, war dieser umwerfende Kuss gewesen, den sie in der Waschküche miteinander geteilt hatten, als sie, während des Schleudergangs, oben auf der Waschmaschine gesessen hatte. Bare hatte sie mit diesem Schritt wahnsinnig überrascht. Sie hatten ein Rollenspiel gemacht, um zu üben, wie man eine Frau in einer Bar anbaggert, als er ihren Kopf gepackt und sich rangemacht hatte. *Gewagt, Bare.*

Und jetzt war sie kurz davor, mit ihrem guten Freund auf ein Date zu gehen. Sie war merkwürdig ruhig, gar nicht so aufgeregt wie sonst bei einem ersten Date, weil sie Bare einfach schon so gut kannte. Seitdem er vor einem Monat auf der anderen Seite des Flurs eingezogen war, hatten sie oft Zeit miteinander verbracht. Und an vielen Abenden hatte sie sich an ihn gekuschelt, während sie sich im Fernsehen ihre Lieblingsshow *Zombie Bonanza* ansahen. Sie fühlte sich sicher bei ihm.

Das konnte ein sehr langweiliges Date werden.

Sie hoffte nur, dass, wenn es mit ihnen nicht klappte, sie immer noch Freunde sein konnten. Sie würde es wirklich vermissen, mit ihm rumzuhängen.

BARRY KLOPFTE AN AMBERS TÜR. Sie sprang auf, und ihm fiel die Kinnlade herunter. Amber trug ein bauchfreies rosa Top mit einem kurzen weißen Rock und Schuhe mit hohen Absätzen. Er betrachtete die goldene Haut ihrer Taille, wo ein sexy, winziger Diamant-Bauchnabelstecker ihn anglitzerte. Ihre schlanken Beine wurden in diesen hohen Schuhen perfekt präsentiert. Seine Erektion drückte schmerzhaft gegen seine enge Jeans und erinnerte ihn daran, dass es sechzehn Monate, drei Wochen und drei Tage her war, seitdem er das letzte Mal eine Freundin gehabt hatte. Diese Jeans war in Ambers Nähe gefährlich.

„Ich muss mich umziehen", sagte er und zwang seine Stimme etwas tiefer zu klingen, um die Tatsache zu verbergen, dass die Jeans ihn in den Sopran zwang.

Sie neigte den Kopf. „Ja? Ich finde, du siehst gut aus."

„Und du siehst unglaublich aus", sagte er. „Komm rein. Es dauert nur eine Minute." Er ging zurück zu seinem Apartment und achtete darauf, einen Schritt vorauszugehen, damit sie seine Rückansicht wenigstens noch etwas genießen konnte, bevor sie in einer Jeans verschwand, in der etwas mehr Platz für sein Amber-Problem war.

Er zog sich rasch um, versuchte, seine widerspenstigen Haare zu zähmen, gab auf, und sie gingen los. Als sie nach draußen kamen, bot er ihr seinen Arm an, sie nahm ihn, und er ging mit ihr zu seinem Honda Accord.

„Also, ich war noch nie morgens auf einem Date", sagte sie. „Wie lautet der Plan? Frühstück?"

Er schüttelte den Kopf. „Etwas viel Besseres. Das ist eine Überraschung."

„Ooh, ich liebe Überraschungen."

Er schloss den Wagen auf und öffnete dann die Tür für sie. Sie starrte auf den Lautsprecher, der aufs Dach montiert war.

„Wofür ist *der* denn?", fragte sie.

„Mach dir deswegen keine Sorgen. Der muht, aber ich drücke nur auf den Knopf, wenn Familien in der Nähe sind, die vielleicht einen Fro-Yo wollen."

„Er … muht." Sie verzog das Gesicht und stieg in den Wagen.

Er schloss vorsichtig die Tür und pfiff „Summer Nights" aus dem Musical *Grease* vor sich hin. Es war Frühling, dieselbe Jahreszeit, in der er Danny Zuko in seiner Highschool-Produktion von *Grease* gespielt hatte. Damals waren die Mädchen verrückt nach ihm gewesen.

Er stieg ein und lächelte sie an. Es war so schwierig, ihr nicht zu sagen, wohin sie fahren würden. Er konnte es nicht abwarten, eines seiner liebsten Hobbys mit Amber zu teilen. Er wusste einfach, dass es ihr gefallen würde.

Sie betrachtete ihn ernst. „Bare, versprich mir, dass du ihn nicht muhen lässt, während ich im Wagen sitze."

Er lachte. „Bist du dir sicher? Die Kinder lieben es."

„Da bin ich mir sicher."

„Okay, aber dir entgeht etwas."

Er startete den Motor und fuhr vom Parkplatz.

„Wofür ist das denn?", fragte Amber und hielt sein Fernglas in die Höhe.

„Damit ich dich besser sehe", sagte er wolfsmäßig.

„Nein, wirklich."

„Das ist Teil der Überraschung."

„Sind all deine Dates Überraschungen?"

„Nun, es hat noch nicht allzu viele Dates an sich gegeben. Für gewöhnlich habe ich immer jemanden bei der Arbeit kennengelernt und, du weißt schon, etwas mit ihr rumgehangen." Er sah zu ihr hinüber. „Ich bin ein wenig eingerostet, aber wenn du etwas Geduld mit mir hast, glaube ich, wird es dir gefallen."

„Ich bin ganz in deinen Händen."

Er grinste. „Das hör ich gern."

Kurz darauf bog er in den Nationalpark, den er am Long Island Sound so gerne besuchte. „Da sind wir."

„Ooh, der Strand! Wie romantisch! Laufen wir barfuß durch den Sand und machen ein Picknick?"

Er nahm sich das Fernglas. „Viel besser als das. Komm schon!"

Er führte sie zu den Naturpfaden entlang dem Salzwassersumpf. Am Beginn des Wegs blieb er stehen. „Du darfst dich nur ganz langsam bewegen und keine lauten Geräusche machen —"

„Meinst du so? Ooh, Bare, ja, genau da!"

Er wurde steinhart. Alle zusammenhängenden Gedanken verließen ihn, als er sich vorstellte, wie Amber ihn ritt, sein Name auf ihren Lippen.

Sie schlug ihm auf den Arm. „War nur ein Scherz! Ich mache kein Geräusch."

„Gut", krächzte er.

Mit dem Fernglas in der Hand führte er sie dorthin, wo er das letzte Mal, dass er hier gewesen war, das Schwarzkopfmeisennest entdeckt hatte. Er sah durch seine hochauflösenden Linsen und reichte dann das Fernglas an sie weiter.

Sie hielt es an ihre Augen, ein Auge kniff sie dabei zu. „Und was sehe ich mir da an?"

„Du darfst nicht die Augen zusammenkneifen. Schau ganz normal. Das ist ein Schwarzkopfmeisennest. Etwas früh dieses Jahr. Wirklich ein ganz erstaunlicher Fund."

Sie sah noch einmal hin. „Oh! Ja, da sind sie ja." Sie reichte ihm das Fernglas zurück. „Alles klar."

„Das war's? Findest du nicht auch, dass das etwas Besonderes ist?"

„Na ja ... müssen die denn nicht Nester bauen?"

„Doch, aber man sieht sie selten so früh und dann noch so nah am Weg. Der Anblick ist fantastisch."

Sie nickte, hatte die Lippen eingezogen. Barry versuchte, seinen Zorn zu mäßigen. Er hatte gedacht, jemand wie

Amber, mit einer Künstlerseele, würde die Schönheit der Natur zu schätzen wissen.

„Lass uns weitergehen." Er führte sie weiter den Weg entlang. Die Sonnenstrahlen lugten durch die Zweige der Bäume. Vogelzwitschern lag in der Luft. Eine leicht salzige Brise rauschte durch die Blätter. Es war atemberaubend, großartig, der beste Morgen, um Vögel zu beobachten.

Plötzlich blieb er stehen und legte einen Finger an die Lippen. Dann sah er durch das Fernglas und lächelte. „Sieh nur, ein Rotschwanzbussard", flüsterte er und reichte ihr das Fernglas.

Sie sah hindurch. „Cool." Nur, dass sie wirklich gelangweilt klang.

„Gefällt dir die Vogelbeobachtung nicht?", fragte er.

„Vögelbeobachtung?", fragte sie. Sie lachte. „Das machen wir also gerade? Ich wusste nicht, dass es einen Namen dafür gibt."

„Das ist ein sehr beliebtes Hobby", sagte er defensiv. „Ich dachte, du magst Vögel."

Sie hatte gesagt, dass sie Vögel mochte. Das hatte er sie gleich gefragt, als er sie kennengelernt hatte.

„Ich find sie okay, nur nicht ... als Hobby."

„Sollen wir gehen?"

„Nein, nein. Ich war ja mit einem Date mit dir einverstanden. Mach weiter."

„In Ordnung", sagte er mutig.

Sie verbrachten die nächste Stunde damit, Vögel zu beobachten, und während Barry begeistert war, dass einige Vögel in die Gegend zurückgekehrt waren, und besonders fasziniert von dem seltenen Anblick eines Braunbrustwaldsängers, spürte er, dass es Amber überhaupt keinen Spaß machte. Er hatte wirklich geglaubt, die Schönheit der Vögel würde Amber inspirieren. Er gab auf, als er sie dabei erwischte, wie sie eine Nachricht schrieb, als er sich begeistert, weil er einen Bobolink gesichtet hatte, zu ihr umdrehte.

„Wollen wir gehen?", fragte er.

„Wenn du möchtest", sagte sie.

Er nickte und steckte sein Fernglas wieder an die Halterung an seinem Gürtel. „Ich bin so weit."

Sie nahm seine Hand, und er machte sich neue Hoffnung. Vielleicht lief das Date ja doch nicht so schlecht.

„Lass uns etwas am Strand entlanglaufen", sagte sie.

„Klar."

Als sie am Sand ankamen, schlüpfte sie aus ihren hohen Schuhen. Ohne Schuhe war sie gleich zehn Zentimeter kleiner und ging ihm gerade mal bis zur Brust. Er war eins dreiundachtzig, daher waren die meisten Frauen kleiner als er, doch Amber war so winzig, dass er sie am liebsten einfach so hochheben und herumwirbeln wollte. Er zwang sich, seine Hände in seinen Taschen zu halten. Er wusste, dass er sich manchmal etwas hinreißen ließ.

Er grinste. „Ohne deine Absätze bist du wirklich winzig."

„Ich bin eins siebenundfünfzig."

„Für eine Frau ist das unter dem Durchschnitt", sagte er.

„Himmel, danke! Ich liebe es, unterdurchschnittlich zu sein. Möchtest du auch noch mein Alter oder mein Gewicht kommentieren?"

Er sah sie mit zusammengekniffenen Augen an. „Fünfundzwanzig und einhundert Pfund?"

Sie schüttelte den Kopf. „Achtundzwanzig und, ja, lass uns bei dem Gewicht bleiben."

„Ich hätte nicht antworten sollen, oder?"

Sie lachte. „Ich verzeihe dir, weil es ein Kompliment geworden ist."

Er wischte sich dramatisch über die Stirn. „Das war knapp. Da bin ich dir um drei Jahre und eine Menge schwerer Muskeln woraus." Er spannte seinen Bizeps an, der nicht wirklich erwähnenswert war.

Sie kicherte. Es gefiel ihm, dass sie über seine Witze lachte.

In behaglichem Schweigen gingen sie am Strand entlang.

Amber blieb stehen, sah zum Wasser und atmete einmal tief ein und aus. Er beobachtete eher sie als das Meer, denn sie war unendlich viel schöner.

Plötzlich drehte sie sich zu ihm um und lächelte. „Danke, dass du mich hergebracht hast. Das war schön."

„Ich war mir nicht sicher ..." Er sprach nicht weiter, als sie sich auf Zehenspitzen stellte und ihm einen Kuss auf die Wange gab.

Sie lächelte zu ihm auf. „Was kommt als Nächstes?"

Ein Kuss auf die Lippen wäre der natürliche nächste Schritt, doch musste er sie vorwarnen, ehe er das versuchte, oder —

„Du denkst viel zu viel nach", sagte sie grinsend. „Gibt es noch mehr bei diesem Date oder nur den Strand?"

Er schüttelte den Kopf. „Ach, ich dachte ... ja, es gibt noch mehr." Er nickte einmal. „Wollen wir gehen?"

„Ich bin so weit."

Er hielt ihr seinen Arm hin und führte sie zu seinem geparkten Auto zurück, wobei er dachte, er könne sich an das Gefühl von Amber an seinem Arm gewöhnen. Nächster Halt — The Dancing Cow!

AMBER WAR IMMER OFFEN für alles. Okay, die Sache mit den Vögeln war etwas ungewöhnlich für ein Date, aber das war schon okay. Und doch, als Bare sie ins The Dancing Cow brachte, fragte sie sich allmählich, weswegen sie diesem Date zugestimmt hatte. Die limettengrünen Melamintische, die rosa gepolsterten Stühle und der lange Tresen mit den leuchtend gelben Hockern waren in Ordnung, obwohl alles auf der Farbskala ein wenig zu sehr in Richtung Neon ging. Bauernhofszenen mit grünen Hügeln und Kühen an den Wänden – auch in Ordnung.

Sich selbst eine Schüssel Frozen Yogurt mit Oreos als spätes Frühstück zu nehmen – cool.

Dass Bare sie mitten in diesem unruhigen Laden voller fröhlicher Familien mit kleinen Kindern absetzte – gar nicht cool.

Es war fast Mittag, und da sie immer noch nichts gegessen hatte, setzte sie sich mit ihrem Fro-Yo an den Tresen und fragte sich, was das für ein Mann sein musste, der ein Date mit in seinen Fro-Yo-Laden nahm und sie dann nach einem schnellen „ich muss mich hinten um etwas kümmern" allein essen ließ.

Würde er überhaupt jemals zurückkommen? Sie hatte ihren Fro-Yo schon halb auf. Sie winkte einer Familie zu, die sie aus der Clover Park Elementary kannte, wo sie Kunst unterrichtete. Wenn Bare arbeiten wollte, konnte sie genauso gut nach Hause gehen. Doch dann erfuhr sie, warum er verschwunden war. Und es war viel schlimmer als von fröhlichen Familien umgeben allein dazusitzen und Fro-Yo zu essen.

Die Lichter begannen zu flackern, und eine Discokugel drehte sich. Und dann, um Gottes willen, tauchte Bare auf und legte mitten im Laden in einem Kuhkostüm einen Irish Jig hin. Vor Lachen wäre sie beinahe von ihrem Hocker gefallen.

Er reichte ihr eine schwarzgerahmte Brille mit riesigen blauen Augen auf der Linse, die blinzelten, wenn man sie bewegte. „Ich hoffe, du hast ein muh-tastisches Date", sagte er lächelnd.

„Ähm ..."

Er wartete nicht auf eine Antwort. Das hier war auf jeden Fall das verrückteste Date, bei dem sie je gewesen war. Er tanzte durch den Laden und verteilte Brillen an alle Kinder. Sie legte ihre auf den Tisch. Mehrere Eltern sahen zu ihr hinüber, nickten und lächelten. Was sagte er da über sie? Ihre

Wangen brannten. Einige dieser Eltern musste sie bei Schul-
veranstaltungen sehen.

Das hier wurde allmählich wirklich peinlich, dabei war sie
nicht einmal diejenige, die in einem Kuhkostüm hier
herumtanzte.

Und dann plötzlich packte er ihre Hand, zog sie mitten in
den Laden und tanzte mit ihr einen schnellen Tango von einer
Seite zur anderen, wobei sein riesiger Kuheuter sich zwischen
sie drückte. Jetzt war es ihr nicht mehr peinlich, sie fühlte sich
gedemütigt, als sie das Kichern und Flüstern der Eltern hörte,
von denen sie wusste, dass sie sie in der Schule wiedersehen
würde. Sie wollte sich gerade schon von ihm losreißen, als er
sie an der Taille packte, sie hochhob und herumwirbelte.

Sie schlug ihm auf den Arm. „Lass mich runter", zischte
sie.

Grinsend setzte er sie ab. „My Lady."

Langsam zog sie sich zurück und sah entsetzt zu, wie ein
dicker Junge allzu aufgeregt mit dem Bauch gegen die
tanzende Kuh stieß, als Bare ihr noch hinterher sah. Bare
verlor die Balance und stolperte gegen einen Tisch voller
Vorschulkinder. Fro-Yo und Süßkram flogen in alle Richtun-
gen. Die Kinder begannen zu weinen. Bare rutschte immer
wieder auf dem Fro-Yo aus.

„Könnte mir mal jemand helfen?", rief Bare.

Einer der Dads half ihm hoch. Amber eilte herbei. „Geht
es dir gut?" Sie sah sich sein eben noch weißes Kostüm mit
den schwarzen Flecken an, das jetzt mit Rosa, Orange und
Braun bedeckt war. „Dein Kostüm ist ruiniert."

Bare sah an sich hinunter. „Kein Problem. Ich bin mir
sicher, dass die Trockenreinigung das rausbekommt." Er zog
in Richtung der weinenden Kinder eine Grimasse und sagte
den Eltern: „Sie können sich nehmen, was sie wollen, auf
Kosten des Hauses. Ich lass das hier im Nu aufräumen."

Er ging hinter den Tresen und schickte einen Ange-
stellten im Teenageralter los, um den Boden zu putzen.

Amber gesellte sich hinter dem Tresen zu ihm, und nahm sich ein paar Servietten, um ihm dabei zu helfen, das triefende Zeug so gut sie konnte von seinem Kostüm zu bekommen.

Bares Mund formte sich zu einer flachen Linie, während auch er damit beschäftigt war, alles wegzuwischen. „Nicht nötig. Geh du nur zurück und genieß deine Süßigkeit."

„Lass uns dir das ausziehen", sagte sie.

Er ließ den Kopf hängen und schlurfte in ein Hinterzimmer. Sie zog den Reißverschluss des Kostüms hinten am Rücken auf und half ihm dabei, es auszuziehen, ohne auch noch die Kleidung, die er darunter trug, zu ruinieren.

„Meine Mutter hat mir das Kostüm genäht", sagte er leise. „Sie war so stolz, als ich mein eigenes Geschäft eröffnet habe. Das war das erste Mal, dass ich etwas gemacht hatte, was sie wirklich genießen konnte. Sie mag Technik nicht."

Ambers Herz zog sich zusammen. Bare war Softwareentwickler und hatte eine ziemlich coole App erfunden. Seine App, Giggle Snap, war wahnsinnig beliebt. Auf der ganzen Welt nutzten die Leute sie, um Geräusche miteinander zu teilen. Sie wusste ziemlich gut, wie es war, gut in etwas zu sein, das die eigene Familie einfach nicht verstand. Sie war in einer Physikerfamilie aufgewachsen – ihr Dad, ihre Stiefmutter und ihre Halbschwester – die ihre Malerei für eine vollkommene Zeitverschwendung hielten. Ihre leibliche Mutter, eine Künstlerin, hatte sie bei der neuen Familie ihres Vaters abgesetzt, als Amber dreizehn war, damit sie nach Paris reisen konnte, um sich selbst zu finden. Amber dachte sich, sie habe sich wohl nie gefunden, denn seitdem hatte sie sie nicht mehr gesehen.

„Wir kriegen das schon hin", sagte sie. „Lass es uns einweichen, damit die Flecken nicht bleiben."

Bare brachte das Kostüm zum Waschbecken, legte den Stöpsel hinein und füllte es mit Wasser. Dann gab er etwas Spülmittel hinein. Sein ohnehin schon zerzaustes Haar fiel ihm in die Stirn, als er auf sein ruiniertes Kostüm hinuntersah.

„Nicht gerade ein tolles Date, wie?", fragte er.

„Es war etwas ... das man nicht vergisst." Sie suchte nach etwas Nettem, das sie sagen konnte. „Einzigartig."

Er drehte sich zu ihr um. „Ich glaube, wir sollten einfach ... Ich weiß nicht. Aufhören."

Sie nickte. „Ich glaube, wir haben genug gemacht. Da hast du eine Menge Date in einen einzigen Morgen gepackt."

„Komm, ich bringe dich nach Hause."

Sie protestierte nicht dagegen, sondern folgte ihm einfach zum Parkplatz. Sie wollte Bares Gefühle nicht verletzen, doch allmählich meinte sie, dass der Schleudergang der Waschmaschine wohl mehr mit diesem umwerfenden Kuss zu tun hatte als er. Sie waren einfach so ... verschieden. Na ja, klar, sie mochten beide *Zombie Bonanza*, doch abgesehen davon ... hatten sie nicht viel gemeinsam. Sie war Aquarellkünstlerin/Kunstlehrerin, und er war ein brillanter Computertyp, der nebenher noch einen Fro-Yo-Laden betrieb. Künstler und Techniker passten einfach nicht gut zusammen. Man musste sich ja nur sie und ihre Familie ansehen.

Bare war auf der Fahrt zurück zu ihrem Apartmentgebäude ungewöhnlich still. Sie versuchte, ihn dazu zu bringen, über ihre Lieblingssendung zu reden, doch seine einsilbigen Antworten sagten ihr, dass er immer noch wütend darüber war, dass sein Kostüm ruiniert war.

Er begleitete sie zur Tür. „Darf ich dir einen Abschiedskuss geben?"

Es war süß von ihm, zu fragen, aber ... Sie meinte einfach nicht, dass das zwischen ihnen funktionieren würde. „Ich glaube, wir sind besser dran, wenn wir nur Freunde bleiben."

Er ließ die Schultern hängen. „Oh! Ja." Er trat einen Schritt zurück. „Klar, verstehe."

Sie stieß einen erleichterten Seufzer aus. „Tust du das?

Großartig! Denn ich fände es wirklich schrecklich, nicht mit dir befreundet zu sein."

„Ja, ich auch."

Sie lächelte und war froh zu sehen, dass er zurücklächelte.

„In Ordnung. Ich seh dich dann später."

Sie öffnete die Tür zu ihrer Wohnung. Er drehte sich um und ging in sein eigenes Apartment. Das war ja besser gelaufen, als sie gehofft hatte. Gut. Sie hatten es versucht, es hatte nicht funktioniert, kein dauerhafter Schaden.

2

Amber ging wieder zu ihrer normalen Routine über, brachte tagsüber unerzogenen Kindern Kunst bei und malte abends und am Wochenende Aquarelle. Auf der eArt-Website hatte sie schon viele ihrer Bilder verkauft, doch wenn Bare nicht da war, um sich die guten Neuigkeiten erzählen zu lassen, war es nicht mehr so aufregend wie es das mal gewesen war. Bislang hatte sie immer an dieselbe Frau namens Susan Dancy verkauft, doch sie hoffte, auch andere würden sich bald für sie interessieren.

Ihr Date war nun schon eine Woche her, und allmählich machte sie sich Sorgen, sie würde ihn nie wiedersehen. Es war so schön gewesen, direkt auf der anderen Flurseite einen Freund zu haben, der fast jeden Abend vorbeikam. Sie war mit der Erwartung in das Date gegangen, es würde langweilig und sicher werden, und war beschämt daraus hervorgegangen, doch auch überzeugt von ihrer Entscheidung, dass sie besser nur Freunde blieben.

Und was war mit diesem Kuss?, fragte die unanständige Amber in ihr. Es war wirklich ein guter Kuss gewesen.

Sie hatte sich beim Mittagessen in der Lehrerkantine der Clover Park Elementary ihrer Freundin Steph Moore anvertraut, einer Lehrerin des fünften Schuljahrs. „Meinst du, Bare ist wütend? Er hat gesagt, für ihn wäre es okay, wenn wir nur befreundet blieben, aber seitdem habe ich ihn überhaupt nicht mehr gesehen. Normalerweise würde er vorbeikommen, fast jeden Abend, wenn er nicht gerade Spätschicht in seinem Laden hat."

Steph dachte darüber nach, während sie auf einer Babymöhre herumkaute. „Vielleicht braucht er nur etwas Zeit. Er ist mit dir zu einem Date gegangen, und du hast ihn zurückgewiesen."

Amber dachte daran, dass er sie gefragt hatte, ob er ihr einen Abschiedskuss geben dürfe. Vielleicht hätte sie ja sagen sollen. Vielleicht war es jedoch nicht der Schleudergang gewesen, der ihren vorigen Kuss so großartig hatte sein lassen. Nur, weil sie keine Gemeinsamkeiten hatten, ist das nicht, dass sie keine körperliche Beziehung miteinander haben konnten. Nein, sie wollte nicht, dass es so mit Bare war. Er hatte etwas Besseres verdient als nur eine Bettgeschichte. Sie hoffte, er würde jemanden finden, der es wirklich zu schätzen wusste, was für ein großartiger Typ er war. Jemanden, der wirklich Vögel und tanzende Kühe mochte.

Liz O'Hare, eine Lehrerin des dritten Schuljahrs kam herbei gewatschelt und drückte sich auf einen Stuhl. Ihre Freundin sah aus, als würde sie bald platzen, sie war mit Zwillingen fast im achten Monat schwanger. „Isst du das noch?", fragte sie Amber und sah auf ihren kleinen Babybel-Käse hinunter.

Amber reichte ihn ihr. Die Frau aß für drei.

„Danke!" Liz packte ihr Mittagessen auf dem Tisch aus – Hühnchensandwich mit Salat und Tomaten, Salat mit kleingeschnittenem Eiweiß obendrauf, Erdbeeren, eine Thermoskanne Milch und Ambers Käse.

„Was habe ich verpasst?", fragte Liz mit dem Mund voller Sandwich.

„Amber hat den Typen verloren, von dem sie *behauptet*, dass sie nicht an ihm interessiert ist", sagte Steph.

„Barry?", fragte Liz. „Der ist nett."

„Ganz genau", sagte Amber. „Er verdient jemanden, der ebenfalls nett ist und ihn zu schätzen weiß."

„Du bist doch einigermaßen nett", sagte Steph.

„Himmel, danke!", erwiderte Amber.

„Ich sehe das Problem nicht", sagte Steph. „Er ist nett, ihr versteht euch gut, also was soll's schon, wenn er Vögel und Kühe mag." Sie presste die Lippen aufeinander und fügte mit der Stimme bitterer Erfahrungen hinzu: „Das ist besser, als das, worauf andere Typen so stehen."

Liz tupfte mit einer Serviette über ihren Milchschnurrbart. „Ich weiß irgendwie, was Amber damit meint, dass jemand ihn würdigen muss. Er ist ein wenig … ungewöhnlich."

„Genau!", sagte Amber.

„Er meint es gut", fuhr Liz fort. „Aber er ist definitiv nicht das, was man sich von einem festen Freund erträumt." Sie biss in ihr Sandwich und kaute. „Nicht der Typ, für den man eine Weile schwärmt und in den man sich dann Hals über Kopf verknallt." Sie lächelte verträumt, vermutlich dachte sie an ihren eigenen Traumtypen, ihren Ehemann Ryan.

Amber war bereit zuzugeben, dass Bare nicht in derselben Liga heißer Typen mitspielte wie Ryan, aber er hatte doch auch seine guten Qualitäten, und es gefiel ihr gar nicht, dass Liz so von ihrem Freund sprach.

„Du musst ihn nur besser kennenlernen", sagte Amber. „Er ist ein netter Typ. Und auch klug."

„Dann treib's mit ihm", sagte Steph grinsend.

„Stephanie!", sagte Liz. „Du bist so grob."

Steph zuckte mit einer Schulter. „Entweder will sie oder nicht. Wenn nicht, dann eben für immer Freunde. Ist doch keine Wissenschaft."

Amber nahm einen Schluck von ihrem Eistee und dachte

darüber nach. „Da gab es diesen einen unglaublichen Kuss ..."

Liz kicherte.

Ambers Blick zuckte zu ihr. „Was ist denn so lustig daran?"

„Es ist nur schwer, sich das vorzustellen", sagte Liz. „Weißt du, Barry, der in diesem Kuhkostüm herumtanzt ..." Sie kicherte. „Und dann küssen ..."

Amber dachte an jenen Kuss zurück. „Nun, es war schon nett", sagte sie abwehrend. „Natürlich saß ich auf der Waschmaschine, und der Schleudergang war an."

Liz brach in Lachen aus, eine Hand auf ihrem riesigen Bauch.

„Schhh!", zischte Amber.

Liz sah zerknirscht aus und versuchte, sich das Lächeln zu verkneifen. „Ich hätte nicht lachen dürfen. Tut mir leid."

„Wir haben jetzt lang genug über diesen Typen gesprochen", sagte Steph. „Küss ihn noch mal ohne Schleudergang. *Boom.* So einfach ist das."

Amber ging an diesem Tag nach der Arbeit nach Hause, immer noch unsicher, was sie wegen Bare unternehmen sollte. Wenn sie ihn noch einmal küsste und es nicht großartig war, würde sie ihn damit ermuntern? Dann würde sie ihn wieder abweisen müssen und erneut seine Gefühle verletzen. Nein, besser abwarten. Er würde sich ihr gegenüber schon wieder erwärmen. Bald, hoffte sie.

Sie griff nach ihrer Wohnungstür und stieß den Atem aus. Dort stand ein Picknickkorb mit einem Strauß in einer Vase darauf. Doch der Strauß waren keine Blumen, es waren Pinsel. Sie bückte sich. Zobelpinsel, die beste Qualität, ein Dutzend davon in verschiedenen Größen. Oh mein Gott! Vorsichtig stellte sie die Vase beiseite und öffnete den Picknickkorb. Eine Flasche Merlot, Cracker und verschiedene Käsesorten. Alle ihre Lieblingskäsesorten – Cheddar, Monterey Jack, Gouda, Havarti, Babybel. Sie liebte Käse.

Lächelnd schloss sie den Korb. Es gab nur eine Person auf der ganzen Welt, die ihr etwas so Überlegtes schenken würde. Sie klopfte an Bares Tür und hielt den Block Monterey Jack in die Höhe. Die Tür schwang auf. „Ich hab den Käse."

Er lächelte und nickte. Er trug ein grelles rotes Hawaii-hemd, und sie versuchte, sich davon nicht ablenken zu lassen.

„Und die Pinsel", sagte sie. „Ich fasse es nicht, dass du an die Zobelpinsel gedacht hast. Und den Wein, ach, einfach an alles!" Sie schüttelte den Kopf in seine Richtung. „Was soll ich mit dir nur tun?"

Seine Stimme senkte sich, wurde fast zu einem Knurren, bei dem alle ihre guten Partien zu feiern begannen. „So viel wie möglich, hoffe ich."

Aufgepasst, die unanständige Amber hat jetzt das Sagen.

Sie befeuchtete sich die Lippen und überlegte, ob sie die Nicht-Schleudergangkusstheorie testen sollte. Ihr Blick fiel auf seinen Mund. Er hatte hübsche Lippen, glatt und voll, ständig zu einem Lächeln verzogen. Wie jetzt.

„Möchtest du es noch einmal probieren?", fragte er.

Sie sah ihm in die warmen braunen Augen. „Ich habe darüber nachgedacht", gab sie zu.

Wäre der nächste Kuss auch nur annähernd wie der erste, würde sie liebend gern jedes Wochenende mit ihm Vögel beobachten, nur, um mehr zu bekommen.

„Wie wäre es mit Samstagabend?", fragte er. „Dieses Mal planst du das Date. Was immer du gerne tun möchtest."

Oh! Er meinte ein Date. *Nun krieg mal deine Gedanken aus der Gosse.*

„Ja, okay, klar." Wieder sah sie auf seinen Mund. Vielleicht sollten sie einander einfach jetzt küssen, um zu sehen, ob es den ganzen Aufwand mit einem weiteren Date wirklich wert war. „Ich habe mich gefragt", wagte sie sich vor, „ob wir viel-leicht versuchen sollten –"

„Den Käse?", fragte er. „Ich hatte so das Gefühl, dass du

das sagen würdest. Ich habe das Abendessen übersprungen, also könnte ich loslegen."

„Ja, okay", sagte sie rasch.

Sie teilten sich ein Picknick an ihrem Sofatisch im Wohnzimmer, während sie sich ihre Lieblingssendung *Zombie Bonanza* ansahen. Eine Weile später wurde Amber von dem Wein und der Wärme seines Körpers neben ihrem schläfrig und rollte sich an seiner Seite zusammen, wie sie es oft tat, wenn sie gemeinsam fernsahen. Er legte einen Arm um sie und hielt sie an sich. Sie atmete seinen frischen Ozeanduft ein. Sie wusste nicht, ob es sein Deo oder sein Parfum war oder einfach die vielen Besuche am Strand, doch sie liebte diesen Duft.

Sie war froh, Bare zurückzuhaben, auch wenn sie nicht wusste, wie lange er letzten Endes in ihrem Leben bleiben würde. Es hing alles davon ab, so vermutete sie, wie gut ihr nächstes Date lief. Sie gähnte. Er hatte sie gebeten, das Date zu planen. Sie würde ihm zeigen müssen, was wirklich Spaß machte. Vielleicht war es das, was bei ihrem ersten Date falsch gelaufen war. Er hatte doch gesagt, dass er eingerostet war. Sie würde mit ihm in einen Club gehen. Dort würden sie etwas trinken und es auf der Tanzfläche krachen lassen. Ein Date im Club wäre der Hammer.

3

Das Date im Club war kein Hammer. Na ja, genau genommen war es das fast.

Es fing vielversprechend an. Der permanente Bass fühlte sich vertraut an, als Amber ihren Lieblingsclub, The Bohemian, in South Norfolk betrat. Es gab eine riesige Tanzfläche, einen Tresen, geschmückt mit einem violetten Baldachin aus Gaze darüber und statt Stühlen riesige Sitzsäcke, um darauf herumzuhängen.

„Hat so einen Sechzigerjahre Vibe hier", kommentierte Bare. „Mir gefällt das. Natürlich, wenn ich gewusst hätte, dass es ein Sechzigerjahre-Motto hat, hätte ich mein Batikhemd und die Schlaghose meines Dads angezogen."

Sie versuchte, ihren angewidert entsetzten Blick hinter einem schnellen Lächeln zu verbergen. „So wie du bist, siehst du großartig aus."

Wie jemand, der gerade an einem Casual Friday von der Arbeit gekommen war – blaues Hemd und khakifarbene Hose. Sie *hatte* ihn, was den Club anging, vorgewarnt.

Er strahlte sie an. „Du siehst auch großartig aus. Mir gefallen deine schenkelhohen Stiefel und das, ähm, bauchfreie Top."

„Bustier. Danke!" Sie hatte sich gedacht, warum hatte sie ihren Bauchnabel piercen lassen, wenn sie ihn nicht präsentieren konnte" „Möchtest du was trinken?"

„Klar."

Sie schoben sich durch die Menschenmenge und bahnten sich einen Weg zur Bar.

„Screaming Orgasm?", fragte er, als sie dort ankamen.

„Ja, bitte", sagte sie mit ernstem Gesicht. Das war der Drink, den sie an ihrem ersten Abend, den sie gemeinsam verbracht hatten, geteilt hatten. Bare sprach es oft auf seine scherzhafte Art an.

Seine Lippen zuckten. „Ich nehme dasselbe."

Als sie ihre Getränke hatten, blieben sie noch eine Weile an der Bar und setzten sich nebeneinander auf Hocker. Bare durchlöcherte sie mit Fragen zu ihren neuesten Aquarellen. Sie konnte mit der Nachfrage nach ihrer Kunst auf eArt kaum mithalten. Es war aufregend. Es gefiel ihr, dass er sich wirklich für ihre Kunst interessierte – er war ihr größter Cheerleader gewesen, als sie das erste Mal etwas verkauft hatte.

Sie beendete ihren Drink und drehte sich zu ihm um. „Bereit?"

Er richtete sich auf. „Wir gehen schon? Nur einen Drink und dann" – er deutete auf den Ausgang – „zur Tür hinaus."

„Nein, Dummerchen. Ich meinte, ob du bereit bist zu tanzen?"

Er sah zur Tanzfläche hinüber, wo viele Frauen und einige tapfere Jungs tanzten. Die Frauen wanden sich; die Männer strichen mit ihren Händen über ihre Partnerinnen. Amber gefiel das. Bares Kopf wackelte ein wenig, als konnte er sich nicht entscheiden, ob er nicken oder den Kopf schütteln wollte.

Sie packte seine Hand. „Komm schon."

„In Ordnung."

Sie zog ihn in die Mitte der Menge, wo er sich selbst im pulsierenden Bass und dem Rhythmus der anderen Körper, die sich an ihn drückten, verlieren konnte. Sie warf ihre Arme in die Luft und tanzte ganz frei, gab sich der Musik hin, bewegte sich in einer sinnlichen Welle.

Bare stand einfach nur da und starrte sie an. Sie tanzte näher zu ihm, so nahe, dass sie hin und wieder gegen seine Brust stieß. Er legte seine Hände an ihre Hüfte, seine Finger hielten sie ganz fest.

Sie packte seine Hand. „Lass locker. Ich muss mich bewegen."

Er ließ sie los, und sie tanzte in einem sexy Kreis um ihn herum. Er blieb stocksteif stehen, ließ sie jedoch nicht aus den Augen. Sie packte ihn wieder an der Vorderseite und sah zu ihm auf. „Komm schon, Bare, tanz mit mir!"

Er bewegte ein paarmal ruckartig den Kopf. Sie tanzte weiter und erwartete, dass er mitmachte. Plötzlich begann er einen Irish Jig. Mit der einen Hand wedelte er durch die Luft, die andere hatte er hinter dem Rücken, und seine Füße bewegten sich in einer schnellen Steppbewegung. Sie verlangsamte ihren Tanz und hatte beinahe Angst zu sehen, was er als Nächstes tun würde. Er kickte seinen Fuß zur Seite, dann den anderen. Er war anmutig, bewegte sich im Rhythmus zu irgendeinem mysteriösen irischen Song in seinem Kopf, perfekt für The Dancing Cow, aber ... überhaupt nicht richtig für The Bohemian.

Die Leute hörten auf zu tanzen, um ihn zuzusehen. Er nahm das als Ermunterung und machte weiter. Auch sie hörte auf zu tanzen und sah mit zunehmendem Entsetzen zu. Sollte sie ihm sagen, dass er aufhören sollte? Die Leute stellten sich im Kreis um ihn herum und klatschten im Rhythmus seines Jigs. Als immer mehr Leute sich vordrängten, um sich diesen merkwürdigen Tanz anzusehen, verlor sie ihn aus den Augen.

Dann spürte sie eine Hand an ihrem Rücken, und jemand wirbelte sie herum. Sie lächelte, als sie ihren häufigen Tanzpartner Carlos sah. „Hey, Fremder."

„Hey, *Chica bonita."*

„Ich hab ein Date", sagte sie und ging rasch um ihn herum, um Bare zu suchen. Sie stellte sich auf Zehenspitzen. Da waren so viele Leute. Sie konnte ihn immer noch nicht sehen, und dann packte Carlos sie und zog sie zu sich zurück. Er tanzte vor ihr, Gesicht an Gesicht, Becken an Becken, wie sie es jedes Mal taten, wenn sie einander im Club fanden. Es ging nie weiter als das. Sie tanzten, er ging zur nächsten Frau, einfach nur zum Spaß. Auch ihre Freundin Steph hatte früher mit ihm getanzt – beide jeweils an einer Seite.

Sie versuchte, um Carlos herumzuschauen, doch jetzt bewegte er sich von einer Seite zur anderen, war ihr die ganze Zeit im Weg. Sie tanzte weiter und hoffte, Bare würde früher oder später auftauchen. Endlich löste sich die Menge um Bare auf. Sie wandte sich von Carlos ab und suchte die Menschenmenge ab. Immer noch kein Bare. Carlos stellte sich hinter sie, legte eine Hand an ihren Bauch, rieb sich von hinten an ihr, nicht fest, gerade genug, um ihr zu zeigen, dass er da war. Sie hob ihre Haare, um ihren Nacken zu kühlen, bewegte ihre Hüfte im Rhythmus der Musik und hielt weiter Ausschau nach Bare. Carlos legte seine Hände an ihre Hüfte und bewegte sich mit ihr.

Sie tanzte, suchte die Menschenmenge ab und wollte gerade schon die Tanzfläche verlassen, als Carlos sie plötzlich beiseite zog und kaltes Wasser ihren Rücken traf. Sie drehte sich um. Oh mein Gott! Carlos war klitschnass, hauptsächlich im Schambereich seiner schwarzen Lederhose. Er drehte sich um, wutentbrannt, und suchte nach dem Angreifer.

„Ihr beide müsst euch mal abkühlen", sagte Bare, der einen leeren Plastikbecher in der Hand hielt.

Carlos stürzte sich auf ihn, schlug ihm den Becher aus der Hand und warf Bare zu Boden. Amber wiederum stürzte sich auf die beiden und hängte sich an Carlos' Arm, bevor er seine Faust in Bares Gesicht rammen konnte.

„Stopp!", schrie sie. „Tu ihm nicht weh!"

„Die ist aus Leder!", schrie Carlos. „Er hat sie ruiniert."

„Er wird dafür bezahlen", sagte sie.

„Von wegen", blaffte Bare. Er nutzte die Tatsache aus, dass Carlos abgelenkt war, und rollte sich von ihm davon. Dann stand er auf und beugte sich über Carlos' Gesicht. „Du hältst dich von ihr fern. Hörst du mich?"

Amber sprang ein, bevor Carlos Gelegenheit hatte, Bare zu verprügeln. Sie wusste nicht, wie Bare sich in einer Prügelei machen würde, doch Carlos hatte sie schon gesehen. Er hatte einen schwarzen Gürtel. „Es tut mir wirklich leid, Carlos, ich werde es wiedergutmachen."

Sie zerrte an Bare, bis er ihr endlich zur Tür hinaus folgte.

Die Nachtluft war kühl, und sie versuchte, sich darauf zu konzentrieren, tief zu atmen, damit sie ihn nicht anschrie. Was hatte er sich nur dabei gedacht, ausgerechnet mit Carlos einen Streit anzufangen! Der Mann war ein athletischer, muskulöser Super-Ninja-Kämpfer. Und Bare … Sie sah zu seinem verzogenen Gesicht, seinem verknitterten Hemd und der Khaki-Hose hinüber. Bare war ein netter Typ, der Irish Jig tanzte.

„Bare, ich glaube nicht, dass das zwischen uns funktioniert", sagte sie vorsichtig. „Wir sind zu verschieden. Wir sollten einfach –"

„Freunde bleiben", brachte er zwischen zusammengebissenen Zähnen hervor. „Ich weiß."

„Ich meine nur, wir passen nicht in das Leben des anderen."

Sein Kiefer verkrampfte sich. „Dem könnte ich nicht mehr zustimmen."

Dann okay. Sie gingen die Straße hinunter zu seinem Wagen. Die Anspannung strahlte von ihrem ansonsten so gut gelaunten Freund aus. Mit diesem Schweigen konnte sie nicht umgehen.

„Bist du wütend?", fragte sie.

Er blieb stehen und durchbohrte sie mit einem finsteren

Blick. „Nein, Amber, ich sehe gerne zu, wie du vor meinen Augen auf der Tanzfläche Sex mit jemandem hast."

Bei seinen harschen Worten zuckte sie zusammen. „Ich hatte keinen Sex mit Carlos."

„Ihr habt alles getan, was man angezogen tun kann", sagte er und grinste spöttisch. „Wie nennt man das denn sonst?"

„Ich nenne es tanzen, du Idiot! Und ich hätte mit dir so getanzt, wenn du nicht so beschäftigt damit gewesen wärst, deinen verrückten Irish Jig aufzuführen."

Er lachte humorlos. „Nun, ich bin wirklich froh, dass du mit Carlos *getanzt* hast. Damit hast du wirklich meinen Abend gerettet."

„Sprich nicht so mit mir, du selbstgerechter, verkrampfter … Vogelkuhmann."

„Amber …" Seine Stimme war ein tiefes Grollen, bei dem ihr Herz wie verrückt schlug. „Ich werde dich nicht teilen."

Sie erholte sich wieder schnell. „*Mich teilen?* Ich bin nicht *mit ihm* zusammen. Und ich bin auch nicht mit dir zusammen!"

„Offensichtlich nicht, sonst hätten wir nicht solch eine Szene gehabt."

Er marschierte zum Wagen und öffnete ihr die Tür. Sie stieg ein und schlug sie selbst zu.

Sie fuhren schweigend nach Hause.

4

Drei Wochen später …

Barry lebte immer noch in seinem unfreiwilligen Zölibat und vermisste Amber wie verrückt. Klar, er hatte gewusst, dass er nicht Ambers üblicher Typ war, doch er hatte sich Mühe gegeben. Hatte er nun einen Sixpack und einen Knackarsch oder nicht? Und sie hatten immer Spaß miteinander. Zumindest hatten sie das gehabt, bevor sie zu einem Date gegangen waren. Sie hatte sein Date gehasst, und er hatte ihres gehasst. Jeder heißblütige Typ hätte es gehasst, zuzusehen, wie sein Date an einem anderen Typen hing. Dafür konnte sie ihm keine Vorwürfe machen. Doch er wusste immer noch nicht, was an seiner Vorstellung eines Dates verkehrt war. Okay, sie war nicht gerade verrückt auf Vögel, doch der Strand hatte ihr gefallen. Und dann später in seinem Laden, na ja, er hatte ihr sein erfolgreiches Geschäft zeigen wollen und dass sie ihn mit all den Kindern sah. Die Kinder liebten die Kuh. Er musste schon zugeben, sein spektakulärer Sturz, bei dem er am Ende komplett mit Fro-Yo bekleckert gewesen war, war für ihn nicht gerade günstig gewesen. Das schrie nicht wirklich sexy.

Er stieß einen Atem aus. Vielleicht war er einfach nur nicht cool genug für sie. Sie hatte ihn Vogelkuhmann genannt. Vögel waren wohl nicht cool, vermutete er. Und in einem Kuhkostüm zu tanzen auch nicht, ganz egal, wie viele Kinder das liebten. Vermutlich hätte er das nicht tun sollen. Manchmal übertrieb er es einfach und merkte es erst, wenn es zu spät war. Und doch war da dieser umwerfende Kuss in der Waschküche gewesen. Wie sie leise in ihrer Kehle gestöhnt hatte, wäre er dort beinahe durchgedreht. Wie konnte er das wieder geradebiegen?

Er hantierte an seiner neuen Bird-Bonanza-App auf seinem Laptop herum und versuchte, einen Bug im Programm zu beheben, durch den das Gefieder der Vögel immer vertauscht wurde. Vielleicht hätte er einfach weiter mit Amber herumhängen und sich weiter diese Show, *Zombie Bonanza*, mit ihr ansehen sollen, von der man Albträume bekam; dann hätte er Gelegenheit bekommen, sie noch einmal zu küssen. Er hasste Zombies, doch er liebte es, mit Amber auf ihrem Sofa zu kuscheln.

Doch jetzt schien Amber sich von ihm abgewendet zu haben. Zweimal war er an ihrer Wohnung vorbeigegangen, und sie hatte gesagt, dass sie zu viel mit dem Kram am Ende des Schuljahres zu tun hatte, um Zeit mit ihm zu verbringen. Er wusste, dass es das nicht war. Das Problem war er. Er hätte sie küssen sollen, als er Gelegenheit dazu gehabt hatte, all diese Abende, an denen sie sich beim Fernsehen an seine Seite gekuschelt hatte. Er hatte Angst gehabt, sie würde ihn rausschmeißen, wenn er das tat. Er fuhr sich mit einer Hand durch sein zerzaustes Haar. Warum schien er bei Amber nichts richtig machen zu können?

Jemand klopfte an seine Tür. Er sprang auf. Amber! Sie war die Einzige, die unangekündigt auftauchte. Mit einem Lächeln im Gesicht öffnete er die Tür.

„Hey, Bruderherz, kann ich eine Weile bei dir pennen?", fragte sein jüngerer Bruder Ian.

Sein Lächeln versiegte. „Klar, komm rein."

Ian ließ eine Reisetasche neben dem Sofa fallen. Sein jüngster Bruder hatte mit vierundzwanzig schon fast seinen Doktor in Computerwissenschaften am MIT in der Tasche. Doch in einer wichtigen Sache war Ian auffällig anders als Barry. Irgendwie war sein Computer-Nerd-Bruder ein Frauentyp. Und das nicht nur bei solchen, die selbst auf Computer standen, er hatte sogar in den Fachbereichen für Ingenieurswissenschaften und Physik seine Wirkung entfaltet.

„Was ist los? Was verschafft mir die Ehre deines Besuchs?", fragte Barry und ließ sich neben seinem Bruder aufs Sofa fallen.

„Das Semester ist um, und der Campus ist leer." Ian hob die Brauen. „Übersetzung: keine Bräute mehr."

„Ah! Und hast du diesen Sommer einen Job?", fragte Barry.

„Nee. Ich dachte, ich hänge einfach ein bisschen rum."

Barry nickte und fragte sich, wie lang Ian wohl in seinem Apartment „rumhängen" würde. Das würde er nicht fragen. Er konnte seinen kleinen Bruder ohnehin nicht rausschmeißen. Und er wusste, dass es ihm schwerfiel, bei all den Erinnerungen an ihren Dad dort im Haus ihrer Mom zu wohnen. Ihr Dad war vor einem Jahr gestorben, doch für Ian war es immer noch zu schmerzhaft.

„Was gibt's Neues bei dir?", fragte Ian und warf sein unordentliches, gewelltes braunes Haar aus den Augen. Sein Bruder sah immer etwas unordentlich aus. Seine Haare waren noch weniger kontrollierbar als Barrys, ganz zu schweigen von der Tatsache, dass Ian sich nicht jeden Tag überwinden konnte, sich zu rasieren, und deswegen eine dicke Schicht Stoppeln trug.

„Nicht viel", sagte Barry. „Ich arbeite an einer neuen App, Und bin immer noch im The Dancing Cow."

„Cool. Worum geht es bei der App?"

Barry erklärte seine Vogelbeobachtungs-App, von der er

hoffte, dass sie auch beim Artenschutz helfen würde, und demonstrierte ihm den Fehler, der sich immer wieder einschlich.

„Lass mich mal sehen." Ian nahm den Laptop und vertiefte sich in die Kodierung. Zehn Minuten später reichte er ihn zurück. „Repariert."

„Wirklich?" Barry sah noch einmal hin.

„Deine Rekursionsschleife griff ständig auf eine Variable zurück, die nicht einmal definiert war. Geht es dir gut?"

Das war ein dämlicher Fehler gewesen. Er konnte sich einfach nicht ausschließlich auf die Entwicklung einer App konzentrieren, wie er es gekonnt hatte, als er sich noch nicht die ganze Zeit gefragt hatte, wie er Amber zurück in seine Arme bekam.

„Ehrlich gesagt, nein." Barry atmete scharf aus. „Ich habe schon eine *unaussprechlich* lange Zeit keine Freundin mehr gehabt, und die eine Frau, die ich wirklich mag, und die übrigens auf der anderen Seite des Flurs wohnt, will nichts mit mir zu tun haben."

Ian nickte. „Du musst unbedingt mal flachgelegt werden. Verstanden. Wir besorgen dir eine Frau."

„Ich will aber Amber."

„Sicher, sicher. Willst du meinen Rat?"

Barry wusste einfach, er würde es bereuen, doch seine eigenen Ideen, wie er Amber zu seiner Freundin machen konnte, waren ein Flop gewesen. „Ja."

Ian rieb sich die Hände. „K 3 ist die Lösung. Kannst du dir vorstellen, was die drei Ks sind?"

Barry dachte angestrengt nach. „Knabberzeug, Karat, Klimax? Ich meine natürlich ihren."

Ian warf seinen Kopf zurück und lachte. „Es geht doch nicht um sie, es geht um dich. Und wofür willst du ihr Karotten geben? Frauen können es gar nicht leiden, wenn du dich verhältst, als müsste sie abnehmen. Mann, du brauchst wirklich meine Hilfe."

„Nicht Karotte, Karat, im Sinne von Diamanten–"

„Frauen wollen einen Alpha."

Barry starrte seinen Bruder an, der ebenfalls ein langes, schlankes Elend ohne Muskeln war. Barry hatte jetzt wenigstens ein paar Muskeln, dank seiner *Sixpack und Knackarsch in 30 Tagen*-Workout-DVD, und trotzdem … keine Frau.

„Alphas sind die selbstbewussten Anführer", fuhr Ian fort. „K 3 heißt Kontaktlinsen" – er deutete auf seine Augen – „Körpergefühl und Kondome."

„Ich trage keine Brille."

„Ja, das sind meine drei Ks. Deine mögen ja vielleicht andere sein." Er schob sich die Haare aus den Augen. „Aber was das Körpergefühl angeht, darum musst du dich kümmern. Und du solltest auch Kondome kaufen. Das ist so eine Tu-so-als-würdest-du's-kriegen-dann-kriegst-du's-auch-Sache."

Hmm … Kondome hatte er, doch er konnte sich auch noch mehr kaufen. Er hätte gern unendlich viel Sex mit Amber. Morgensex, Duschsex, Mittagssex, Nachmittagsfreuden, romantischer Sex bei Nacht. Rund um die Uhr Sex, im Grunde genommen. In seinem zölibatären Zustand hatte er einiges nachzuholen und seit dem Tag, an dem sie einander kennengelernt hatten, hatte er einen Ständer, wenn er an Amber dachte.

Er dachte an das andere K, das Körpergefühl. Das Thema Körpergefühl wurde in der *Cosmo* besprochen, als er online über etwas gestolpert war. Er hatte es mit dieser ganzen Fühl-dich-schön-Sache probiert, und es hatte nicht geholfen.

Barry ließ die Schultern hängen. „Es ist nicht leicht, ein gutes Körpergefühl zu haben, wenn man ständig abge-schossen wird." *Oder wenn man zusehen muss, wie ein Alpha angezogen Sex mit deinem Date auf der Tanzfläche hat,* fügte er in Gedanken hinzu.

Ian stand auf und nahm sich ein Glas Wasser. „Du musst

so tun, als hättest du es. Dann wollen sie was davon. Hast du Chips?"

„Im Schrank neben dem Kühlschrank sind Brezeln."

Ian verzog das Gesicht, nahm sie sich aber trotzdem. „Warte, ich hab's. Weißt du noch, wie die Mädchen ganz verrückt nach dir waren im Abschlussjahr, als du die Hauptrolle in *Grease* gespielt hast?"

„Ja."

Ach, diese Erinnerungen. Es waren nicht nur die Pink Ladys und Sandy nach ihm verrückt gewesen. Die Hälfte der Mädchen in der Abschlussklasse hatten für ihn geschwärmt, als er Danny gespielt hatte. So gut war er gewesen. Natürlich war er, als die Show vorüber war, wieder der übliche alte Computer-Nerd Barry gewesen. Seine Freundin, Becky, die Sandy gespielt hatte, hatte gleich nach der Dernierenfeier, am Abend der letzten Show mit ihm Schluss gemacht. Er war verliebt in sie gewesen, und sie war verliebt in Danny gewesen. Mit gebrochenem Herzen hatte er einen Monat lang zu Hause gehockt und Trübsal geblasen.

Ian sprach weiter, während sein Mund voller Brezeln war. „Mach doch so etwas in der Art."

Er fuhr sich mit einer Hand durch sein Haar. „Ich habe seit der Highschool nicht mehr Theater gespielt. Ich bin zu eingerostet."

„Du hast doch Erfahrung. Such dir einfach ein Laientheater, üb ein wenig und mach beim Casting mit." Ian schnippte mit den Fingern. „Frauen in Hülle und Fülle. Besonders, wenn es *Grease* ist."

„Vielleicht", räumte Barry ein.

„Hast du bessere Ideen?"

„Nö."

„In Ordnung, dann haben wir einen Plan. Theater gleich Körpergefühl. Ich komme um vor Hunger. Lass uns was essen gehen."

„Klar."

Sie gingen zur Tür hinaus und begegneten Amber und Daisy O'Hare, die gerade hereinkamen.

„Hi, Barry, wie geht es dir?", fragte Daisy. Sie trug ein Tanktop, das ihren schwangeren Bauch betonte, und einen fließenden Rock, der ihr bis zu den Knöcheln reichte.

„Gut. Wie geht es dir?" Er sah zu Amber, die sich gleich abwandte. Erstens, sorg dafür, dass die Frau dich ansieht.

„Wer ist denn diese hübsche Lady?", fragte Ian mit charmantem Lächeln, als er ganz nah an Daisy herantrat.

„Daisy", sagte Barry, „das ist mein Bruder Ian. Und das hier ist Amber."

Ian hatte nur Augen für Daisy. Er hob ihre Hand und küsste sie. „Ich hoffe, dich noch öfter zu sehen, meine Schöne."

Daisy hob eine Braue. Barry zog seinen Bruder von Daisy fort. „Sie ist verheiratet und schwanger. Such dir was anderes."

Daisy schüttelte den Kopf und lächelte. „Danke trotzdem, du Süßer."

„Wie geht es dir?", fragte Barry Amber.

„Gut." Ambers Ausdruck war schwer zu lesen, nicht wütend, aber auch nicht freundlich.

Ian wandte jetzt Amber seine Aufmerksamkeit zu, sein Blick ruhte auf ihrer nackten Taille. „Du bist kochend heiß. Woo!"

Ambers Augen blitzten. „Verzieh dich, Blödmann."

„Temperamentvoll, das gefällt mir", sagte Ian grinsend.

Ein Lächeln zupfte an ihren Lippen. „Ach, halt doch die Klappe", sagte sie, ohne es allzu stark zu betonen.

Barry zog seinen Bruder den Flur hinunter zur Treppe. „Wir sehen euch dann später."

Ian blieb stehen und drehte sich um. „Hey, Ladys, wollt ihr was essen gehen?"

Daisy kicherte. „Nein, danke. Bye!"

Die Brüder gingen hinunter und zum Parkplatz. Barry

wartete, bis sie im Wagen waren, bevor er seinen Bruder zusammenstauchte.

„Habe ich dir nicht gesagt, dass Amber diejenige ist, für die ich mich interessiere?", bellte er.

„Doch, und?"

„Und das war Amber, mit der du geflirtet hast!"

Er fuhr vom Parkplatz und Richtung Eastman zum Abendessen. Er hätte keine Chance bei Amber, wenn Ian sich auch an sie ranmachte.

„Das war *die* Amber?", fragte Ian. „Sie ist heiß."

„Ach was."

„Ich will dich ja nicht beleidigen, Bruderherz, aber die ist sogar nicht in deiner Liga."

„Na, schönen Dank auch!"

„Und sie wohnt auf der anderen Seite des Flurs?"

„Ja."

„Okay, wenn ich's mal probiere?"

Barry erschrak. „Nein, nicht okay, wenn du's mal probierst. Sie ist diejenige, nach der ich verrückt bin. Wage es ja nicht, sie anzugraben, Ian, sonst schwöre ich, schmeiß ich dich raus. Dann musst du bei Mom wohnen oder zurück auf den Campus, wo nirgendwo irgendwelche Weiber zu finden sind."

Ein Herzschlag verging.

„Und was ist mit Daisy?", fragte Ian.

Barry ächzte. „Welchen Teil von verheiratet und schwanger hast du nicht verstanden?"

„Sie ist superheiß."

„Wird das etwa ein Problem?"

„Ich kann nichts dafür, Bruderherz, ich liebe Frauen neben. Und die Frauen in dieser Stadt sind ziemlich gut."

„Überlass" – nur mit Mühe entkrampfte er seinen Kiefer – „Amber einfach mir."

„Kein Problem. Ich werde dein Wingman sein."

„Ich brauche keinen – "

„Doch, brauchst du. Mit ‚wie geht's dir?' wirst du nicht flachgelegt."

Barry knirschte mit den Zähnen.

„Wem sagst du das." Ian zog sein Handy hervor und begann, eine Nachricht zu schreiben.

Barry nahm einen tiefen Atemzug.

„Und schmeiß diese Hawaiihemden weg", sagte Ian. „Die sind nur auf Hawaii cool."

„Ich dachte, die wären lustig."

Ian sah auf und betrachtete das grüne Hawaiihemd mit Surfern. „Na schön. Dann trag sie halt. Ist ja dein Verlust."

Okay, na gut, dann eben keine Hawaiihemden. Ihm blieben ja noch die T-Shirts. Klar, die waren bequem, doch die hatten so gar nichts Besonderes an sich. Barry fuhr zum Ernie's Diner in Eastman, weil er befürchtete, dass Ian, wenn sie im Garner's in Clover Park aßen, sich an noch mehr verheiratete Frauen ranmachte, die ebenfalls Barrys Kunden waren. Himmel, sein Bruder war seit dem letzten Mal, dass sie miteinander rumgehangen hatten, noch schlimmer geworden. Ians Erfolg bei den Damen auf dem Campus hatte sein Ego wirklich aufgeblasen.

Nach dem Abendessen suchte Ian in seinem Handy nach Informationen über das Laientheater, während Barry fuhr.

„Ich hab's, Bruderherz. In Eastman gibt es eine Sommerproduktion von *Die Piraten von Penzance*. Frauen lieben Piraten. Du wirst startklar sein."

„Einen Piraten zu spielen klingt lustig. Ja, das könnte ich tun."

„Nicht einfach einen Piraten. Du, mein Freund, wirst der Piratenkönig sein!"

Er hob eine Braue. „Ja?"

„Oh, ja. Der König ist der Oberhammer. Ich suche dir ein Lied auf YouTube, dann kannst du üben. Das Vorsprechen ist nächste Woche."

Barry wurde nervös. Es war Jahre her, seitdem er das

letzte Mal auf der Bühne gestanden hatte. Im College war er zu beschäftigt gewesen und dann auch bei der Arbeit. Aufzutreten gefiel ihm. Schließlich trat er jeden Tag im Dancing Cow auf und unterhielt die Kinder. Er schätzte, es war wie Fahrradfahren. Und wenn er dadurch ein besseres Körpergefühl bekam, vielleicht konnte er von da aus dann auch Amber zurück in seine Arme bekommen.

AMBER TRUG mit Hilfe ihrer Freundin Steph eine weitere glatte Schicht schwarzer Farbe auf die Holzkulisse eines Piratenschiffs für die Sommerproduktion von *Die Piraten von Penzance* in Eastman auf. Seitdem Steph vor fünf Jahren Teil des Ensembles geworden war, hatte sie die Kulissen für all ihre Sommerproduktionen gemalt. Sie waren im großen Probenraum der Eastman Highschool, dem Raum, in dem das Vorsprechen stattfand, gegenüber.

„Also, welche Rolle spielst du diesen Sommer?", fragte Amber.

Steph hatte ihr Vorsprechen vor wenigen Minuten hinter sich gebracht. Ihre Freundin hatte ihr gesagt, dass es ihr leichtfiel, vor einem Publikum auf die Bühne zu treten, da sie Fünftklässler unterrichtete. Sie war auf alles vorbereitet.

„Ich bin eine von den Töchtern des Major-Generals", sagte Steph. „Ich weiß noch nicht, welche. Sie haben die Castingliste noch nicht aufgehängt. Jede von denen wäre mir recht. Aber ich bezweifle, dass ich Mabel werde. Zoe Davis hat dieses Jahr auch wieder vorgesprochen. Ihre Stimme ist umwerfend."

„Cool."

Amber kannte Zoe durch Daisy. Sie hatten ein paarmal bei Daisys Partys miteinander gesprochen.

„Du solltest es dieses Jahr mal probieren", sagte Steph und klatschte die Farbe so auf, dass Amber wusste, dass es streifig werden würde. In einer Minute würde sie das für sie glätten. „Es ist noch nicht zu spät. Es wäre so lustig, wenn wir beide bei der Show auftreten würden."

Steph versuchte immer, Amber dazu zu bringen, bei der Show mitzumachen. Für gewöhnlich malte Amber nur freiwillig die Kulissen, was ungefähr eine Woche dauerte, und war dann weg. Amber tauchte ihren Pinsel erneut in schwarze Farbe und übermalte die Streifen, die Steph hinterlassen hatte. Ganz egal, wie oft sie ihrer Freundin schon gesagt hatte, wie man in Schichten ohne Streifen malt, sie machte es nie richtig.

„Ich würde nicht gern auf der Bühne stehen", sagte Amber.

„Sprich für eine der Tochter des Major-Generals vor. Dann bin ich direkt bei dir."

Amber schüttelte den Kopf. „Das ist okay."

„Bist du nicht einmal neugierig darauf, wie es ist, zur Schauspieltruppe zu gehören? Es ist so lustig, all die Proben den Sommer über, und nach den Proben gehen wir viel aus, dann noch die Show und die Party zum Schluss. Bis zum Ende ist es wie eine Familie."

Amber strich vor und zurück. Nach dieser Schicht würde die schwarze Farbe noch einmal überstrichen werden müssen. „Ich bin nur gut im Malen."

Steph legte ihren Pinsel ab und stand auf. „Komm schon. Sieh dir nur ein paar von den Vorsprechen an. Ich möchte wirklich, dass du das mit mir zusammen machst."

Sie hörte auf zu malen und sah zu ihr auf. „Warum?"

„Weil du nur zu Hause rumhängst. Und ich weiß, dass du den ganzen Sommer verbarrikadiert in deinem Apartment verbringen wirst und malst."

„Manchmal gehe ich auch aus."

„Mit wem? Ich werde hier beschäftigt sein, und Daze steckt bis zu den Augäpfeln darin, Babymassagekurse zu geben und Bryce zu jagen. Komm schon, häng diesen Sommer mit mir hier herum. Das wird ein Riesenspaß."

Amber stieß einen Seufzer aus. „Du wirst nicht aufhören, mir damit auf die Nerven zu gehen, oder?"

Steph grinste. „Nein. Ich möchte wirklich, dass du es dieses Jahr mal probierst." Sie streckte ihre Hand aus und zog eine widerwillige Amber auf ihre Füße. „Dir gefallen die Shows offensichtlich, sonst würdest du nicht jedes Jahr wieder aushelfen."

„Ich male einfach gerne. Ich bin nur deinetwegen hier, meine Freundin."

Steph stampfte gekünstelt aufgebracht mit dem Fuß auf. „Jetzt schaff deinen Hintern schon in die Aula rüber."

Amber lachte. „Na schön, Miss Boss. Ich schaue mir das kurz an, aber ich mache keine Versprechungen."

Sie schraubte den Verschluss auf die Farbdosen und folgte ihrer Freundin in die Aula. Relativ weit vorne setzte sie sich auf einen Platz neben Steph. Der Regisseur, Toby, die Stage Managerin, Edith, und Jasmine, die für die Choreografie zuständig war, saßen in der Reihe vor ihnen und begutachteten jeden einzelnen. Gerade gab ein Typ mit riesigem Bierbauch eine Version seines „I am a Pirate King" zum Besten, die eher im oberen Bereich eines Soprans lag. Sein T-Shirt reichte nicht bis ganz zum Bund seiner ausgeleierten Jeans, und er musste seine Hose ständig hochziehen.

Steph verzog das Gesicht, als die Stimme des Mannes brach. Sie und Steph tauschten einen Blick aus.

„Genau so würde ich mich auch anhören", flüsterte Amber.

„Wie kann denn ein so dicker Typ eine solche Mädchenstimme haben?", flüsterte Steph zurück.

Gnädigerweise war das Lied zu Ende. Niemand klatschte.

„Danke", sagte Toby. „Die Castingliste wird heute Abend um fünf Uhr aufgehängt. Der nächste!"

Ein großer Mann sprang in kompletter Piratenmontur auf

die Bühne – ein weißes, weites Hemd, das nicht zugeknöpft war, um viel muskulöse Brust zu zeigen, ein schwarzes Bandana, das schief um struppige Haare geknotet war, ein dicker, schwarzer Gürtel mit einem Schwert an einer Seite, eine enge schwarze Kniebundhose und kniehohe schwarze Lederstiefel.

„Wow", hauchte Steph.

„Ja", sagte Amber. Sie beugte sich vor und bemühte sich, sein Gesicht zu sehen. Etwas an ihm war vertraut.

„Ahoi, Landratten!", rief er ins Publikum. „Ich bin der Piratenkönig!"

Amber beugte sich so weit vor, dass sie beinahe von ihrem Platz gefallen wäre. Sie kannte diese Stimme. Bare. War das wirklich er?

Der Mann nickte dem Pianisten zu, die Musik begann, und er machte sich mit kräftigem Bariton, der die Aula füllte, an das Lied „I am a Pirate King". Er sang, er stolzierte, er schlenderte, zog sogar ein paarmal sein Schwert. Er endete mit einer dramatischen Verbeugung.

Alle klatschten.

Bare schob sein Schwert zurück in die Scheide und neigte seinen Kopf. „Ich danke euch, ihr niederträchtiger Haufen."

Toby stand auf. „Wer sind Sie?"

„Ich bin der Piratenkönig!"

Toby grinste. „Das sind Sie jetzt. Ich bin der Regisseur, Toby Whalen. Wir freuen uns sehr, dass Sie heute herge-kommen sind. Die Proben beginnen am Montagabend."

Bare nickte einmal und verließ gleich die Bühne.

„Bin sofort wieder da", sagte Amber zu Steph, dann verließ sie das Auditorium. Sie hoffte, Bare noch zu erwi-schen, bevor er ging. Sie entdeckte seinen Rücken, als er sich den Gang hinunter dem Ausgang näherte.

„Bare?", rief sie.

Er drehte sich um. „Amber?"

„Was machst du hier?", fragten sie gleichzeitig.

„Ich spreche vor", antwortete er zur gleichen Zeit, als sie sagte: „Ich male."

Er ging zu ihr, und sie spürte, wie sie rot wurde. Das weiße Hemd, das bis zur Taille geöffnet war, gab ihren Augen ganz schön was an Brust- und Bauchmuskeln zu sehen. Wow. Sie zwang sich, ihren Blick nach oben zu seinen Augen zu wenden, die verschlagen funkelten.

„Sprecht erneut, Mylady, wenn Sie es wagen", knurrte er. „Erklärt, was Ihr hier tut."

Ein Schauer lief über sie. Beinahe hätte sie vergessen, dass es Bare war. Sie befeuchtete ihre Lippen. „Ich male die Kulisse."

„Ah! Meine Wenigkeit hat für den Piratenkönig vorge-sprochen."

„Ich weiß. Du warst großartig! Ich wusste gar nicht, dass du singen kannst."

„Ach, Kumpel, singen, Beute machen, plündern, mit meinem Schwert kämpfen."

Schwert. Ihr Blick senkte sich auf seine eng von der Knie-bundhose umschmiegte Scham. Sie spürte, wie ihr Gesicht heiß wurde. Was war denn nur los mit ihr? Diese Art Schwert hatte er doch gar nicht gemeint!

Wieder sah sie ihm in die warmen braunen Augen. „Du musst nicht wie ein Pirat reden."

Es verwirrte sie. Freundlich und sexy vermischten sich. Und war sie nicht aus irgendeinem Grund wütend auf ihn?

Er grinste teuflisch. „Aye-Aye, meine Schöne."

„Oh!" Sie kicherte. „Bist du schon oft im Theater aufgetreten?"

„Aye, junge Maid, aber das ist schon eine Weile her." Seine Stimme, die leise und kratzend war, traf sie auf einem tiefen, pochenden Level.

„Zu lang?", fragte sie. Nur, dass sie nicht mehr über das Theater sprachen.

Er warf ihr einen anzüglichen Blick zu, ließ seine Augen an ihrem Körper hinauf und hinab wandern. „Saftige Maid."

Sie schüttelte den Kopf. „Ich fasse es nicht, wie du dieses Lied zum Besten gegeben hast."

„Glaub es. Aye, die Wahrheit ist, ich singe regelmäßig." Er trat vor, und seine Stimme grollte nahe an ihrem Ohr. „Meine Dusche kennt die Geschichte."

Ihre Kehle wurde trocken, als sie sich ihn nackt unter der Dusche vorstellte. *Hör auf damit, du schmutziges Hirn.* Das hier war ihr Freund und Nachbar Bare. Derselbe alte Bare. Der gute alte ... Bare.

„Dann ... okay", sagte sie, und plötzlich wollte ihre Zunge nicht mehr mitspielen, als ihre Blicke aufeinanderprallten. Sie hatte das äußerst merkwürdige Verlangen, in seine Arme zu fallen und sich von ihm zu seinem Piratenschiff tragen zu lassen, damit er mit ihr anstellen konnte, was er wollte.

Sie räusperte sich. „Ich sollte mich besser wieder ans Malen machen." Sie deutete in Richtung des Requisiten- raums. „Das Piratenschiff ist riesig. Dafür sind mindestens zwei Schichten Schwarz nötig."

Er salutierte salopp mit einem Zwinkern, das sie sprachlos machte.

„Werdet Ihr am Montagabend bei der Probe da sein, Frau- enzimmer?", fragte er.

„Absolut", hauchte sie. „Ich werde da sein."

Er lächelte sie langsam an, und es war, als wäre die Sonne plötzlich herausgekommen und hätte ihr sexy gutes Aussehen auf ihren ganzen Körper scheinen lassen. „Das sind ja mal großartige Neuigkeiten!"

Er drehte sich um und ging geradewegs zur Hintertür hinaus. *Da sieh sich mal einer diesen Hintern an. Man konnte einen Quarter davon abprallen lassen.* Rasch wandte sie den Blick ab und ging wie benebelt zurück in den Requisitenraum.

Kurz darauf gesellte sich Steph zu ihr. „Da bist du ja! Ich

hatte mich schon gefragt, ob du jemals zurückkommen würdest. Das Showgeschäft ist also nicht deine Sache, wie?"

Amber sah hinüber. „Braucht irgendwer auf der Bühne noch jemanden in der Crew?"

Steph klatschte. „Wir hätten dich wirklich gern! Yay!" Sie nahm ihren Pinsel und machte sich wieder ans Malen. „War dieser Piratenkönig nicht großartig?"

„Ich kenne ihn." Sie spürte ein Kribbeln, als sie an sein sexy Lächeln im Flur dachte. „Das ist dieser Typ, von dem ich dir erzählt habe —Bare. Er wohnt auf der anderen Seite des Flurs."

Steph fiel die Kinnlade herunter. „Das ist Barry? So wie du ihn beschrieben hast, habe ich mir einen totalen Idioten vorgestellt. Ich mein ja nur, die Hawaiihemden, die Sache mit der tanzenden Kuh –"

„Ich weiß. Er hat mich überrascht."

Steph schüttelte den Kopf. „Gut, dass du hier bist. Die Frauen im Ensemble werden ihn nicht in Ruhe lassen. Vielleicht auch einige der Typen."

Amber konnte es ihnen nicht vorwerfen. Sie summte vor sich hin, während sie weitermalte. Nö, sie konnte ihnen absolut keinen Vorwurf machen.

5

Barry musste schon zugeben, der Rat seines Bruders hatte funktioniert. Er bekam die Rolle und hatte sich bereits jetzt danach sexy mit Amber unterhalten. Er hoffte, er würde bei der Probe heute Abend auch ohne Kostüm den gleichen Effekt bei ihr haben. Auf den Rat seines Bruders hin hatte er seine Hawaiihemden gegen T-Shirts in normalen Farben eingetauscht. Er konnte nicht widerstehen, sich zu seiner ersten Probe ganz in Schwarz zu kleiden. Schließlich war er ein Pirat. Er zog ein schwarzes T-Shirt und eine schwarze Hose an. Und dann, weil er einfach kein strammer Pirat ohne sein konnte, band er sich noch das schwarze Bandana und den Gürtel mit dem Schwert um.

Er kam etwas zu früh und stellte fest, dass einige Mitglieder der Schauspieltruppe bereits dort waren und am Rand der Bühne saßen. Der Regisseur war noch nicht da.

„Ahoi, meine Herzchen!", rief er, bevor er sich zu ihnen setzte.

„Wer bist du?", fragte eine angenehme Stimme. Das war der Typ neben ihm.

„Ich bin der Piratenkönig!"

„Ich bin Frederic", schnurrte der Typ.

„Dann werden wir ja unsere Schwerter gegeneinander erheben", erwiderte Barry. Frederic und der Piratenkönig hatten mehrere Szenen und einen Schwertkampf gemeinsam.

Der Typ hob seine Brauen. „Das hoffe ich." Er hielt ihm seine Hand entgegen. „Zac."

„Barrett." Was sollte es schon, wenn es ums Theater ging, konnte er jeder sein, der er sein wollte. Er war es leid, der langweilige alte Barry zu sein. „Du kannst mich Bare nennen." Er mochte es, wenn Amber ihn so nannte.

„Barrett! Das gefällt mir!" Das kam von einem sehr aufgeregten Zac.

Barry war sich nicht sicher, weswegen Zac so aufgeregt war.

Ein anderer Typ beugte sich vor und sagte: „Ich heiße Barrett mit Nachnamen. Kevin Barrett."

„Oh! Okay, schön, dich kennenzulernen."

„Ich bin deine Zweitbesetzung. Samuel, der Lieutenant des Piratenkönigs."

Barry salutierte. „Aya-Aye, Lieutenant."

„Oh!", quietschte Zac.

„Hi, Bare", sang eine Gruppe Frauen, die in der Nähe saß.

Er winkte und ging zu ihnen. „Und wer sind diese lieblichen Damen?"

„Ich bin Zoe", sagte eine hübsche Frau mit lockigen dunklen Haaren. „Ich spiele Mabel, eine der Töchter des Major-Generals, verliebt in den strammen Frederic." Mit flatternden Wimpern warf sie einen Blick zu Zac, der ihr einen Kuss zuhauchte.

„Sehr erfreut", sagte Barry.

Die Frauen lächelten verträumt. Das war der Pirateneffekt. Er lernte Lauren und Meg kennen, die beide Töchter des Major-Generals spielten, und dann entdeckte er Amber, die mit einer anderen Frau den Gang des Auditoriums entlangging, und er vergaß jeden anderen. Amber trug wieder ein bauchfreies Oberteil, weiß mit rosa Punkten, dazu einen schwarzen Rock, der direkt über ihren anbetungswürdigen nackten Knien endete. Er verließ die Bühne und ging Amber auf halbem Weg entgegen.

„Ahoi, Maid", sagte er, „Willkommen auf dem großartigen Schiff Eastman High School."

Amber lachte. „Hey, Bare. Das hier ist meine Freundin Steph. Sie ist eine von den Töchtern des Major-Generals."

„Schön, dich kennenzulernen", sagte Steph. „Du warst großartig beim Vorsprechen."

„Weil ich der Piratenkönig bin!", rief er mit einer Faust in der Luft. Er lächelte und zwinkerte. „Danke übrigens."

Steph lachte. Zu dritt gingen sie zur Bühne. Toby, der Regisseur, traf ein, zusammen mit ein paar anderen Leuten, die Barry noch nicht kannte.

„Okay, Leute!", rief Toby mit den Scripts in den Händen. „Versammelt euch. Wir haben sechs Wochen, um das durchzuziehen. Das heißt, wir proben jeden Abend außer Sonntag für zwei Shows am Freitag- und Samstagabend. Wenn ihr mehr als zwei Proben hintereinander verpasst, seid ihr raus. Falls jemand damit nicht umgehen kann, die Tür ist dort drüben." Er deutete auf den Ausgang.

Niemand rührte sich.

„Gut. Dann lasst uns anfangen. Ich bin Toby Whalen, euer Regisseur, wie viele von euch bereits wissen. Ich mache das hier schon verdammt lange, ihr seid also in guten Händen. Der Rest meiner Mitarbeiter kann sich selbst vorstellen." Er nickte zu der jungen Frau zu seiner Rechten, die einen Turnanzug und Shorts trug.

„Hi, ich bin Jasmine Davis. Viele von euch kenne ich schon." Sie lächelte. „Ich bin für die Choreografie zuständig."

„Sie ist meine Schwester!", rief Zoe.

„Und ich bin Zoes ältere Schwester", sagte Jasmine lächelnd.

Die zierliche ältere Frau, die neben Toby saß, stand auf

und winkte. „Hallo, alle zusammen, ich bin Edith, Tobys Mutter." Sie lächelte. „Und zugleich Stage Managerin."

„Sie wird dafür sorgen, dass alles glattgeht", sagte Toby. Er deutete auf das Klavier. „Will Levi am Klavier."

Will stand auf und winkte. „Hey."

Toby drehte sich zu ihnen um. „Wills Dad, Bryan, wird dieses Jahr *nicht* mit von der Partie sein, weil er auf einer Kreuzfahrt ist, um seinen Ruhestand zu feiern, und danach noch einen Monat am Strand verbringt. Was für ein Penner! In Ordnung, lasst uns anfangen. Edith verteilt die Scripts; dann beginnen wir mit dem ersten Song. Das ist ‚Pour, oh pour, the pirate sherry.' Alle Piraten auf die Bühne! Solange ihr nicht dran seid, nutzt ihr die Zeit, um euren Text zu lernen. In zwei Wochen arbeiten wir ohne Scripts. Irgendwelche Fragen?"

„Wo ist unser Major-General?", fragte Zac.

Das musste das Stichwort gewesen sein, denn genau in dem Moment platzte die Tür zum Theatersaal auf, und ein Mann mittleren Alters, der einen Tropenhelm trug, marschierte den Gang hinunter. An seinem Arm hing eine Frau, ebenfalls mittleren Alters, die ihre Haare zu einem riesigen dunklen Heiligenschein um den Kopf gebunden hatte.

„Ich bin der Inbegriff eines modernen Major-Generals", rief der Mann. „Und diese junge Schönheit" – einige kicherten – „Delilah, ist das liebliche Kindermädchen Ruth."

Die Frau machte einen Knicks.

„Sehr schön, ihr Divas", sagte Toby. „Und jetzt kommt und holt euch eure Scripts."

Der Major-General salutierte, und beide marschierten den Gang hinunter zur Bühne. Barry lächelte. Das würde lustig werden.

～

AMBER MALTE WEITER am Piratenschiff im Probenraum, während die Schauspieler im Saal probten. Sie fügte noch ein paar goldene dekorative Wirbel und Highlights hinzu, die auf der Bühne das Licht einfangen würden. Kurz darauf kamen Bare und die anderen Piraten in den Probenraum, um das Lied des Piratenkönigs zu üben. Sie hörte zu, während Will, der Pianist, das Lied wieder und wieder spielte. Will korrigierte sie nicht, verzog nur kaum merklich das Gesicht, wenn etwas schief war, spielte die Note allein und wartete, dass sie sie trafen.

Bare schlug sich ganz tapfer im Lied, doch ihr fiel auf, dass Kevin Barrett immer wieder so laut die Worte sang, dass man Bares erste Stimme gar nicht mehr hörte. Will versuchte immer wieder, Kevin mit der Hand ein Zeichen zu machen, seine Stimme zu senken. Der Chor sollte die erste Stimme nicht übertönen. Sie kannte Kevin. Er hatte letztes Jahr die Hauptrolle gespielt in *Joseph and the Amazing Technicolor Dreamcoat*. Er war talentiert, doch er dominierte die Bühne nicht so, wie Bare es tat.

Ein paar Mal hatte sie gespürt, wie jemand sie anstarrte, und sie hatte aufgesehen. Selbst, wenn er sang, zwinkerte Bare ihr zu. Der Pirat Bare hatte etwas an sich. Es war nicht nur das dumme Piratengerede. Es war etwas Zartes, das sich auf der Bühne zeigte, zusammen mit seinem selbstbewussten Auftreten, das sie anzog. Etwas mehr, als nur der freundliche, nette Typ, den sie kennengelernt hatte.

Will beendete schließlich den Gesang und bedeutete der Gruppe, ihm zurück auf die Bühne zu folgen.

Bare blieb vor ihr stehen. „Ahoi, meine Schöne."

Sie legte ihren Pinsel ab und stand auf. „Du musst nicht wie ein Pirat mit mir reden. Du kannst einfach du selbst sein."

„Aber du magst den Piraten in mir."

Dann drehte er sie herum und senkte sie über einen Arm. Sie quietschte. Langsam zog er sie wieder hoch und stand so nah an ihr, dass sie seine Hitze spüren konnte. Seine Augen wanderten zu ihrem Mund.

Ja, dachte sie. *Lass es uns noch mal probieren.*

„Hat jemand Bare gesehen?", rief eine Stimme. „Wir brauchen ihn auf der Bühne."

Bare trat einen Schritt von ihr zurück. „Wir setzen das fort, Maid."

„Scherzbold."

„Scherzbold?", sagte er und tat, als wäre er getroffen. Dann rief er in den Flur: „Bin gleich da!" Er sah sie mit verengten Augen an, und ihr Herz pochte in Vorfreude. „Ich werde dir zeigen, was für ein Scherzbold ich bin."

Dann zog er sie an sich und eroberte ihren Mund. Dieser Kuss hatte nichts Sanftes an sich; Nein, es war ein heißer, inniger, Es-werden-keine-Gefangenen-gemacht-Kuss, der sie köstlich atemlos machte. Sie hing an ihm, während er sie durch seinen Kuss in eine bedürftige Pfütze verwandelte. Dann löste er sich langsam und sah auf ihre Lippen. Sie schien sein Hemd nicht loslassen zu können. Sie wollte mehr.

Er stöhnte. „Ich wünschte, ich müsste nicht gehen. Ich wünschte –"

„Ich auch."

Er umfasste ihre Wange. „Bis später, meine dralle Schönheit."

Sie sah auf ihre gar nicht so dralle Brust hinunter. „Drall?"

„Kurvig?"

„Wo ist unser Piratenkönig?", verlangte Toby zu erfahren, der jetzt äußerst zornig klang.

Amber löste ihren Griff. „Sie brauchen dich."

„Bye", sagte Bare, ehe er sich rasch entfernte.

„Bye", sagte sie zu niemandem. Sie lächelte, als sie einen Moment später Bare auf der Bühne ausrufen hörte: „Gangway! Der Piratenkönig ist da!"

∿

NACH DER PROBE gesellte Amber sich zu einem kurzen Treffen mit den Schauspielern und allen anderen auf die Bühne. Sie setzte sich neben Steph, die wild gestikulierte, sie solle zu ihr kommen.

„Ich bin ja so froh, dass du hier bist", sagte Steph.

„Ich auch." Sie sah zu Bare auf der anderen Seite der Bühne, der immer noch ganz wie ein Pirat aussah, und stellte fest, dass sie lächelte. Plötzlich sah er auf und erwiderte das Lächeln, und ihr wurde ganz warm.

„Okay, Leute, wir haben noch viel vor uns", sagte Toby. „Will hat mir gesagt, dass die Hälfte von euch den Ton nicht trifft. Das hier ist ein Musical. Da darf keiner schief singen. Übt bitte zu Hause. Und Kevin, du musst deine Stimme runterfahren."

„Ich kann nicht anders singen", erwiderte Kevin.

„Er ist ein Star", sang Zac und warf sein Haar zurück, das so kurz war, dass es sich kaum rührte.

Kevin warf Zac einen so finsteren Blick zu, dass der rasch in sich zusammensank.

„Du kannst etwas dagegen tun", sagte Toby. „Und, Leute, ich weiß, dass wir im Moment noch vom Skript lesen, das heißt aber nicht, dass ihr nicht schauspielern müsst. Ich möchte, dass der Ausdruck, die Emotionen durchkommen. Vor allem zwischen Frederic und Mabel. Das Publikum soll doch glauben, dass ihr verliebt seid." Er hielt inne und nahm sich einen Moment, sie alle anzusehen. Die Schauspieler wanden sich und fragten sich vermutlich, wen er als Nächstes ansprechen würde. „Also, ich weiß ja, dass ihr nach der Probe immer gerne ausgeht, aber ich bitte euch, das Trinken auf ein Minimum zu reduzieren. Wir brauchen euch hier jeden Abend zu hundert Prozent, wenn wir die Art Show auf die Bühne bringen wollen, für die wir bekannt sind. Wir haben ein Publikum, das ein hohes Level an Professionalität erwartet. Das heißt, ihr kennt euren Text, ihr reagiert auf euer Stichwort, ihr singt nicht schief. Irgendwelche Fragen? Nein? Gut."

Einige hatten ihre Hände gehoben, doch Toby ignorierte sie. Er klatschte einmal in die Hände und entließ sie damit. „Ich sehe euch dann alle morgen um neunzehn Uhr. Kommt nicht zu spät!"

Alle standen auf und begannen, miteinander zu reden.

„Und lernt heute Abend noch euren Text!", fügte Toby hinzu, bevor er ging.

Seine Mutter, Edith, lächelte alle an. „Dafür, dass es eure erste Probe war, habt ihr das alle gut gemacht. Er ist meine Mitfahrgelegenheit." Sie folgte ihm zur Tür hinaus.

Nachdem Toby und Edith gegangen waren, sagte Zac: „Die Tortur beginnt. Toby war brutal heute Abend. Ich brauche einen Drink. Wer ist dabei?"

Alle stimmten zu und gingen, als Bare das vorschlug, ins Garner's Sports Bar & Grill. An einem Montagabend war nicht viel los im Lokal, und sie fanden alle Plätze an der Bar. Bare bedeutete Amber, sich auf den Hocker neben ihn zu setzen und legte einen Arm um ihre Taille. Kurz darauf erzählte Bare der faszinierten Crew, die sich um ihn herum versammelt hatte, Geschichten. Alle bis auf Richard, der Major-General, der bei einigen jungen, hübschen Frauen am anderen Ende der Bar saß.

Bares warme Finger streichelten müßig über die nackte Haut unten an ihrem Rücken, während er ihnen Geschichten über seinen alten Job in einer Softwareentwicklungsfirma in Kalifornien erzählte und die verrückten Leute, die dort gearbeitet hatten. Wie sie später am Abend mit den Figuren aus *Herr der Ringe* gekämpft hatten, wenn sie etwas Dampf ablassen mussten. Die Herausforderungen, zu sehen, wer das komplexeste Polygon aus Bürobedarf herstellen konnte. Wie sie sich einigten, wer als erster die neue, alleinstehende Frau im Büro um eine Verabredung bitten durfte – Hand neben Hand ein Laserschwert hinauf, die oberste Hand gewann.

„Es spielte ohnehin keine Rolle, wer sie als erster fragte", fuhr Bare fort. „Die Antwort war immer nein."

Alle lachten.

„Wenn man klug war, dann arbeitete man sich von Freundschaft hoch." Bare lächelte Amber an und bezog sie in seine Geschichte mit ein. „Das habe ich schnell gelernt. Aber manche dieser Jungs waren zu verzweifelt, um was so langsam anzugehen."

„Geh es langsam an", sagte Lauren, eine der Töchter des Major-Generals. „Ich mag Typen, die sich Zeit lassen."

Steph verdrehte die Augen. „Erzähl uns vom Dancing Cow."

„Da gibt es nicht viel zu erzählen", erwiderte Bare. „Das ist mein Frozen Yogurtladen. Ihr könnt alle jederzeit kommen und bekommt zehn Prozent Nachlass."

„Cool", sagte Lauren und lächelte Bare an, als wollte sie mal an seinem Eis lecken. Amber legte ihre Hand auf Bares Schenkel, der daraufhin seine Hand auf ihre legte und sie drückte.

„Ich werde da sein", sagte Zac.

„Ich habe gehört, dass du da auch tanzt", sagte Steph.

Amber schüttelte den Kopf in Stephs Richtung. Sie wollte nicht, dass Bare seinen Irish Jig in der Bar vorführte. Ganz egal, wie gut er das konnte.

„Ja", sagte Bare. „Das ist aber nur für die Kinder. Sie lieben es. Manchmal bringen Sie der Kuh auch Geschenke mit."

Amber drehte sich um. Das war so süß. „Wie zum Beispiel?"

„Ich habe verrückte Trinkhalme, Kuhfiguren, Hüpfbälle, kleine Fallschirme –"

„In welchem Theater bist du schon aufgetreten?", unterbrach ihn Kevin.

„Mal sehen", sagte Bare. „Aber, um euch vorzuwarnen, das war alles in der Highschool –"

„Highschool?", rief Zoe, die Mabel spielte, aus. „Ich fasse es nicht. Du bist so gut."

„Na ja", sagte Bare bescheiden. „Es ist ja nicht schwierig, einen Piraten zu spielen. Man muss nur hier und da ein paar Yo-ho-ho einwerfen."

Die Gruppe aus Töchtern des Major-Generals – Zoe, Steph, Lauren und Meg – protestierten rasch auf seine bescheidene Behauptung.

„Du bist so ein guter Sänger", sagte Steph. Alle stimmten herzlich zu.

„Ich glaube wirklich, dass du ein Pirat bist", sagte Lauren.

„Du glänzt auf der Bühne", sagte Zoe mit einem Funkeln in den Augen.

„Nun, Ladys, dann danke schön!", sagte Bare.

„Bist du Single?", fragte Lauren. Das Mädchen konnte nicht älter als einundzwanzig sein.

Steph drehte sich zu Lauren um. „Erstens, er ist zu alt für dich —"

„Ich habe nichts gegen einen älteren Mann." Lauren zog eine Schnute.

„Ich bin einunddreißig!", protestiere Bare.

„Und zweitens hält er gerade Händchen mit Amber", sagte Steph. „Komm schon!"

„Seid ihr zusammen?", fragte Lauren.

„Ja", sagte Amber.

Bare drehte sich überrascht zu ihr um. Er grinste. „Ja, das sind wir."

„Also", sagte Kevin flach. „Was hast du denn so in deinem" — er rümpfte angewidert die Nase — „*Highschool-Repertoire?*"

Amber drückte Bare die Hand. Er sah sie an und lächelte ihr kurz zu. „Ich war Danny in *Grease*, Linus in *You're a Good Man, Charlie Brown*, der Prinz in *Shrek das Musical* und im Chor von *Anything Goes*."

„Nicht gerade ein tolles Repertoire", murmelte Kevin.

„Achte gar nicht auf ihn", sagte Delilah gedehnt. Sie spielte Frederics schlichtes Kindermädchen Ruth. „Er ist ein

Möchtegern. Nicht jeder hat *es*." Sie nahm einen Schluck von ihrem Martini. „Ich mache das nun schon seit dreiundzwanzig Jahren. Glaubt mir, ich erkenne *es*, wenn ich es sehe. Und Bare hier hat *es*."

„Nun, danke dir, Delilah", sagte Bare. „Du bist auch ziemlich gut." Er drehte sich zu seinem Publikum um. „Sie hat es auch. Wir alle haben es. Hey, wir wären nicht hier, wenn nicht." Er hob sein Bier zu einem Toast. „Auf uns. Die wenigen, die Stolzen, die es haben."

Alle lachten. Sie hingen noch eine Weile gemeinsam rum, bis Bare verkündete, er müsse nach Hause. Die Gesellschaft löste sich auf. Amber verließ das Restaurant, Hand in Hand mit ihrem Piratenkönig.

An ihrem Wagen blieb er stehen. „Glaubst du immer noch, ich bin ein voreingenommener Vogelkuhmann?"

Sie verzog das Gesicht. Das hatte sie aus Wut gesagt, doch wenn sie jetzt so zurückblickte, war seine Reaktion darauf, dass sie mit einem anderen Typen getanzt hatte, doch nicht so unangemessen gewesen. Die meisten Typen hätten deswegen eine Szene gemacht.

„Ich glaube, du bist ein Chamäleon", sagte sie und dachte an seine Verwandlung vom freundlichen Nachbarn zur tanzenden Kuh hin zu einem verwegenen Piraten und zu einem fabelhaften Küsser.

„Das ist besser als die andere Sache." Er klopfte auf ihr Wagendach und salutierte geschmeidig. „Gute Fahrt!"

Sie sah zu, wie er in seinen Honda stieg und setzte sich selbst in ihren kleinen Toyota. Es war keine Frage, dass er merkwürdig war, aber er war auch verdammt viel witziger als die meisten heißen Typen, auf die sie normalerweise stand.

Als sie zurück in ihr Apartmenthaus kam, stand Bare an ihrer Tür.

Er lächelte sie kurz an. „Wir haben den Gutenachtkuss

vergessen. Jetzt, da wir, du weißt schon, zusammen sind. Zumindest hast du gesagt, wir wären es …"

Er stand einfach nur da und sah sie an. Die Arroganz des Piraten war verschwunden, und stattdessen stand da ein unsicherer, fast schüchterner Mann.

Sie stellte sich auf Zehenspitzen, legte ihre Arme um seinen Hals, dann küsste sie ihn. Sanft und zärtlich, gar nicht ihr üblicher Stil, doch sie begann, zarte Gefühle für ihn zu entwickeln. Er legte seine Hände um ihre Taille. Er drängte nicht nach mehr, erwiderte nur sanft und vorsichtig ihren Kuss. Sie zog seine Lippen mit der Zunge nach und saugte seine Unterlippe in den Mund. Und ehe sie wusste, was geschah, hatte er sie gegen ihre Tür gedrückt, sein Mund hart auf ihrem, seine Zunge tauchte ein, seine Hände streichelten an ihren Seiten hinauf und hinab. Das Feuer entbrannte zwischen ihnen, als er hungrig von ihr nahm und sie gab, ihre Arme hob, damit er besser an ihren Körper kam, während sie ihre Finger durch sein Haar schob. Seine Hände streichelten tiefer, über ihre Hüfte, eine Hand glitt unter ihren Rock –

Jemand stieß einen Pfiff aus, und sie rissen sich voneinander los. Es war Ian, der den Flur entlangkam.

„Hey, Sexy", warf Ian ihr über die Schulter zu.

Bare lehnte seine Stirn gegen ihre. „Scheiß jüngere Brüder."

Sie lachte. „Ich weiß. Ich habe eine jüngere Schwester."

„Sie kann nicht annähernd so nervtötend sein wie mein Bruder."

„Hey, das habe ich gehört", sagte Ian von dort, wo er vor Bares Wohnungstür stand. „Ich habe meinen Schlüssel vergessen."

Bare drehte sich um und warf ihm die Schlüssel zu. Er drehte sich zu ihr zurück. „Also, wo waren wir, Maid?"

Sie legte ihm eine Hand an die Brust. „Du solltest gehen." Sie war kurz davor gewesen, ihn ins Bett zu zerren, als die Unterbrechung seines Bruders ihr eine gesunde Portion

Vernunft eingebracht hatte. Wenn sie mit einem Typen schlief, hieß es nur, dass er bald abhauen würde. Und sie war nicht scharf darauf, dass es zwischen ihr und Bare bereits endete.

„Klar." Er schob seine Hände in die Taschen. „Ja. Okay. Nun, dann gute Nacht."

Die Tür schloss sich hinter Ian. Bare bückte sich, um ihr einen kurzen Kuss auf die Lippen zu geben, und Amber wollte unwillkürlich ein wenig mehr von dieser Hitze. Sie küsste ihn leidenschaftlich und packte seinen festen Hintern, den sie bewundert hatte, seitdem er diese Piratenhose getragen hatte. Sein Mund verschmolz mit ihrem, während seine Erektion kräftig in ihren Bauch drückte. Sie stellte sich auf Zehenspitzen. Wäre sie nur etwas größer, dann würden sie passen. Sie hob ein Bein, legte es um seins, bemühte sich, ihm entgegenzukommen, pochendes Becken an Becken.

Er schob sie von sich fort. „Was tust du denn mit mir, kecke Maid!"

Sie lächelte. „Ich möchte, dass du heute Nacht an mich denkst." Sie drehte sich um, um ihre Tür aufzuschließen, und zuckte zusammen, als er ihr einen Klaps auf den Hintern gab. „Au!"

„Scherzbold", sagte er und bedachte sie mit ihrem eigenen Wort.

Sie lachte und ging hinein. Sie würde heute Nacht auf jeden Fall an ihn denken.

Barry amüsierte sich köstlich bei den Proben. Er hatte nun schon eine Woche lang seinen Spaß gehabt und konnte es nicht fassen, dass er es so lange ohne ausgehalten hatte. Klar, seine Schauspielnatur war hier und da durchgesickert – Bürofeiern, in denen er Conga-Lines angeführt hatte, Karaokeabende, die er organisiert hatte, die tanzende Kuh in seinem Laden. Doch hier, auf den Bühnenbrettern, das war der Ort, an dem er sein sollte. Seinen Text hatte er in wenigen Tagen gelernt, während der Rest der Besetzung noch darum kämpfte, mit ihm mitzuhalten, und den Soundtrack des Musicals hatte er sich bei der Arbeit, zu Hause und im Auto angehört, bis er auch den auswendig kannte. Er liebte es, mit dieser Gruppe zusammenzuarbeiten, liebte es, seinen Moment im Rampenlicht zu haben, liebte die Kameradschaft hinter der Bühne und nach der Probe. Am meisten liebte er es, bei dem allen Amber an seiner Seite zu haben.

Sie war fertig damit, die Kulissen zu malen und hing jetzt hinter der Bühne rum, half aus, wo sie konnte, rief jeden, der gebraucht wurde, auf die Bühne, probte die Texte mit ihnen, half denjenigen, die etwas vergaßen, auf die Sprünge. Sie half auch dabei, die richtigen Requisiten und Kostümaccessoires zu finden. Er freute sich ein wenig zu sehr, dass sie heute hinter der Bühne war. Er hatte seinen großen Song „I am a Pirate King" mit Will, dem Pianisten – ein wahnsinnig netter Typ – solo hinter der Bühne geprobt und es war jetzt Zeit, ihn zum ersten Mal mit dem Rest der Besetzung am Stück auf der Bühne durchzugehen. In dieser Szene waren seine Piratencrew, Ruth, der Major-General und dessen Töchter auf der Bühne.

Er trug seine Augenklappe, um in seine Rolle zu finden. Er wartete auf sein Stichwort auf der Bühne und zwinkerte nach rechts, wo er Amber bemerkte, die zusah. Sie reagierte nicht. Vermutlich sah es durch die Augenklappe so aus, als blinzelte er einfach nur. Er lächelte stattdessen. Sie lächelte zurück, und er spürte einen Anflug von Liebe. Auch Lust. Allein ein Blick auf sie, ein Lächeln konnte das mit ihm anstellen. Er musste den Blick abwenden und sich etwas abkühlen. Ein Teil von ihm, eine kleine lästige Stimme in seinem Hinterkopf, erinnerte ihn an seine vergangene Erfahrung mit Becky, die bei *Grease* vollkommen verliebt in ihn gewesen war und seinen armseligen Hintern dann hatte fallen lassen, als das Stück vorüber war.

Das war in der Highschool gewesen, erinnerte er sich. In der Highschool war jeder ein unreifer Idiot. Amber war besser als das.

Schon, aber als du noch kein Piratenkönig warst, hat sie nicht auf dich gestanden, sagte die Stimme.

Die Musik begann, und Barry schob alles andere aus dem Kopf. Er trällerte den Text, bewegte sich auf der Bühne, traf perfekt seinen jeweiligen Einsatz, als er bestimmte Strophen gemeinsam mit der Piratencrew im Hintergrund sang, manche Strophen mit dem Major-General, andere mit den Töchtern, und sich Küsse klaute, während er sich zwischen den Frauen umherbewegte.

Obwohl er sich nicht wirklich Küsse klaute, nicht, wenn Amber zusah. Er beugte jede Tochter zurück, legte eine Hand auf ihren Mund und küsste seinen Handrücken. Das würde niemand im Publikum merken, dachte er sich. Er tat das aus Respekt gegenüber Amber. Jedenfalls würde er ganz sicher nicht zusehen wollen, während sie vier Männer auf der Bühne küsste. Er machte weiter, als der Song sich zum großen Finale steigerte. Er stolzierte mitten auf die Bühne und beendete das Lied mit einem Schwung seines imaginären Schwerts.

Im Raum wurde es still, als alle auf Tobys Urteil warteten.

Toby sprang auf die Bühne. „Was zum Teufel soll das?", fragte er, beugte sich vor und küsste seinen eigenen Handrücken.

Barry spürte, wie seine Wangen brannten. Er hatte gedacht, dass man das vom Zuschauerraum aus nicht sehen konnte. Er hob seine Hände. „Ich wollte nur respektvoll sein."

„Nun, spar dir das!", sagte Toby. „Du bist der Piratenkönig. Der Piratenkönig ist nicht *schüchtern*. Er ist nicht *respektvoll*. Er *nimmt*. Mach es noch einmal richtig."

Toby ging zurück in den Zuschauerraum. Barry sah zu Amber hinüber. Sie hob eine Schulter und senkte sie wieder.

Die Musik begann von vorn.

„Und jetzt sei nicht solch ein Schlappschwanz!", rief Toby über die Musik.

Barry versteifte sich. Er atmete einmal tief ein und sang. Wie beim ersten Mal ginge er den Song durch, das Timing passte perfekt, während er zwischen den anderen Schauspielern umherlief. Er blieb bei der ersten Tochter, Steph, stehen, senkte sie zurück und kam ihr sehr nahe, ohne sie tatsächlich zu küssen.

Sie kicherte.

„Cut!", rief Toby.

Die Musik hielt an. Toby stand auf und kam zur Bühne. „Nicht nur hinunterbeugen. Hinunterbeugen und küssen. Gibt es damit ein Problem, Bare?"

„Nein, Sir."

„Diese Damen hier haben nichts dagegen, wenn du sie küsst", sagte Toby. „Oder, Ladys?"

„Nein", sagten Zoe und Meg gemeinsam.

„Überhaupt nicht", sagte Steph.

„Tu es bitte", schnurrte Lauren.

„Ich würde ihn auch küssen", sagte Zac.

Kevin schlug ihm auf den Arm. Offensichtlich waren sie ein Paar.

Barry nahm seine Augenklappe ab und drehte sich um, um die vier hübschen jungen Frauen anzusehen, die ganz eifrig auf seinen Kuss warteten; dann sah er zu Amber, doch sie war gegangen. Verdammt. Er drehte sich um und sah in den Zuschauerraum, doch auch dort war sie nicht. War sie wütend? Er würde es wieder gutmachen. Er würde ihr den längsten, heißesten Kuss ihres Lebens geben. Sobald er fertig war, diese vier hier zu küssen.

Wie hatte sein Leben sich nur so verändern können? Diese verrückten Theaterleute.

Toby kehrte in die erste Reihe zurück. „Lasst es uns tun, Leute!"

Barry nickte Will am Klavier zu, der ziemlich amüsiert aussah. Die Musik begann von vorn. Ein weiteres Mal begann er mit „I am the Pirate King" und musste sich zwingen, die stürmische Arroganz und Großtuerei in seine Darbietung zu bringen, denn ohne Amber machte es verdammt noch mal weniger Spaß. Er gab jeder Frau einen kurzen Schmatz auf die Lippen, was gut funktionierte, nur dass Lauren ihre Zunge vorschob, doch er machte weiter, denn er war äußerst professionell. Das Lied endete, und Toby musste wohl zufrieden gewesen sein, denn sie machten weiter.

Endlich kam Amber zurück. Sie gingen zur nächsten Szene über, und er sagte ihr lautlos „sorry", doch sie winkte das nur ab, als wäre es keine große Sache. Schließlich endete die Probe, und er lief zu ihr.

„Hey, ich wollte diese anderen Frauen wirklich nicht küssen", sagte er auf dem Weg zum Parkplatz zu ihr.

Sie sah ihn an und blickte dann rasch wieder nach vorn. „Bare, du musst dir deswegen keine Sorgen machen. Mir geht es gut. Ist nur eine Show."

„Ganz genau. Ist nur eine Show." Sie sah ihn immer noch nicht an, und das machte ihn allmählich nervös. „Es ist für dich also in Ordnung?"

„Sollte es wohl besser. Die Proben dauern noch fünf Wochen, und es kommen noch zwei Shows."

Er lächelte. „Ich seh dich dann im Diner?" Sie wollten alle für einen späten Snack dorthin.

„Ach, weißt du, ich bin irgendwie müde. Ich glaube, ich werde jetzt nach Hause fahren."

„Du bist doch wütend."

Sie erreichten ihren Wagen, und sie schloss ihn auf. „Mir geht es gut. Gute Nacht."

Er beugte sich vor, um sie zu küssen, und sie drehte sich so, dass sein Kuss auf ihrer Wange landete. „Amber."

Sie sah auf seinen Mund, dann zuckte ihr Blick rasch zu seinen Augen hinauf. „Ich brauche nur etwas Zeit. Du hast immer noch Lippenstift überall an deinem Mund."

„Oh!" Er wischte darüber.

Sie stieg in ihren Wagen und öffnete das Fenster. „Bye, du gemeiner Hund."

Er war sich nicht sicher, ob er sich darüber freuen sollte, dass sie in der Piratensprache mit ihm redete, oder sich Sorgen machen, weil sie ihn einen gemeinen Hund genannt hatte. „Bye, meine Schöne."

Sie neigte ihren Kopf und fuhr davon. Vielleicht waren Blumen in Ordnung. Doch das wäre, als würde er eingestehen, dass er etwas falsch gemacht hatte. Er hatte nur getan, was er tun sollte. Er hatte geschauspielert. Es war nur Schauspielern. Sie musste sich daran gewöhnen.

„Hey, Bare!", rief Lauren, ließ ihre Hüften schwingen und

sah in ihren kurzen Shorts höllisch sexy aus. „Kann ich bei dir mitfahren? Meg hat mich sitzen lassen."

Er schluckte kräftig. Lauren war diejenige gewesen, die gefragt hatte, ob er Single war. Diejenige, die gesagt hatte, dass sie ältere Männer mochte. Diejenige, die ihre Zunge in seinen Mund geschoben hatte.

„Klar", krächzte er. Er hoffte wirklich, wirklich, dass das nicht bei Amber ankam. Es war nur eine Autofahrt, nichts mehr. Nichts würde passieren, solange er etwas dazu zu sagen hatte. Und das hatte er definitiv. Schließlich war er der König. Er konnte doch wohl einen Flirt mit einem jungen, 20 irgendwas Ding überstehen. Richtig?

Sie stieg in seinen Wagen. Er drehte den Zündschlüssel und zuckte zusammen, als sie auf den Knopf drückte, der den Lautsprecher oben auf dem Wagen muhen ließ. Sie lachte. Er hatte den Lautsprecher fast vergessen.

„Was war das?", fragte sie.

„Das ist für meinen Laden. Das lässt die Kinder wissen, dass Fro-Yo in der Nähe ist."

„Cool."

Wirklich? Das war cool? Amber hatte ihn gebeten, nicht darauf zu drücken, wenn sie im Wagen war. Lauren drückte wieder und wieder auf den Knopf, sodass der Wagen die ganze Fahrt zum Diner muhte. Selbst Barry war es jetzt leid.

Er parkte, und sie gingen zum Eingang des Diners.

Lauren legte ihre Hand an seinen Arm und hielt ihn kurz vor der Tür an. „Bare, darf ich dich etwas fragen?"

Er drehte sich um. „Klar."

„Findest du mich hübsch?"

„Ja."

Er wandte sich zum Gehen, doch ihre Hand legte sich fester um seinen Arm und hielt ihn dort. Er drehte sich zu ihr zurück. Sie biss sich auf die Lippe und sah ihn mit diesen großen seelenvollen Augen an, mit denen sie ihm das Gefühl gab, als machte sie ihn an.

„Hat dir unser Kuss gefallen?", fragte sie.

„Hör mal zu, Lauren", sagte er mit seiner besten Ich-bin-einunddreißig-Jahre-alt-und-weiß-es-besser-als-du-Stimme. „Das war nur Schauspielern. Du weißt, ich bin mit Amber zusammen."

Sie schob ihre Unterlippe vor. „Du hast meine Frage nicht beantwortet."

Es war ja nicht so, dass es ihm nicht gefallen hatte. Es war nur, dass sie sich falsch anfühlte. Er wollte sie wirklich nicht ermutigen.

„Es tut leid", sagte er. „Ich hab es ja nicht für mich getan."

„Nun", schnaubte sie. Dann marschierte sie vor ihm ins Diner. Er folgte ihr an den großen Tisch hinten, wo der Rest der Besetzung bereits saß. „Ich werde mit jemand anderem nach Hause fahren", zischte sie ihm noch zu, dann setzte sie sich neben Zac.

Er blieb noch kurz, aß einige Mozzarellasticks und brachte dann eine Ausrede vor, um nach Hause fahren zu können. Er wollte Amber noch einmal küssen. Er wollte sie wissen lassen, dass er nur Lippen für sie hatte.

AMBER FUHR eine Weile durch die Gegend, ließ ihr Radio plärren, sagte sich immer wieder, dass Bare ein großartiger Typ war, der nie mit ihr spielen würde. Er hatte nichts falsch gemacht. Nichts Durchtriebenes, nichts hinter ihrem Rücken. Verdammt, er hatte ja sogar gezögert, diese Mädchen zu küssen, bis Toby deswegen ausgerastet war. Deswegen hatte sie sich rar gemacht. Sie hatte das Gefühl, dass er sich ihretwegen zurückhielt. Und das war süß. Das hier war keine große Sache.

Du wirst jeden Abend zusehen müssen.

Erinnere mich nicht daran.

Schließlich fuhr sie nach Hause. Es war Freitagabend nach

einer langen Arbeitswoche und den Proben. Sie wollte sich nur mit einem Glas Wein und *Zombie Bonanza* aufs Sofa fläzen. An ihrer Tür blieb sie abrupt stehen, denn dort saß jemand, hatte die Knie angezogen und sich dagegen gelehnt. Sie ging näher heran. Oh, verdammt noch mal. Sie hatte heute Abend nicht mehr die Energie, sich damit zu befassen.

„Hi, Kate", sagte sie und blieb vor ihrer Halbschwester stehen.

Ihre Schwester war einundzwanzig, benahm sich aber, als wäre sie fünfzig – sie war konservativ, von Gleichungen besessen, nicht von Männern, und Sachen mussten bequem, nicht modern sein. Sie fuhr sogar einen Kombi, den hatte sie sich ausgesucht, weil er als so sicher galt. Obwohl sie einander von der Haarfarbe und der Größe her ähnlich waren, waren sie ansonsten vollkommen verschieden. Kate war so chaotisch wie immer – ihre blonden Haare hatte sie zu einem halben Knoten hochgesteckt und zur Hälfte zu einem Zopf im Nacken, ihr weites T-Shirt war befleckt, ihre Jeans verblasst und franste beinahe aus, doch nicht so, dass es cool ausgesehen hätte, mehr, als hätte sogar ein Secondhandladen sie abgelehnt.

Kate sah durch ihre riesige Schildkrötenpanzerbrille auf. „Hi", murmelte sie.

Sie stand auf, und erst da bemerkte er Amber den Rollenkoffer, gegen den ihre Schwester sich gelehnt hatte. *Oh nein.*

„Hast du vor, eine Weile zu bleiben?", fragte Amber mit ungutem Gefühl, während sie die Tür aufschloss.

„Ich komme mit dieser Muttersache nicht klar", sagte Kate und rollte ihren Koffer hinein. Wie sie Kate kannte, hatte sie vermutlich eine alte Jeans, ein Dutzend T-Shirts und ihren Laptop eingepackt.

Emma seufzte. „Aber deine Mutter ist doch gar keine Glucke."

Maxine war tatsächlich eine brillante Physikerin, die immer abwesend und leicht vernachlässigt aussah. Und doch war sie *da*, zu Hause, jeden Tag ab halb sechs, und das war mehr, als Amber jemals von ihrer eigenen Mutter bekommen hatte. Selbst, als sie noch bei ihrer Mom gelebt hatte, hatte ihre Mom den halben Tag damit zugebracht, in ihrer Galerie zu malen, und hatte kaum mitbekommen, dass ihre kleine Tochter ebenfalls in der Nähe malte und versuchte, ihre Mom auf die einzige Art zu erreichen, die sie sich vorstellen konnte. Seitdem sie nach Paris gezogen war, schickte ihre Mom Amber handgemalte Karten zum Geburtstag und wann immer zum Teufel sie sonst dazu kam, doch sie besuchte sie nie, rief niemals an, schickte nie auch nur eine Mail. Sie war die Sorte Künstler, die so in ihrer Kunst aufgingen, dass sie nicht die Energie für irgendjemand anderen hatten. Amber hatte sich vor langer Zeit geschworen, immer auf eine gewisse Ausgewogenheit zwischen ihrer Kunst und den Menschen, die in ihrem Leben eine Rolle spielten, zu achten.

Kate unterbrach ihre unglücklichen Gedanken, als sie rief: „Mom geht mir die ganze Zeit auf die Nerven! Sie möchte, dass ich mich den ganzen Sommer über auf die Graduiertenschule vorbereite. Reicht es denn nicht, dass ich in nur drei Jahren einen doppelten Abschluss in Mathematik und Physik erreicht habe? Seit der Highschool habe ich Collegekurse besucht. Habe ich keine Pause verdient?"

In Ambers Kopf drehte sich alles, als sie versuchte, all diese Gleichungen in solch kurzer Zeit zu bewältigen. „Natürlich hast du das."

„Ich habe doch nur den Sommer, und dann heißt es Graduiertenschule, ich komme!"

Kate rollte ihren Koffer in Ambers Zimmer.

„Ähm, Kate. Du schläfst auf dem Sofa."

„Oh!" Sie rollte ihren Koffer zurück ins Wohnzimmer und ließ sich auf dem Sofa fallen. „Also, was steht für heute Abend an?"

Amber ließ sich neben ihr aufs Sofa fallen. „Ich komme gerade von einem langen Tag nach Hause. Ich habe gearbeitet und war dann bei der Probe. Ich möchte mich einfach nur hinfläzen."

„Großartig! Ich werde mich auch hinfläzen."

Sie saßen nebeneinander auf dem Sofa. „Kate?"

„Ja."

„Kannst du das nächste Mal bitte anrufen?"

„Ich habe dir gestern eine Mail geschrieben. Liest du deine Mails denn nicht?"

„Oh, ja. Schätze, ich hab seit ein paar Tagen nicht reingeschaut."

Kate schüttelte den Kopf.

„Wie lange wirst du bleiben?", fragte Amber.

„Den ganzen Sommer", sagte Kate.

„Den ganzen – Moment mal." Es klingelte an der Tür. Amber ging hin und sagte über ihre Schulter: „Darüber müssen wir noch reden."

Sie schaute durch den Spion. Bare. Dieser Abend wollte einfach nicht enden. Es war fast zehn Uhr. Konnte man sie denn nicht endlich aus ihrem Elend erlösen? Ein langer Schlaf am Ende dieses Tages.

Sie öffnete die Tür. „Hi, Bare."

„Hey, Maid. Ich wollte nur sicher gehen –"

„Wer ist es denn?", fragte Kate, die an Ambers Seite aufgetaucht war.

„Das ist Bare." Sie drehte sich zu ihrer Schwester um, die merkwürdig fasziniert aussah. „Das ist meine Schwester, Kate."

„Ich kenne dich", sagte Kate und zeigte auf ihn. „Ich habe im *The Journal of Computing Science and Society* über dich gelesen. Du bist Giggle Snap. Ich meine, Barry Furnukle."

Bare grinste. „Oh, na ja. Ja, das bin ich."

„Du bist brillant", hauchte Kate. „Der Kompressionsalgorithmus, den du für Tonaufnahmen entwickelt hast, war bahnbrechend."

Bare lächelte und verlagerte sein Gewicht von einem Fuß

auf den anderen. „Danke. Das war doch nichts. Mittlerweile gibt es viel Besseres auf dem Markt."

„Ich bin Kate", sagte sie und streckte ihre Hand aus.

Er schüttelte sie. „Ja. Schön, dich kennenzulernen, Kate."

Kate zog ihr Haargummi heraus und schüttelte ihre Haare auf. „Möchtest du auf einen Drink reinkommen?"

Amber starrte ihre Schwester an. Wirklich? Jetzt war sie plötzlich an einem Mann interessiert? Sie hatte sich schon gefragt, ob ihre Schwester vielleicht auf Frauen stand.

„Eigentlich bin ich nur vorbeigekommen, um Amber zu k–" Bare schüttelte lächelnd den Kopf. „Ich wollte nur mit deiner Schwester reden."

„Komm schon", lockte Kate ihn mit der Hand an der Hüfte. „Nur einen Drink. Ich erzähle dir auch vor der neuesten Forschung zu Datenbasen in Apps wie deiner."

„Ich arbeite gerade an einer App für Vogelbeobachtungen, die auf einer Datenbasis aufbaut", sagte Bare.

Kate schob ihre Brille hoch. „Exzellent!"

Amber unterdrückte ein Ächzen, als sie es sich mit Eisteegläsern im Wohnzimmer gemütlich machten. Kate schwärmte enthusiastisch weiter in Bares eifrige Ohren, beide hatten ihr Getränk vollkommen vergessen. Nachdem sie eine Stunde lang über Computer und höhere Mathematik geredet hatten, was Ambers Kopf völlig überstieg, huschte sie davon und ging ins Bett.

Ein paar Augenblicke später öffnete sich die Tür quietschend.

„Amber?", rief Bare.

„Was?", murmelte sie.

„Ich werde dir jetzt noch einen Gutenachtkuss geben."

„Mach das nicht."

Er hatte heute Abend schon genug Frauen geküsst und sich dann auch noch bei ihrer Schwester eingeschleimt.

„Komm schon, Maid. Autsch!" Das Bett erbebte. Er musste dagegen gelaufen sein.

Sie verkniff sich ein Lachen. „Nenn mich nicht Maid."

„Gib mir einen Kuss, meine Liebe."

Sie zog die Decke über den Kopf. „Ich bin nicht deine Liebe."

Er riss die Decke herunter. „Ich sage, dass du es bist."

Seine Hände fanden ihr Haar, dann ihre Wange, und er drehte sie zu sich um. Seine Lippen senkten sich auf ihre, sanft und vorsichtig. Sie entspannte sich in den Kuss, vergaß ihre Schwester, die ihn so verehrte und die Töchter des Major-Generals, die ihn ebenfalls verehrten.

Er küsste sie auf die Nasenspitze. „Gute Nacht, Amber."

„Gute Nacht."

Er küsste ihre Stirn. „Ich hoffe, eines Tages wirst du Guten Morgen sagen."

„Dräng mich nicht."

„Und wo ist mein verborgener Schatz?" Er tastete über das Bett, dann über sie, seine Hände klopften die Decke ab, worauf sie kichern musste; dann legte er sich zu ihr ins Bett.

Sie drückte gegen seine Brust und versuchte, nicht zu lachen. „Dein Schatz ist nicht hier."

„Aye, ist er." Er zog sie hoch gegen sich, sodass sie beide Brust an Brust auf der Seite lagen. Sie trug ein Tanktop mit Pyjamashorts, und er fühlte sich durch den dünnen Stoff köstlich warm an. Sie kuschelte sich näher an ihn. Seine Hand umfasste ihren Hinterkopf, und er küsste sie erneut. Dieses Mal war es ein fester, fordernder Kuss, seine Zunge drang ein, sein Bein keilte sich zwischen ihre. Dann küsste er ihren Kiefer und ihren Hals hinunter, während seine Hände an ihrem Körper auf und ab wanderten und nie an einem der guten Orte anhielt, einfach nur ein allgegenwärtiges Streicheln, durch das sie sich vollkommen wach, vollkommen erregt fühlte und mehr wollte.

„Amber?" Kate klopfte an die Tür. „Ich habe meine Zahnbürste vergessen. Hast du noch eine?"

Bare küsste gerade ihr Schlüsselbein, während seine Hand an ihrem Oberteil hinauf wanderte und ihre Brust streichelte.

„Ja", hauchte sie, als seine Finger über ihre empfindliche Spitze strich. „Nimm sie. Ich hab noch eine."

„Schläft Barry heute hier?", fragte Kate durch die Tür. „Ich hab nämlich auch meinen Pyjama vergessen. Wird er mich dann ohne meine Hose sehen?"

Bare lachte an ihrem Hals. Amber unterdrückte ein Lachen.

Kate fuhr fort. „Wäre okay. Aber … kann ich mir ein paar Sachen leihen? Meine Unterwäsche ist einfach nur schlicht weiß und *murmel, murmel* …"

Den Rest dieses Satzes bekam Amber nicht mehr mit. Kate sah vermutlich beim Reden gerade an sich hinab, doch mal im Ernst, sollte sie Bare *und* ihre Unterwäsche mit ihrer Schwester teilen?

„Ich bleibe nicht über Nacht!", rief Bare.

Sie hörten, wie Kate davonging.

„Ich glaube, sie will mich", sagte er.

Sie schob ihn aus dem Bett. „Jeder will dich."

Er beugte sich über sie, seine Hände auf beiden Seiten ihrer Schultern. „Heißt das, du auch?"

„Du wirst noch ganz eingebildet."

„Du sorgst schon dafür, dass ich bescheiden bleibe." Seine Lippen huschten über ihre. Sie schob ihre Hand in sein Haar, hielt ihn dort für mehr. Er gehorchte, küsste sie lang und heftig, bis sie hörten, dass Kates Schritte auf ihrem Weg zurück aus dem Bad wieder vor der Tür stehen blieben.

„Bald, meine Liebe", flüsterte er.

„Das hättest du wohl gern", sagte sie, denn sie wollte nicht, dass er schon ging, selbst wenn ihre Schwester in der Nähe war.

Kates Schritte gingen weiter zum Wohnzimmer.

Er drückte einen Finger an ihre Unterlippe. „Ich weiß."

Sie nahm seinen Finger in den Mund und saugte daran.

Er stöhnte. „Du bist schlimm."

Sie ließ seinen Finger los und lächelte.

„Du stellst meine Kontrolle ganz schön auf die Probe, Frauenzimmer."

„Nacht, Bare." Sie rollte sich weg von ihm auf die Seite und fragte sich, ob er wieder zu ihr ins Bett kommen oder einfach gehen würde. Seine Hand umfasste ihren Hintern, wanderte noch tiefer und drückte in ihre Hitze. Sie schnappte nach Luft.

Seine Stimme war ein kehliges Knurren. „Nacht, Amber."

Er ließ sie los und ging. Danach wälzte sie sich herum und wünschte sich, Bare wäre da, um ihren Schmerz zu lindern, oder dass sie ihn nicht gereizt hätte, denn jetzt brauchte sie es mehr als sie es je zuvor gebraucht hatte. An Schlaf war überhaupt nicht mehr zu denken.

7

Am Montagabend sah Amber hinter der Bühne mit dem Skript in der Hand zu, während Mabel und die Töchter des Major-Generals ihr Lied sangen, als dröhnende Stimmen und das Geräusch von etwas, das gegeneinanderstieß, über den Flur zu ihr getragen wurden. Sie ging zur Bühnentür und steckte den Kopf hindurch. Bare und Zac kämpften mit Holzschwertern im Flur.

„Ist das euer Ernst?", fragte sie. „Müsst ihr das wirklich hier tun?"

„Störe keine Männer, die mit Schwertern kämpfen", sagte Zac und rammte sein Schwert in Bares.

Bare parierte und grinste sie an. „Man hat uns gesagt, wir sollen in der Nähe bleiben, für den Fall, dass wir gebraucht werden."

„Ich werde euch rufen", sagte sie. „Geht und kämpft wie große Jungs in der Cafeteria."

Zac drehte sich um und ließ sein Schwert von seiner Scham aus vorkragen. „Entschuldige mal, wir sind Männer."

Bare warf ihr sein schiefes Lächeln zu. Er hob sein Schwert hoch in die Luft. „Ja, Männer!"

Amber schüttelte den Kopf und ging zurück hinter die Bühne. Das Geräusch des Schwertkampfes verstummte.

Kurz darauf kam Edith zu ihr. „Wir brauchen Zac auf der Bühne. Könntest du ihn bitte holen? Und wenn du dann noch eine Minute hast, hilf mir doch bitte am Schrank mit den Kostümen."

„Klar, kein Problem."

Amber ging in die Cafeteria, wo Zac auf einem Tisch saß und sich mit Bare unterhielt. Sie sah, wie Zac immer wieder Bares Arm berührte, während Bare unbekümmert plauderte. Merkte Bare eigentlich, dass Zac auf ihn stand?

„Zac!", rief sie. „Sie brauchen dich auf der Bühne!"

Zac sprang auf und drehte sich zu Bare um. „Bis unsere Schwerter einander wieder treffen, mein guter Mann."

Bare neigte den Kopf, und Zac ging.

Bare ging zu ihr. „Hallo, meine dralle Schönheit."

Sie lachte schnaubend. „Okay, mit dem „drall" gehst du wirklich zu weit. Ich bin nicht drall."

Sein Blick senkte sich auf ihren Busen und hob sich dann wieder zu ihren Augen. „Hallo, meine Schönheit."

Sie schlug ihm auf die Brust.

„Au!" Er rieb sich die Brust.

„Das war jetzt eine Beleidigung."

„Wie kann das denn eine Beleidigung sein? Du bist doch diejenige, die gesagt hat, dass du nicht drall bist. Ich dachte, ich sollte das nicht sagen."

Er sah so ehrlich perplex aus, dass sie ihm verzieh. Sie küsste seine Brust, wo sie ihn geschlagen hatte. „Tut mir leid, dass ich dich geschlagen habe."

Er legte seine Hand in ihr Haar. „Du kannst mich gern noch an ein paar anderen Stellen schlagen, wenn du sie danach dann küsst."

„Das willst du nicht", sagte sie frech.

Er beugte sich hinab und strich mit seinen Lippen über ihre. „Vielleicht doch." Er knabberte an ihrer Unterlippe. Vielleicht werde ich den Gefallen erwidern." Er gab ihr einen Klaps auf den Po, und sie stolperte vor und gegen ihn.

„Frech", sagte sie, lächelte aber.

Er legte seinen Arm um ihre Taille. „Amber", knurrte er, dann stieß sein Mund hinunter auf ihren. Sie warf ihre Arme um ihn und fuhr mit ihren Fingern durch sein seidiges Haar im Nacken. Seine Hand packte ihr Haar, die andere strich fest über ihren Hintern. Der Kuss ging immer weiter, war heiß und heftig, und sie ließ ihre Hände überallhin wandern, wo sie nur hingelangen konnte, hinauf zu seiner Wange mit den Piratenstoppeln, unter sein weiches T-Shirt, über seine Jeans und diesen festen Hintern. Er bewegte sie jetzt, küsste sie und führte sie rückwärts hinter die Automaten, wo er sie gegen die Wand drückte, außer Sichtweite der Cafeteriatüren.

Und dann wanderten auch seine Hände überall hin, während er sie küsste, unter ihre Tunika und über den dünnen Stoff ihrer Leggins, entlockten ihr ein Stöhnen, dann hob er sie hoch, und sie legte ihre Beine um seine Taille und, oh, süße Herrlichkeit, sie passten. Das Pochen zwischen ihren Beinen intensivierte sich, als seine Erektion durch ihre Leggins gegen sie drückte.

Die Tür der Cafeteria öffnete sich, und sie erstarrten.

„Amber?", rief eine Stimme.

Das war Edith. Sie hatte ganz vergessen, dass sie ihr bei den Kostümen helfen sollte. Mit geweiteten Augen sah sie Bare an, doch er schüttelte den Kopf. Er würde sie jetzt nicht absetzen. Sie befürchtete, Edith würde ganz hereinkommen und sie in dieser Position erwischen.

Sie wand sich, und Bare drückte kräftiger gegen sie, was ein Kribbeln in ihrem Unterleib auslöste. Seine Augen brannten sich in ihre, und sie konnte kaum atmen.

Sie hörten Schritte, dann öffnete und schloss sich die Tür wieder. Sie stieß einen Atem aus. „Das war knapp. Ich muss gehen. Ich sollte ihr helfen."

Er ließ sie los und an sich hinuntergleiten. „Ich könnte auch ein wenig Hilfe gebrauchen."

„Was für —"

Sie sahen beide hinunter, dorthin, wo seine Jeans sich vorwölbte.

„Oh", sagte sie.

„Ja."

Sie schenkte ihm ein kleines, spitzbübisches Lächeln. „Tut mir leid."

Sie wollte schon davongehen, doch er packte sie und zog sie zurück an seinen Körper. „Mir nicht."

Er küsste sie erneut, und das rauschende Gefühl ließ sie vergessen, warum um alles in der Welt sie gehen wollte. Seine Zunge stieß in ihren Mund, und sie reagierte mit einem kleinen Wimmern, das nach mehr verlangte. Ihre Hände strichen über seine Brust und ertasteten seine harten Flächen. Seine Hände waren überall gleichzeitig, überwältigten sie, lösten in ihr das Verlangen aus, wieder auf seinen Körper zu steigen und ihre Beine um ihn zu legen. Plötzlich merkte sie, dass sie einen Schritt von ihm entfernt war.

„Warum hast du aufgehört?", fragte sie. Ihre Lippen kribbelten noch, ihr Körper sehnte sich noch nach ihm.

Er schloss die Augen. „Du bringst mich dazu, dich zu wollen. Zu sehr. Du solltest besser gehen."

„Wirst du mich denn gar nicht ansehen?"

„Amber, bitte. Das ist nicht der Ort, an dem ich unser erstes Mal möchte."

Sie biss sich auf die Lippe. Seine Augen waren immer noch geschlossen. Glaubte er wirklich, sie wollte hier mit ihm schlafen? Und dann traf es sie, was er zuvor gesagt hatte, dass sie seine Kontrolle auf die Probe setzte, er versuchte, sich unter Kontrolle zu halten. So sehr wollte er sie.

Als dieses Wissen sich in ihrem Herzen festgesetzt hatte, machte sie auf dem Absatz kehrt und ging zur Tür. Dann blieb sie stehen und sah noch einmal über ihre Schulter. Er hatte sich von ihr abgewandt.

„Ich wackle mit meinem Hintern!", rief sie.

„Das ist mein Hintern", erwiderte er.

Ein heißer Rausch durchfuhr sie. Resolut marschierte sie zur Tür hinaus, ihre Lippen zu einem kleinen Lächeln verzogen.

BARRY GING ZUR TOILETTE, um sich kaltes Wasser ins Gesicht zu spritzen, bevor er zur Bühne zurückkehrte. Er war so nah dran gewesen, Amber direkt in der Cafeteria zu nehmen. Er hatte noch nie ein solch überwältigendes Verlangen verspürt, in sie hineinzustoßen. Himmel, er musste es langsamer angehen. Musste sich mit ein paar Küssen zufriedengeben. Er würde sie noch vergraulen. Oder, noch schlimmer, sie zu sehr bedrängen, zu schnell. Er musste noch eine ganze Woche Proben überstehen, bis er sie wieder für sich allein hatte. Sie war einverstanden damit gewesen, am Samstag vor der Probe mit ihm zu einer Matinee und einem Dinner zu gehen. Zuerst das Daten, dann der Sex, erinnerte er sich. Das war die Reihenfolge.

Er kehrte gerade rechtzeitig auf die Bühne zurück, um mit den Piraten, Frederic und den Töchtern des Major-Generals zu proben. Als die Musik zu spielen begann, sah er hinter die Bühne. Amber war nicht da. Sie musste wohl Edith helfen. Es war besser so. Er wollte nicht, dass die ganze Besetzung sah, wie seine Hose fast platzte, nur weil er in solch einem elenden Zustand von Hardcore-Lust war.

Jasmine arbeitete mit ihm und den Piraten und ließ sie mit den Töchtern des Major-Generals tanzen, sie herumwirbeln, ihre Hände halten und sie durch die Gegend ziehen, sich im Kreis mit ihnen drehen. Er war abgelenkt, dachte immer noch an Amber. Als ihm daher Lauren bei einer Runde in den Hintern kniff, schrie er überrascht auf.

Die Frauen kicherten. Lauren wackelte mit ihren Fingern in seine Richtung. Er schüttelte seinen Finger in ihre Richtung und versuchte, als das Lied sein Ende erreichte, ernst auszusehen. Er wollte die Probe nicht durch etwas so Dummes stören. Er sang weiter, versuchte, sich an seinen Einsatz zu erinnern, und ignorierte die lüsternen Blicke, die Lauren ihm zuwarf.

Der Song endete, und Jasmine hob ihre Hand, um ihnen allen ein High Five zu geben.

„Lauren, kann ich dich kurz sprechen?", rief Jasmine, als sie weg von ihnen zur linken Seite der Bühne ging.

Lauren schlenderte hinüber. Jasmine sprach mit leiser, ernster Stimme, die er nicht ganz verstand. Lauren sah zu ihm hinüber, hob ihr Kinn und wollte davongehen, doch Jasmine packte ihren Arm und sagte noch etwas mehr.

Er wandte den Blick ab. Zac tauchte an seiner Seite auf. „Dieses Mädchen ist wirklich anstrengend. Letzten Sommer hat sie mich ständig befummelt."

Bare sah ihn an. Es war ziemlich offensichtlich, dass Zac schwul und mit Kevin zusammen war.

„Ja?", fragte Bare.

„Nein heißt doch nein, richtig?", fragte Zac.

„Klar."

Bare drehte sich herum, als sich eine Hand auf seinen Arm legte. Lauren sah zu ihm auf, ihre Augen geweitet und unschuldig. „Tut mir leid, Bare. Das war unprofessionell. Es wird nicht wieder passieren."

„Okay, kein Problem."

Sie stellte sich auf Zehenspitzen und flüsterte: „Ich bin nicht zu jung. Letzten Monat bin ich einundzwanzig geworden."

Er trat zurück. „Nun … Herzlichen Glückwunsch!"

Sie schürzte die Lippen. „Vielen Dank!"

„Geh auf deinen Platz zurück, du alte Flirterin!", rief Steph.

Lauren warf ihr Haar über die Schulter und ging zurück an Stephs Seite.

„Sag einfach Nein, Bare", sang Zac.

„Kein Problem", sagte Bare. Sein Blick wanderte hinter die Bühne. Amber war zurück. Er hoffte wirklich, dass Lauren vor ihren Augen nicht noch etwas Verrücktes machte.

Jasmine hob eine Hand. „Und von vorn. Die Damen, etwas Improvisation ist okay. Das unterstütze ich, aber kein unangemessenes Berühren. Es würde euch auch nicht gefallen, wenn es umgekehrt wäre."

„Dir vielleicht nicht", murmelte Lauren.

Jasmine warf ihr einen strengen Blick zu und signalisierte Will, die Musik zu starten. Barry peppte seinen Auftritt weiter auf. Es gefiel ihm, wenn Amber ihm zusah. Dadurch bekam er zusätzlich Energie, die ihn durch die Musik nur so schweben ließ.

Der Song endete, und Amber kam mit vier Sonnenschirmen auf die Bühne. „Schau mal, was ich gefunden habe."

„Hübsch", sagte Jasmine. „Wir gehen es noch einmal durch. Mit denen können wir eine Menge Spaß haben. Lass mich mal sehen."

Amber reichte ihr einen Sonnenschirm. Jasmine öffnete ihn und spielte damit – wirbelte ihn herum, lief damit, legte ihn von einer Schulter auf die andere.

„Fangen wir damit an, dass ihr ihn wirbelt", sagte Jasmine. „So vor euch. Dann legte ihn auf die Schulter und arbeitet damit, während ihr singt. Schaut mal, was sich natürlich anfühlt."

Auf ihrem Weg von der Bühne kam Amber an ihm vorbei. Ihre Hand glitt mit einem warmen Streicheln über seinen Bauch, als sie vorbeiging. „Schau, was sich natürlich anfühlt", flüsterte sie.

„Frauenzimmer", sagte er und drehte sich um, um ihre Rückansicht zu beobachten. Fehler. Ihre Hüfte wiegte sich, das übergroße Oberteil bewegte sich von einer Seite zur anderen und gab hin und wieder einen Blick auf ihre Kurven frei, die von diesen dünnen Baumwollleggins umhüllt waren. Er sah zur Decke, nahm einen langsamen tiefen Atemzug und dachte an eiskalten Fro-Yo. Eiskalter Fro-yo in der Hose war alles andere als sexy.

Sie gingen den Song erneut durch. Er bemühte sich, nicht zu Amber hinüberzusehen. Wer wusste schon, was sie als Nächstes tun würde, um ihn zu reizen?

Jasmine entließ die Piraten, um weiter mit den Damen und deren Sonnenschirmen arbeiten zu können. Er machte sich auf die Suche nach Amber. Sie war nicht hinter der Bühne. Er musste sie noch einmal in seinen Armen spüren. Er wäre mit einem Kuss zufrieden.

Er fand sie auf Händen und Knien halb im Requisiten-schrank, ihr kurviger Hintern in seine Richtung, ihn neckend. Er unterdrückte ein Stöhnen.

„Was machst du da?", fragte er. Seine Stimme klang harsch, weil er versuchte, nicht die Hand auszustrecken und sie zu berühren.

Sie erschrak und erhob sich auf ihre Knie. „Hey. Ich hab nur ein paar Kisten hier hinten durchwühlt. Edith meinte, es gäbe hier noch ein paar mehr Requisiten, die wir gebrauchen könnten."

Sie ging wieder auf alle Viere. Er ertrug es nicht.

„Ich hole die Kisten", bellte er.

Sie sah ihn über ihre Schulter an. „Ich mach das schon."

Er packte ihre Hüfte und zog sie aus dem Weg. Dann stellte er ihr drei Kisten vor die Füße. „Da."

Sie starrte ihn merkwürdig an, während sie sich mit verschränkten Beinen vor sie stellte. „Danke?"

Er grunzte. „Wir haben am Samstag ein Date."

Und dann wäre es für ihn vollkommen akzeptabel, bei

diesem Verlangen, das ihn in den Wahnsinn trieb, einen Schritt weiterzugehen.

Sie öffnete die Kisten. „Ich erinnere mich daran. *All I Want* und Sushi."

Sie hatte den Film ausgesucht, doch jetzt hielt er es allmählich für eine schlechte Idee, einen Frauenfilm mit ihr zu schauen. Der würde ihn nicht interessieren, sodass er die ganze Zeit darüber nachdenken würde, wie er sie schnell ins Bett kriegen konnte und ob sie wirklich überhaupt noch zu Abend essen sollten oder nicht.

Er hörte das Klimpern des Klaviers vom Theatersaal in der Nähe und überlegte, wie lange er hatte, ehe er wieder auf die Bühne musste.

Sie holte ein paar Hüte heraus – einen Cowboyhut und die Perücke eines amerikanischen Ureinwohners – und eine Federboa. „Hier drin ist nicht sehr viel", murmelte sie und warf alles zurück in die Kiste. Sie schob sie beiseite und öffnete die nächste. „Na sieh mal einer an!"

Sie hielt eine goldene Öllampe in die Höhe und rieb sie. „Drei Wünsche. Was könnte das sein?"

Er setzte sich auf den Boden neben sie, legte seine Hände an die Lampe, direkt auf ihre. „Wunsch Nummer Eins: mit dir zusammen sein."

„Aww", sagte sie. „Das bist du. Wunsch gewährt."

„Wunsch Nummer Zwei: dich küssen."

Sie gab ihm einen schnellen Schmatzer und grinste. „Wunsch Zwei gewährt."

„Wunsch Nummer Drei …" Er unterbrach sich. Nicht alle Frauen standen auf Dirty Talk. Und sie hatten immer noch nicht dieses Date gehabt.

„Wunsch Nummer Drei?", hakte sie nach.

Er streichelte ihre Wange und fuhr mit seinen Fingern von ihrem Hals zu ihrem Schlüsselbein. Ihre Atmung beschleunigte sich. Ihre Haut war so weich. Und sie duftete wie Rosen. Er umfasste ihr Gesicht und küsste sie. Das würde reichen müssen. Nur küssen und kosten. Er vergrub seine Hand in ihrem langen Haar, doch sein Körper drängte bereits nach mehr. Er war sich nicht sicher, wer den ersten Schritt machte, doch die Öllampe fiel klappernd zu Boden, dann hatten sie ihre Arme umeinandergeschlungen, und er zog sie auf seinen Schoß.

Er spürte durch ihre Leggins, wie heiß sie war. Er verlagerte ihre Position, sodass er sie auf den Armen hielt und sie ihn nicht ritt, wie er es so dringen wollte. Noch nicht. Er konnte nicht aufhören, sie zu küssen, konnte nicht aufhören, sie zu berühren. Nebenan hörte die Musik auf zu spielen, und sie riss ihren Mund von seinem.

Beide atmeten heftig.

„Ich weiß, was Wunsch Nummer Drei ist", sagte sie.

„Und?"

„Gewährt."

Er stöhnte und griff erneut nach ihr, doch sie entglitt seinem Griff.

Sie hob die Öllampe und stand auf. „Du hast meine drei Wünsche gar nicht gehört."

„Sie sind alle gewährt."

Sie neigte den Kopf, während sie ihn anlächelte. „Keine Fragen, einfach gewährt?"

„Ja, ja und ja." Er erhob sich. „Wunsch Nummer Drei gibt dir einen Freifahrtschein zu allem, ohne Fragen zu stellen."

„Wir brauchen die Piraten auf der Bühne!", rief Toby.

„Dein Stil gefällt mir", sagte sie.

Er musste wirklich gehen, doch er konnte nicht widerstehen zu fragen: „Und wann wird mein dritter Wunsch Wirklichkeit?"

„Bald, Kumpel", sagte sie keck.

Bald klang nach sehr, sehr bald.

„Bald, meine Schöne." Dann drehte er sich um und marschierte zurück auf die Bühne.

AMBER WÄRE DIE ERSTE, die zugab, dass es mit Bare ziemlich schnell ging. Sobald er erst mal diese Piratenhaltung einnahm, hätte sie ihm am liebsten die Klamotten vom Leib gerissen. Den Rest der Woche über, jeden Abend bei der Probe, neckte sie ihn und flirtete gnadenlos. Sie liebte es, wie sein Blick sich erhitzte, liebte es, sich von ihm in die Ecke drängen zu lassen, wann immer er Gelegenheit dazu hatte, liebte seine Hände an sich, liebte es sogar, in Fahrt gebracht zu werden, bevor er zurück auf die Bühne musste, denn er zahlte ihr das immer mit heißen Küssen und geflüsterten Versprechungen für mehr zurück.

„Bald", flüsterte er dann. „Bald."

Das war die heißeste Vorspiel-Woche ihres Lebens. Und dann war es endlich Zeit für ihr Date am Samstag. Sie hatte so das Gefühl, dass das Date das werden würde, worauf er gewartet hatte. Als müssten sie alles wiedergutmachen mit einem Date, das nicht in einem Desaster endete, nachdem die ersten beiden Dates so schlecht gelaufen waren. Sie hoffte wirklich, dass bei diesem alles glattlief. Sie trafen sich am Nachmittag, weil sie an jenem Abend wieder eine Probe hatten.

Nach dem Mittagessen tauchte er am Samstag an ihrer Tür auf und reichte ihr ein kleines, verpacktes Geschenk.

„Bare, du musstest mir doch nichts kaufen", sagte sie, dann öffnete sie es eifrig. Es war eine Schachtel mit Schokolade. „Mmm, Schokolade. Das gefällt mir." Sie nahm ein Stück und steckte es sich in den Mund. Kokosnussschokolade. Sie liebte Kokosnuss.

Sie hielt ihm die Schachtel entgegen. „Möchtest du auch eins?"

„Ich werde eins nehmen!", rief Kate von ihrem üblichen Platz auf dem Sofa. Ihre Schwester klebte am Laptop und

arbeitete an jeder mathematischen oder sonst wissenschaftli-
chen Sache, die gerade ihr Interesse packte.

„Hi, Kate!" rief Bare.

„Ich lese gerade ein faszinierendes Paper darüber, wie
man Laser benutzt, um Nanodrahtsensoren auf ein unglaubli-
ches Maß Empfindlichkeit abzukühlen", erwiderte Kate. „Du
kannst dir vorstellen, was das für Auswirkungen hat auf die
Auflösung in atomgetriebenen Mikro–"

„Bye, Kate!" Amber trat in den Flur und schloss die Tür
hinter sich.

Bare lächelte. Dann griff er in seine Tasche und reichte ihr
eine kleine blaue Tiffanyschachtel. Beinahe hätte sie sich an
der halbgekauten Süßigkeit in ihrem Mund verschluckt. Sie
schluckte sie herunter und wischte sich den Mund mit dem
Handrücken ab. Sie starrte auf die Schachtel. Starrte zu ihm.

„Mach sie auf!", sagte er.

Das tat sie. Diamantohrringe glitzerten ihr entgegen.

„Die passen zu deinem Piercing", sagte er.

Sie holte einen Ohrring aus der Schatulle und sah ihn sich
genau an. „Oh mein Gott! Bare! Sind die echt?"

„Ja. Kein ganzes Karat, aber echt."

Verwundert starrte sie ihn an. „Das musstest du wirklich
nicht."

„Ich wollte aber."

Sie reichte ihm die Schokolade und nahm ihre auffälligen
und baumelnden schwarz-silbernen Ohrringe ab, dann setzte
sie die Stecker ein. „Vielen Dank!"

Ian steckte seinen Kopf zur Tür heraus. „Gefallen sie
dir?", rief er. „Die drei Ks?"

Verwirrt drehte sie sich zu Bare um. „Drei Ks?"

„Kümmere dich um deinen eigenen Kram", sagte Bare
seinem Bruder. Er bot ihr seinen Arm. „Wollen wir gehen?"

Sie nahm seinen Arm. „Wollen wir."

∾

BARRY MUSSTE sich auf dem Weg zum Kino sehr bemühen, seine Wut auf seinen Bruder in den Griff zu bekommen. Er hatte ja unbedingt seine Nase zur Tür hinaus stecken müssen und diese drei Ks erwähnen. Barry versuchte, geschmeidig zu sein. Er würde gern ein Date mit Amber durchstehen, ohne es gründlich zu vermasseln.

Amber zog die Blende mit dem Spiegel herunter und bewunderte ihre Ohrringe. „Also, spuck's aus. Was sind die drei Ks, und bekommt die jede Frau?"

„Verdammter Ian", murmelte er.

„Köstlichkeiten", sagte sie. „Richtig?"

Es war Knabberzeug. Was soll's.

„Richtig?", hakte sie nach.

„Ian hat sich die drei Ks ausgedacht. Ich habe das noch nie gemacht. Vergiss, dass er seine große Klappe aufgerissen hat."

Er sah zu ihr hinüber. Sie lächelte, und er wusste, dass sie die Sache nicht auf sich beruhen lassen würde. Er konnte wohl nichts dagegen tun. Himmel. Er drückte bei dem iPod, das er in seinem Wagen angeschlossen hatte, auf den Knopf und hoffte, der Soundtrack von *The Pirates of Penzance* würde sie ablenken. Das klappte zwei Lieder lang, dann rief sie plötzlich: „Karat!"

Er stöhnte.

„Ich habe Recht!", schnurrte sie. „Köstlichkeiten, Karat, was sonst noch?" Sie tippte mit ihrem Finger gegen ihre Lippen und überlegte.

„Eigentlich waren es nur zwei Ks."

„Nein, Ian hat *drei* Ks gesagt. Käfig?"

Er prustete. „Käfig? Nein, kein Käfig."

„Kuchen!"

„Ja, es ist Kuchen."

„Du bist so ein schlechter Lügner."

„Nein, es ist Kuchen. Magst du Schokoladenkuchen?"

„Nun, schon, aber ich hatte bereits etwas Süßes, und Schokoladenkuchen passt nicht wirklich zu Sushi."

„Ein anderes Mal."

Puh! Ein wenig heikel, aber wenigstens kamen sie so vom Thema ab. Er wollte sie gerade schon fragen, woran sie gerade malte, als sie wie ein hungriger Hund zum Knochen zu den drei Ks zurückkehrte.

„Ich weiß es", sagte sie. Er verkniff sich ein Stöhnen. „Kerzenlicht. Das ist sehr romantisch. Und es passt zu Köstlichkeiten und Karat. Habe ich es jetzt?"

„Ja."

Sie zeigte auf ihn. „Ich werde nicht aufgeben, Bare. Ich bekomme es schon noch aus dir heraus."

Gott, das hoffte er. Es war Knabberzeug, Karat, Koitus, in der Reihenfolge.

DER FILM WAR ROMANTISCH und lustig, und Amber fand es wirklich toll, dass Bare Manns genug war, sich mit ihr einen Frauenfilm anzusehen. Er hatte im Dunkeln ihre Hand gehalten und mit ihr mitgelacht. Manche Typen litten bei Frauenfilmen. Er schien es zu mögen. Sie konnte immer noch nicht glauben, dass er ihr Diamantohrringe geschenkt hatte. Entweder hatte er einfach zu viel Geld, oder er mochte sie wirklich, wirklich gern. Vielleicht auch beides.

Als sie im Sushi-Restaurant ankamen, entschieden sie sich, sich eine große gemischte Platte mit Gelbflosse, Thunfisch, Seeigel und Lachs zu teilen. Der Fisch war frisch und zart. Bislang lief das Date viel besser als die vorigen beiden. Der Film und das Sushi hatten ihr gefallen. Ihm auch. Zumindest dachte sie das.

„Hat dir der Film wirklich gefallen?", fragte sie.

Er nickte einmal. „Wirklich. Es war lustiger als ich erwartet hatte."

Sie grinste. „Kitschfilm. Das ist das dritte K."

„Ja."

„Und warum glaube ich dir dann nicht?"

Er hob seine Hände. „Du hast eine sehr misstrauische Natur."

„Hmmm …"

„Erzähl mal, woran du gerade arbeitest." Mit seinen Essstäbchen nahm er ein Stück Thunfisch und tunkte es in Sojasauce. „Was ist das neueste Originalgemälde von Amber Lewis?"

„Zwischen der Arbeit und den Proben hatte ich kaum Zeit zu malen", sagte sie. „Ich hoffe, morgen wieder damit anfangen zu können. Und noch viel mehr danach, da die Schule jetzt zu Ende ist."

„Ich kann es nicht abwarten, es zu sehen."

Sie lächelte und nahm sich noch ein Stück Lachs. Er hatte sie bei ihrer Arbeit immer so ermuntert. Ein paar Wochen lang hatte sie jetzt nichts verkauft, doch sie hoffte, es würde bald wieder bergauf gehen.

„Erzähl mir von deiner Familie", sagte er.

Sie starrte auf die Platte. „Warum möchtest du von ihnen hören?"

Ihre Familie war eines der Themen, die sie am wenigsten mochte.

Er ergriff über den Tisch ihre Hand. „Ich möchte alles von dir wissen."

„Ich möchte nicht über sie reden." Sie zwang sich zu lächeln. „Erzähl mir von deiner Familie."

„Da gibt es nicht viel zu erzählen. Dass mein Vater gestorben ist, habe ich dir schon gesagt, dann gibt es da noch meine Mom, eine wirklich süße Lady, und Ian hast du ja kennengelernt. Daniel arbeitet beim Militär. Aber nicht auf dem Feld. Er ist hinter der Bühne. Geheimdiensttätigkeit. Das sind alle."

„Cool."

„Warum möchtest du nicht über deine Familie reden?", fragte er.

Sie legte ihre Essstäbchen ab und stieß einen Atem aus. „Na schön. Dad ist Physiker in Princeton, meine Stiefmutter auch, und Kate hast du kennengelernt. Das war's."

„Und deine Mutter?"

Sie zwang ihren Kiefer, sich nicht so zu verkrampfen. „Sie ist Künstlerin und lebt in Paris."

Den schlimmsten Teil ließ sie aus. Den Teil, in dem ihre Mutter einen Ausflug nach Paris geplant und nie zurückgeblickt hatte. Den Teil, in dem ihre Mutter eine griesgrämige Amber im Teenageralter zurückgelassen hatte, die angepisst war, weil sie einen Ausflug nach Paris verpasste und, wie sie dachte, ganze zwei Wochen fern von ihren Freunden bei ihrem Vater festsaß. Den Teil, in dem ihre Mutter sie umarmte und flüsterte: „Ich liebe dich, Amber. Leb wohl."

Amber hatte die Umarmung nicht erwidert. Was noch schlimmer war, sie hatte nur eines darauf erwidert: „Was auch immer."

„Wir müssen nicht über sie reden", sagte er und drückte vorsichtig ihre Hand.

Sie entspannte sich ein wenig. Sie war ihm für sein Verständnis bei einem Thema, das immer noch schmerzhaft an ihrem Herzen nagte, sehr dankbar. Sie sah ihm in die Augen. Er musterte sie.

„Also, wie lange muss ich noch darauf warten, dass du mir dieses dritte K gibst?", fragte sie.

Sie sah, wie sein Blick sich erhitzte. Wusste instinktiv, dass sie ihn jetzt hatte. Wusste, wohin das hier führte.

„Wann willst du es denn?", fragte er, und seine Stimme klang fast wie ein Knurren.

Ihr Herzschlag beschleunigte sich. „Jetzt."

Sein Griff an ihrer Hand festigte sich. „Nicht jetzt."

Sie lächelte. Sie hatte richtig geraten. Er hatte dieses grässliche Thema hinter sich, und sie würde bald ihr drittes K bekommen. Sie aßen zu Ende und gingen zurück zu ihrem

Haus. Sie hatten noch anderthalb Stunden, ehe sie zur Probe mussten. Das war reichlich Zeit.

Hand in Hand rannten sie die Treppe hinauf. „Zu dir oder zu mir?", fragte sie.

„Ian ist in meiner Wohnung. Zu dir."

„Kate ist in meiner."

„Sie werden wir aber leichter los. Sag ihr, dass in meiner Wohnung die neueste Ausgabe von *Information Technology & You* liegt."

„Die gibt es wirklich?", fragte sie und schloss ihre Tür auf.

„Ja. Sie wird es lieben." Seine Hand umfasste ihren Hintern, und sie zuckte zusammen. Sie packte seine Hand und zog ihn hinein.

8

„Meine Mutter ist hier", sagte Kate elend vom Sofa aus. Ambers Hoffnungen für ihr Date krachten spektakulär zusammen und verpufften.

„Hallo, Amber", sagte Maxine mit angespannter Stimme knapp. Ihre Stiefmutter war zierlich, ihr Haar streng und kurz geschnitten, wodurch ihre scharfen, elfengleichen Züge betont wurden. Sie trug einen maßgeschneiderten Hosenanzug, als kämen sie gerade von der Arbeit, obwohl sie ihn vermutlich dieses Wochenende gedankenlos angezogen hatte, weil er eben in ihrem Schrank hing.

Amber ließ Bares Hand los. „Hi, Maxine. Was tust du denn hier?"

Sie war von Princeton, New Jersey hergefahren. Die Fahrt dauerte mehr als zwei Stunden. Und das ohne Vorwarnung.

„Ich bin hier, um Kate zu holen. Sie hat nur noch acht Wochen, um sich auf die Graduiertenschule vorzubereiten. Das MIT will keine Faulpelze."

Bare schnaubte.

Maxine drehte sich um. „Wer sind Sie?"

„Oh, tut mir leid." Bare ging zu ihr und hielt ihr seine Hand entgegen. „Barry. Schön, Sie kennenzulernen. Mein

Bruder ist am MIT. Er ist schon ein ziemlicher Faulpelz. Aber ein sehr kluger."

„Dein Bruder ist am MIT?", fragte Kate.

„Ja."

„Katherine", sagte Maxine scharf, „pack deine Sachen!"

Kate wandte sich mit flehendem Blick an Amber. „Amber hat gesagt, dass ich hierbleiben kann. Richtig?"

Amber konnte nicht zulassen, dass ihre kleine Schwester den ganzen Sommer über für Physik pauken sollte. Doch Moment mal. War es nicht das, was Kate ohnehin freiwillig die ganze Zeit hat?

„Kate hat an ihrem Laptop für Physik gelernt", bot Amber an.

„Siehst du, Mom?", sagte Kate. „Ich kann auch aus der Distanz lernen. Ich habe online Zugriff auf die Universitätsbibliothek. Ich komme an die allerneuesten Zeitschriften. Bitte!"

„Amber, kann ich dich unter vier Augen sprechen?", sagte Maxine.

„Klar." Sie bedeutete ihrer Stiefmutter, ihr in die Küche zu folgen. Sie hörte, wie Kate Bare munter drauflos das Ohr abkaute.

Mit steinernem Gesicht starrte Maxine Amber über den Tisch an. „Kate hat ihr Interesse ausgedrückt, ihre Jungfräulichkeit vor der Graduiertenschule zu verlieren."

Amber verzog das Gesicht.

„Ich habe so den Verdacht, dass sie deswegen zu dir gekommen ist", fuhr Maxine fort. „Sie hofft darauf, dass du ihr einen geeigneten Mann vorstellst."

„D-das wusste ich nicht. Ich würde niemals –"

Maxine hob eine Hand. „Sie sieht zu dir auf. Hat sie schon immer. Kann ich mich darauf verlassen, dass du sie vor Ärger bewahrst?"

„Du meinst Verhütung?"

„Nein, darüber haben wir jedes Jahr mit ihr gesprochen,

seitdem sie ihre Tage hat. Und wir haben auch kein Problem mit Sex an sich."

Mit wir, vermutete Amber, waren ihr Vater und Maxine gemeint. Himmel. Ihr hatte man nur ein Buch ins Zimmer geworfen. Natürlich war sie als Teenager auch nicht gerade ein lächelnder Sonnenschein gewesen. Ihr Dad hatte vermutlich keine Ahnung gehabt, wo er anfangen sollte.

Maxine fuhr fort. „Wir möchten nur nicht, dass Kate sich irgendeinem Typen an den Hals wirft, der …"

Ein paar Augenblicke verstrichen schweigend. Amber wartete. Sie war es gewohnt, dass Maxine zwischendurch immer wieder innehielt. Das Gehirn ihrer Stiefmutter wirbelte mit einer Meile pro Minute, auch wenn nichts aus ihrem Mund kam.

Schließlich erhob sich Maxine. „Ich bin froh, dass wir darüber geredet haben."

In Ambers Kopf drehte sich alles. Was genau hatten sie denn beschlossen? Sie folgte Maxine ins Wohnzimmer.

Kate stand auf. „Kann ich bleiben?"

Maxine nickte. „Du darfst bleiben, wenn du mir wöchentlich Berichte schickst, welche Fortschritte du in deinen Studien machst. Um die andere Sache wird Amber sich kümmern."

„Das wirst du?", fragte Kate, und ihre Augen begannen zu leuchten.

Amber hatte keine Ahnung, was von ihr erwartet wurde. Sollte sie ihre Schwester mit irgendeinem Typen verkuppeln? Ihr Verhütungsmittel kaufen? Ein vertrauliches Gespräch mit ihr führen?

„Sicher", sagte Amber.

„Ich bleibe zum Abendessen", verkündete Maxine.

Sowohl Kate als auch Maxine drehten sich zu Amber um.

„Ich werde was bestellen", sagte Amber. Sie entschied sich für den Chinesen, denn sie wusste, dass es das war, was ihre Familie am Samstagabend immer bestellte.

„Exzellent", sagte Maxine. „Barry, was machen Sie so?"

Bare grinste. „Ich bin ein Pirat."

Kate lachte. „Ist er nicht lustig? Das ist nur eine Rolle in einem Stück. Mom, das ist Barry Furnukle. Der Mann hinter Giggle Snap."

Maxine hob eine Braue. „Haben Sie die neuesten Neuigkeiten über die dünn besetzte Fourier-Transformation und deren Auswirkungen auf Audioaufnahmen gehört?"

„Tatsächlich ja", erwiderte Bare.

Die drei tauchten in eine angeregte Diskussion ab. Amber bestellte das Essen, war bei den Wissenschaftsnerds wieder die Außenseiterin. Ihr Herz wurde schwer. Nie zuvor wäre sie gerne in diesem verkrampften Zirkel drin gewesen wie jetzt.

Und, verdammt, ihr drittes K hatte sie auch immer noch nicht.

～

„Und, hat es dir Spaß gemacht, mit Kate und Maxine zu reden?", fragte Amber, als Bare später am Abend mit ihr zur Probe fuhr.

„Klar, sind nette Leute."

Sie schwieg. Sie kam sich dumm vor, wenn sie mit ihrer Familie zusammen war, und jetzt war auch noch Bare auf deren Seite. Nicht, dass sie sie ausgeschlossen hatten. Zumindest nicht absichtlich. Sie hatte nur die Hälfte der Zeit keine Ahnung, worüber sie sprachen.

„Hast du jemals darüber nachgedacht, jemanden zu daten, der eher wie Kate ist?", fragte sie und hasste sich dafür, dass sie das ansprach.

„Warum fragst du das?" Er blieb an einem Stoppschild stehen und sah sie mit seinen gütigen Augen an.

Sie fühlte sich so elend, dass sie das Thema angesprochen hatte. „Nichts."

Er drückte aufs Gas. „Du glaubst, ich möchte eine Freundin, die von Physik besessen ist?"

„Nun, sie ist eben mehr wie du. Und ihr scheint über vieles reden zu können."

„Und was ist mit dir? Solltest du auch nur andere Künstler mit pinkfarbenen Haaren daten?"

Sie schnaubte. Sie hatte noch nie irgendwelche Typen mit pinkfarbenen Haaren gesehen. Sie schwieg.

„Möchtest du eine Liste von Gründen, weswegen ich mit dir zusammen sein möchte?"

Das war lächerlich. Irrsinnig. Sie war *nicht* so bedürftig.

„Klar", sagte sie.

„Hast du eine Liste von Gründen, weswegen du mit mir zusammen sein möchtest?", fragte er.

„Nicht griffbereit, aber ich könnte eine erstellen."

„Okay, ich mach eine Liste, und du machst eine Liste, und dann vergleichen wir."

„Das klingt so richtig rational und verkopft", sagte sie und verkniff sich ein Lächeln.

„Auf meiner werden ein paar Gleichungen stehen."

„Meine wird illustriert sein."

„Ich freue mich darauf."

„Ich auch."

Sie sahen einander kurz an und brachen dann in Lachen aus.

Amber wechselte das Thema, denn es war ihr peinlich, dass sie überhaupt so etwas Lächerliches angesprochen hatte. Das hier war doch kein Wettkampf mit ihrer Schwester. Bare musste ihr nicht sagen, weswegen sie etwas Besonderes war. Sie fragte ihn nach der Zusammenarbeit mit Delilah, der älteren Schauspielerin, die Ruth spielte. In letzter Zeit hatte Delilah sich hinter der Bühne lange bei Amber über einige jüngere Schauspielerinnen beschwert.

Bare, typisch er, konnte sich nicht beschweren. Er schien immer das Gute in allen zu sehen. Als sie ihre Stiefmutter wiedergesehen hatte, die drei hatte reden hören, war sie wieder in diese grässliche Außenseiterposition geraten. So etwas sollte eigentlich jetzt keine Rolle mehr spielen. Sie lebte allein, sorgte für sich selbst. Führte das Leben, für das sie bestimmt war.

Bare parkte an der Highschool und drehte sich zu ihr um. „Schau mal, ich könnte dir ein paar Gleichungen aufschreiben. Gleichungen erstellen, die beweisen, dass unsere Gesamtsumme besser ist als die Summe der einzelnen Teile, doch wir wissen beide, dass die kürzeste Entfernung zwischen zwei Punkten eine Gerade ist."

Das tat sie. Doch was genau bedeutete das?

Er nahm ihr Gesicht in die Hand, und sie wartete auf den Kuss, den körperlichen Ausdruck dafür, warum er mit ihr zusammen sein wollte. Das war alles, was Männer von ihr wollten – ihr Aussehen, ihren Körper. Sie schloss die Augen.

Seine Stimme klang wie ein raues Knurren. „Die kurze Antwort ist, ich bin dabei, mich in dich zu verlieben, nicht in Kate."

Sie riss die Augen auf. Sie sah in seine warmen braunen Augen und entdeckte Liebe, die ihr entgegenleuchtete. Sie blinzelte stechende heiße Tränen beiseite, konnte an den Kloß in ihrer Kehle nicht einmal vorbeireden. Sie nickte.

„Jetzt weißt du es", sagte er leise. Sein Daumen strichen über ihre Wange, über die eine Träne gerollt war. „Ich würde ja fragen, was für eine Illustration du dazu gesetzt hättest, doch ich fürchte mich davor."

Sie fand ihre Stimme wieder. „Dein großes Herz."

Er lächelte. „Meine Mutter sagt immer, ich sei ein Juwel."

„Das bist du."

Sein Daumen streichelte ihre Wange. „Ich kann es nicht abwarten, dich zu der meinen zu machen."

„Das hast du bereits", brachte sie erstickt hervor.

Da küsste er sie, ein zärtlicher Kuss, in dem sie langsam und unausweichlich dorthin fiel, wohin sie gehörte. Alle ihre

Unsicherheiten verblassten, denn das zwischen ihnen war nicht nur körperlich. Es gab Gefühle. Wirkliche Emotionen.

Er löste sich von ihr. Sie hörten Stimmen in der Nähe, als weitere Mitglieder der Besetzung für die Probe eintrafen.

„Wir sollten gehen", sagte er.

Hand in Hand, ihre Finger miteinander verwoben, betraten sie den Theatersaal. Bare hatte etwas an sich. Er war so solide, so standfest, so ganz anders als irgendeiner ihrer ehemaligen Freunde, von denen sie immer gehofft hatte, sie würden bleiben, das jedoch nie getan hatten. Sie wusste, sie hatte Trennungsängste wegen ihrer Mutter. Zwei Jahre aufgezwungene Therapie hatten ihr gesagt, dass es nicht ihre Schuld war, dass ihre Mutter gegangen war, und dass sie jedes Recht hatte, wütend und traurig zu sein, was jedoch ihren Schmerz nicht mildern konnte. Sie verliebte sich nicht schnell oder leichtfertig, war erst einmal vorher in einen Typen verliebt gewesen, der sie letzten Endes nicht geliebt hatte, doch irgendwie hatte Bare, mit seiner lockeren, lächelnden Art, einen Weg in ihr Herz gefunden. Das ängstigte sie. Ein Teil von ihr wartete ständig auf die nächste Hiobsbotschaft.

Nach einer langen Probe, in der Delilah zweimal gedroht hatte zu gehen, denn, wie sie mit schriller, dramatischer Stimme sagte: „Ich kann so nicht arbeiten", gesellte sich Amber zu der Besetzung und der restlichen Mannschaft auf einen Drink in die Garner's Bar.

„Da ist ja unser Mädchen", sagte Zac, tauchte an Ambers Seite auf und drückte ihr einen schmatzenden Kuss auf die Wange. „Ich weiß ja, dass du in mich verliebt bist, aber ich liebe nun mal die hübsche Mabel."

Sie kicherte. Zoe rief von einigen Barhockern entfernt: „Ist das mein hübscher Frederic?"

Die beiden liefen übertrieben in Zeitlupe aufeinander zu, fassten sich an den Händen und drehten sich in einem langsamen, glücklichen Kreis.

Amber lachte.

„Komm her", sagte Bare, zog sie an sich und drückte ihr einen Kuss auf den Mund.

Sie lächelte an seinen Lippen. Als Erwiderung zog er sie auf seinen Schoß. Er legte seinen Arm um ihre Taille und hielt sie so fest.

Steph kam auf ihrem Weg, ihren Mojito nachfüllen zu lassen, an ihnen vorbei. „Habe ich dir nicht gesagt, dass Theater Spaß macht?" Sie stupste Amber mit dem Ellbogen an. „Gib es zu."

„Es macht Spaß", sagte Amber.

„Ha!", sagte Steph triumphierend.

„Solange ich hinter der Bühne bin", fügte sie hinzu.

Nächstes Jahr führen wir *Grease* auf", sagte Toby. „Denk doch mal darüber nach."

„In der Highschool habe ich Danny in *Grease* gespielt", bot Bare an.

„Natürlich hast du das", murmelte Kevin und kippte einen Kurzen herunter.

„Dann bin ich Sandy", sagte Lauren und hauchte ihm einen Kuss zu.

Amber wackelte auf Bares Schoß, um ihn abzulenken. Seine Hände verkrampften sich um ihre Hüfte, um sie stillzuhalten.

„Frauenzimmer", knurrte er in ihr Ohr.

Sie kicherte.

„Du wirst nächsten Sommer mit mir eine Pink Lady sein", sagte Steph zu Amber.

„Und ich bin einer der T-Birds", sagte Bare.

„Du wirst Danny sein", sagte Steph. „Mach dir nichts vor. Solange du im Eastman Community Theater mitmachen möchtest, wirst du die Titelrolle haben. Richtig, Toby?"

Toby drehte sich um und sagte mit der dröhnenden Stimme von jemandem, der diesen Satz oft sagte: „Jeder muss in jeder Saison vorsprechen und dann auf die Castingliste warten." Gleichzeitig nickte er langsam.

„Er wird mit mir um die Rolle kämpfen müssen!", sagte Zac, hob seinen Finger wie bei einem Schwertkampf und schlug damit gegen Bares Hand. Bare krümmte seinen Finger um Zacs.

„Möge der beste Greaser gewinnen!", sagte Bare.

„Fickt euch doch alle", sagte Kevin, dann knallte er sein Getränk auf die Bar und marschierte zur Tür hinaus.

„Drama Queen", murmelte Zac.

„Ich bin von Diven umzingelt", ächzte Toby.

Temperamentvolle Künstler, einer wie die anderen, dachte Amber. Sie verstand diese Menschen. Sie ließ alle ihre künstlerische, kreative Energie in ihre Leinwände fließen und malte tief aus ihrem Inneren. Sie ließen all ihre künstlerische kreative Energie nach außen fließen und malten voneinander.

Sie drehte sich um und sah noch einmal über ihre Schulter zu Bare. „Ich möchte dich morgen malen."

„Mich?"

Sie lächelte. „Ja, dich."

„Vorsichtig", warnte Zac. „Vielleicht will sie dir ihre Gravuren zeigen. Du weißt, was das bedeutet."

Beide starrten ihn verwirrt an.

Zac verdrehte übertrieben die Augen. „Gravuren? Kommst du noch auf eine Tasse Kaffee mit hoch? Ist doch immer dasselbe."

„Ich habe keine Gravuren", sagte Amber.

„Vergiss es", sagte Zac. „Wenn ich es euch buchstabieren muss" – er senkte seine Stimme zu einem übertriebenen Bühnenflüstern – „S-E-X, dann seid ihr zu unwissend, um das tun zu dürfen."

Zac grinste und trank seine Piña Colada mit einem lauten Schlürfen leer.

„Du bist so schlimm", sagte Bare. „Geh schon, such Kevin und sieh dir seine Gravuren an."

„Vielleicht werde ich das", sagte Zac. Er wandte sich zum Gehen, wirbelte dann noch einmal herum und traf Bare mit einem aufreizenden Blick. „Du weißt gar nicht, was dir entgeht."

Bares Stimme grollte in ihrem Ohr. „Ich glaube doch."

Sie lachte.

„Ihr beide seid wirklich heiß", schnaubte Zac und legte dann einen dramatischen Abgang hin.

Sie lachten. Kurz darauf fuhren sie nach Hause.

Bare setzte sie an ihrer Tür ab. „Geh und schlaf ein wenig. Du wirst morgen all deine Energie brauchen, um das hier zu malen." Grinsend deutete er auf seinen Körper.

Sie legte die Arme um seinen Hals- und gab ihm einen Gutenachtkuss. Er löste sich rasch von ihr und ließ sie mit dem Verlangen nach mehr zurück.

„Was tust du denn?", fragte sie schmollend.

Die Distanz zwischen ihnen wuchs, während er sich langsam zurückzog.

„Ein Mann kann nur ein gewisses Maß ertragen", sagte er.

„Du willst mich", sagte sie und hoffte, ihn zurückzubekommen, hoffte, ihn in ihr Apartment ziehen und ihn benutzen zu können, egal wie erschöpft und müde sie sich fühlte. Sie hatte sich den ganzen Tag darauf gefreut.

„Aye", sagte er. „Nacht, Amber."

Und dann war er fort. Enttäuscht ging sie hinein, an einer schlafenden Kate auf dem Sofa vorbei und ließ sich aufs Bett fallen. Sie schlief auf der Stelle ein.

9

Am nächsten Morgen schlief Amber aus. Es war Sonntag, das hieß, dass es keine Probe geben würde, und sie war ganz versessen darauf, sich wieder um die Malerei zu kümmern. Bare würde am Nachmittag kommen, um für sein Porträt zu sitzen, also befasste sie sich erst mit einem Abstract. Sie fügte einen Hauch Dunkelviolett oben auf das Schwarz und das Rot, die sie bereits aufgetragen hatte, und beobachtete, wie die Farben sich vermischten und an den Rändern verliefen. Sie hatte das Malen unglaublich vermisst, doch zwischen der Arbeit und dem intensiven Proben-Zeitplan hatte sie nicht die Energie dafür aufgebracht. Jetzt lag der ganze Sommer offen vor ihr. Eine Weile hatte sie zahlreiche Gemälde an ihre einzige Sammlerin, Susan Dancy, verkauft, was sie in einen wahren Malrausch versetzt hatte, weil sie versuchte, der Nachfrage gerecht zu werden. Doch das hatte nachgelassen. Sie war so aufgeregt gewesen und hatte Bare täglich von ihren Verkäufen berichtet. Auch er hatte sich für sie gefreut.

Kate war von dem, was auch immer sie da an ihrem Laptop tat, ganz gefesselt und arbeitete den ganzen Morgen still vor sich hin. Nachdem sie mit dem Malen und ihrem Mittagessen fertig war, ging Amber zu Bare, um ihn abzuholen, und entschied sich, ihn als Piratenkönig zu malen. Sie wollte das festhalten, was er der Figur hinzufügte. Als Piratenkönig hatte er Arroganz und Selbstbewusstsein um sein zartes Herz gelegt. Die Kombination war wahnsinnig reizend. Sie stellte für ihn einen Stuhl neben die Staffelei und ging über den Flur, um zu sehen, ob er so weit war.

Ian öffnete die Tür. „Hey, Hübsches. Was gibt's?"

„Hey. Ist dein Bruder zu Hause?"

Ian stützte sich mit einem Arm am Türrahmen über seinem Kopf ab. „Du und ich, wir sind allein. Brauchst du Gesellschaft?"

„Wer ist denn da?", rief Bare.

Amber warf Ian einen vielsagenden Blick zu.

Ian zwinkerte. „Darfst es mir nicht verübeln, dass ich es wenigstens versuche." Er drehte sich um und sagte seinem Bruder: „Irgend so ein durchgeknalltes Mädchen, das dich für ihr Ein und Alles hält."

„Lauren?", fragte Bare.

Amber erstarrte. Er erwartete Lauren?

Bare tauchte vor ihr auf. „Ach, du bist es."

„Ja, ich bin es. Enttäuscht?"

Bare schob seinen Bruder beiseite, der sich über die kleine Szene zu amüsieren schien. „Natürlich nicht. Komm rein."

Sie trat ein.

„Ian, verschwinde!", sagte Bare.

„Wohin soll ich denn gehen?", stöhnte Ian.

„Du musst nicht gehen", sagte Amber.

Ian neigte seinen Kopf, betrachtete sie kurz von oben bis unten und wanderte in die Küche.

Sie drehte sich zu Bare um. „Ich wollte dich nur fragen, ob du jetzt für dein Porträt als Piratenkönig sitzen möchtest. Ich dachte, das wäre cool."

Er sah skeptisch aus.

„Was?"

„Du magst nur meine Piratenseite."

Sie neigte den Kopf. „Spielt das wirklich eine Rolle?"

Er dachte einen Moment nach. „Nein. Bin gleich zurück."

Kurz darauf kehrte er in seinem kompletten Piraten-kostüm mit enganliegender kurzer Hose und schwarzen Lederstiefeln zurück. Und einer Augenklappe. Ihr wurde überall heiß. Was hatte Bare, der Piratenkönig, nur an sich, das so antörnend war? Es war lächerlich. Doch er wirkte einfach so stolz. Als würde er sie sich jeden Moment über die Schulter werfen und für seine sündigen Gelüste dienstbar machen.

„Siehst du? Ich wusste, es ist das Kostüm", sagte Bare vorwurfsvoll. „Du hast dann diesen Blick in deinen Augen."

Sie versuchte, unschuldig zu tun. „Welchen Blick?"

Ian kam zurück, um es sich anzusehen „Ja. Sie will dich. Schlag zu, solange du kannst."

„Ian!", sagten sie gleichzeitig.

Ian zuckte die Schultern. „Was? Du weißt, dass du es willst."

„Achte gar nicht auf ihn", sagte Bare, packte Ian an den Schultern und drehte ihn um. „Lass uns gehen."

Sie gingen zurück zu ihrem Apartment. Kate riss sich jetzt zum ersten Mal an diesem Tag von ihrem Laptop los, warf einen Blick auf den Piratenkönig und wimmerte. Amber verdrehte die Augen.

„Wow", hauchte Kate. „Hi, Barry, ich war gerade dabei, eine neue Methode zu erforschen, extrem lange Primzahlen zu berechnen."

„Cool."

„Ja." Kate seufzte. „Wusstest du, dass ich immer Prim-zahlen unter 100 nehme, wenn ich die Mikrowelle programmiere?"

Amber starrte sie an.

„Das könnte funktionieren", sagte Bare. „Siebzehn, drei-undvierzig –"

„Siebenundfünfzig", endete Kate mit verträumtem Lächeln für ihn.

Amber packte Bare am Arm. „Okay, setz dich und versuch, dich nicht zu bewegen."

Bare setzte sich. Kate starrte ihn mit nicht nachlassen wollender Lust von ihrem Platz auf dem Sofa an. Amber nahm sich ihren Pinsel. Bare sah aus, als wäre es ihm unangenehm, als die Augen ihrer Schwester ein Loch in seine Brust brannten.

Amber drehte sich um. „Kate, könntest du etwas anderes tun? Es ist schwierig, sich zu konzentrieren, wenn man Publikum hat."

Kate wandte ihren Blick nicht von Bare. „Was soll ich denn tun?"

Er rückte seine Augenklappe zurecht und setzte sich gerade dahin.

„Könntest du noch mehr von diesem Primzahlenzeug tun?", fragte Amber.

„Ja, sicher." Kate öffnete ihren Laptop und machte sich wieder daran, Bare anzustarren.

„Würdest du gerne meinen Bruder Ian kennenlernen?", fragte Bare Kate.

„Ist er irgendwie so wie du?", fragte Kate.

„Klar", sagte Bare. „Wir mögen beide Computer. Wir sind beide eins dreiundachtzig. Er ist am MIT."

Kate sprang vom Sofa. „Bring mich zu ihm!"

Amber sah von Kate zu Bare. „Ich bin mir nicht sicher, ob das so eine gute Idee ist."

Kate drehte sich zu Amber um. „Warum?", verlangte sie zu wissen. „Ich möchte auch einen Barry." Sie schlug sich die Hand vor den Mund und lief gleich rot an.

Bare winkte das ab. „Ich sage Ian, er soll sich benehmen. Komm mit, Kate." Er bot ihr seinen Arm an, und sie beeilte sich, ihn zu nehmen. Kate drehte sich um, um Amber noch ein begeistertes Lächeln auf ihrem Weg hinaus zuzuwerfen. Amber lächelte verkrampft.

Ian würde ihre Schwester zum Frühstück verspeisen.

Ein paar Minuten später kehrte Bare zurück. „Endlich allein."

„Wie ist es gelaufen?"

„Großartig! Ich habe Ian erzählt, dass Kate zur Graduiertenschule ans MIT geht. Sie wollte einen Einblick ins Campusleben, und Ian war begeistert, ihr davon erzählen zu können."

„Nur reden."

„Er ist doch kein Tier."

Sie machte hmpf. „Okay, setz dich."

„Wie wäre es so?" Er stellte sich mit einer Hand an seiner Brust auf, als stünde er am Bug des Schiffes.

„Kannst du die Position halten?"

„Absolut! Ich bin der Piratenkönig, und das hier ist mein Schiff, die H.M.S. *Amber ist heiß*."

Sie lachte und begann zu malen. „Okay, hör auf zu reden. Ich muss dein Gesicht in Befehlsposition festhalten."

„Du magst es also, wenn ich Befehle erteile?"

Sie sah auf. Er hatte seine Brauen fragend gehoben. „Nein", sagte sie, auch wenn ihr bei der Vorstellung ganz heiß wurde.

Er schenkte ihr ein langsames, sexy Lächeln. „Das tust du."

Sie schloss den Mund, konnte aber die Röte nicht aufhalten, die sie ihren Hals hinauflaufen spürte, als ihr plötzlich klar wurde, weswegen sie ihn als Pirat so sehr mochte. Es war derselbe Grund, weswegen sie kantige Typen mochte. Sie mochte Typen, die das Kommando übernahmen.

Er tippte sich an den Kopf. „Die Info ist gespeichert. Ich bin ein exzellenter Rollenspieler. Ich kann alles sein, was du willst."

Alles? Er war ein sehr guter Schauspieler. *Mal ganz ruhig.*

Konzentrier dich. Wir werden hier nicht 50 Shades of Grey *spielen.*

„Hör auf zu reden." Sie starrte auf die Leinwand, ohne etwas zu sehen. Wie wäre er wohl im Bett? Süß und vorsichtig oder würde er gegenüber seinem Frauenzimmer den herumkommandierenden Piraten spielen, oder etwas in der Mitte?

„Bekomme ich etwas dafür, wenn ich ein gutes Modell bin?" Sie konnte das Lächeln in seiner Stimme hören.

Sie schüttelte den Kopf, gab es auf, sein Gesicht malen zu wollen, und ging über zu einer vorsichtigen Umrisslinie seiner Kniebundhose und der schwarzen Stiefel. „Sicher. Was möchtest du denn?"

„Dich."

Sie nahm ihren Pinsel herunter. „Sagst du damit, dass du Sex für einen Modelljob willst?"

Einer seiner Mundwinkel zuckte hoch. „Nein?"

Sie lachte.

„Und wofür bekäme ich Sex?", fragte er.

„Bare! Du bekommst von mir keinen Sex als Belohnung für irgendetwas. Und jetzt sei still."

Er schwieg, und sie malte. Es hatte schon etwas, wie er als Pirat seinen Körper hielt. Irgendwie wirkte er dann größer, seine Schultern zurückgezogen, sein Ausdruck in diesem albernen Lächeln verloren. Und doch, selbst, wenn er ernst war, seine Augen mit den Lachfältchen sprachen von einer vorsichtigen Verspieltheit.

„Knöpf dein Hemd weiter auf", sagte sie.

Langsam öffnete er die Knöpfe. „Jetzt wird es interessant."

„Mmm-hmmm", sagte sie, als sie seine Bauchmuskeln bemerkte.

„Gefällt dir mein Sixpack?"

„Sind das sechs?" Sie ging näher hin, um es sich selbst anzusehen.

Dann legte sie eine Hand an seine Rippen und ließ sie

langsam hinunterwandern, zählte vor sich hin, versuchte, gelassen zu tun, und als wäre sie nicht heiß und unglaublich angetörnt. Sie waren spektakulär. Sie wollte, dass dieser Pirat sie verschlang.

„Da sollten besser welche sein", sagte er, „sonst schicke ich einen sehr unfreundlichen Brief an den Macher dieser *Sixpack und Knackarsch in 30 Tagen*-DVD."

Sie war so überrascht, dass sie ihre Hand herunternahm. Sie hatte die Werbung mit den gestählten Männern und Frauen für diese DVD gesehen, die wie verrückt zu Top-40-Songs trainierten. „Du trainierst zu dieser DVD?"

Er verschränkte die Arme. „Verdammt richtig, das tue ich."

Sie konnte nicht anders. Sie lachte. Und lachte und lachte. Sie verschränkte die Arme vor dem Bauch und krümmte sich vor Lachen.

Er drehte sich um und sagte über seine Schulter: „Habe ich denn wenigstens auch einen festen Hintern?"

Da fing sie von vorn an.

Er packte sie und hob sie auf seine Arme. „Ich werde dir schon zeigen, was du davon hast, dich über den Piratenkönig lustig zu machen."

Er trug sie zum Sofa. Sie wischte sich die Augen ab und setzte sich. „Bare, meine Farben trocknen aus. Ich bin noch nicht fertig."

„Das ist die Strafe fürs Ärgern. Ein Kuss."

Und dann traf sein Mund ihren, wie ein Pirat, der sich nahm, was er wollte, und sie gab sich ihm hin, packte sein Hemd und vergaß vollkommen ihre Malerei.

Endlich zog er sich zurück. Seine Augen waren vor Verlangen ganz dunkel. „Amber", sagte er, und seine Stimme klang fast wie ein Knurren, bei dem ihr Inneres sich vor Verlangen zusammenzog, „beende dieses Gemälde, bevor ich dich gleich hier und jetzt nehme."

Hitze rauschte durch sie. *Ja. Lass es uns tun* gleich hier und jetzt.

„Das soll ein Scherz sein, richtig?", fragte sie ungläubig.

Er setzte sie von seinem Schoß herunter, stand auf und richtete seine Kniebundhose. „Nein, das ist kein Scherz. Ich kann nicht dagegen an, dass ich dich so sehr will." Er sah sie nicht an, sondern nahm einfach seine Position an ihrer Staffelei wieder ein. „Nicht jeden Tag wird zu meinen Ehren ein Porträt angefertigt. Ich weiß, du wirst die Sache großartig machen."

Sie machte sich wieder daran, ihn zu malen, hauptsächlich, weil er solch ein Vertrauen in ihre Fähigkeiten hatte, doch sie dachte, dass sie ihn lieber geküsst hätte. Und was er darüber gesagt hatte, dass er sie nehmen würde, sie wollte. Er hatte es so direkt angesprochen. So offen. So … erotisch. Es war ein wenig nervtötend. Und doch war ihr Künstlerauge gereizt, und sie fiel bald wieder in ihre Routine. Sein Ausdruck war sexy intensiv und so ablenkend. Sie konzentrierte sich auf seine Brust mit deren interessanten Flächen und Senken, spürte, wie ihr wärmer wurde, malte aber weiter. Sie musste dieses Gemälde fertigbekommen. Er würde nicht immer ein Piratenkönig sein. Sie wollte das festhalten.

Als sie fertig war, ließ sie ihn es sehen.

„So sehe ich aus?", fragte er.

Sie sah es sich noch einmal an. „Ja. So ziemlich."

Er starrte es an. „Und du hast es nicht verbessert, du weißt schon, gephotoshoppt."

Sie starrte ihn an. „Wie sollte ich das denn photoshoppen? Es ist ein Gemälde."

„Ich meine, hast du irgendwelche Makel beschönigt?"

„Was für Makel?"

Er drehte sich mit leichtem Lächeln zu ihr um. „Amber, Amber, Amber. Du stehst viel zu sehr auf den Piraten in mir."

Sie legte eine Hand auf die Hüfte. „Und was, wenn das so ist?"

„Dann sollte ich das ausnutzen."

„Tu es bitte", sagte sie, bevor er sie mit einem besitzergreifenden Piratenkuss in seine Arme zog. Als er sie zu Atem kommen ließ, legte er einen Arm um ihre Taille und hielt sie an sich, während er in intimen Details erklärte, was er gern mit ihr tun würde. Sie pochte bei seinen Worten.

„Bare, ich wusste ja gar nicht, dass du ein Dirty Talker bist."

„Stört dich das?"

Sie schüttelte den Kopf.

„Es gibt so vieles, was ich gern mit dir tun würde." Er schmiegte sich an ihren Hals. „Dinge, über die ich gelesen habe —"

„Wo hast du denn darüber gelesen?"

Er knabberte an ihrem Ohrläppchen. Sie schob an seiner Brust, weil sie es wissen musste. Was für Dinge? Wo hatte er darüber gelesen? Seine Zunge fuhr ihre Ohrmuschel nach. Ihre Knie wurden schwach, und sie sank gegen ihn.

„Bare?", sagte sie schwach.

„*Hunt and Get Fit* Magazin. Sehr männlich."

Sie löste sich von ihm. „Du gehst auf die Jagd?", fragte sie entsetzt.

„Ich lese das nur wegen der Sextipps."

Sie entspannte sich und nahm seine Augenklappe ab. „Okay. Lass uns gehen. Ich möchte mein drittes K."

Sie nahm seine Hand und führte ihn zum Schlafzimmer. Sie hatte sich kaum umgedreht und die Tür geschlossen, da hob er sie bereits hoch und warf sie aufs Bett. Sie hüpfte ein wenig darauf, lachte, und dann war er auch schon auf ihr, und ihr Lachen erstarb in ihrer Kehle. Sein Mund forderte ihren, und sie legte ihre Arme um seinen Hals. Sie rollten miteinander herum, küssten einander, zogen an den Sachen des anderen, verhedderten sich in den Laken des Betts, das sie nicht gemacht hatte.

Sie löste sich lang genug von ihm, um keuchend hervorzubringen: „Dein Schwert!"

„Ich weiß. Ich kann nicht anders."

„Nein, nimm es ab!"

„Nimm es ... oh!" Er stand auf, öffnete den Gürtel, nahm ihn mit dem Schwert zusammen ab, ließ beides auf den Boden fallen und kehrte zu ihr zurück.

Er küsste sie erneut, und Glieder umschlangen einander, während der Kuss immer weiter andauerte. Seine Hände waren überall gleichzeitig, berührten und streichelten sie, und sie ließ ihre Hände ebenfalls frei wandern. Er war schlank, hatte reizend geformte Muskeln und breite Schultern. Er schob sie auf ihren Rücken und legte sich zwischen ihre Beine, küsste ihren Kiefer, ihren Hals hinunter.

„Ich sollte dich warnen", sagte er zwischen den Küssen. „Man hat mir schon gesagt, ich habe die Ausdauer eines Rennpferdes." Er knabberte an ihrem Hals, und sie grub ihre Nägel in seinen Rücken. „Und zwar nicht auf die gute Weise."

Sie versuchte, ihn anzusehen, doch er küsste gerade an ihrem Hals herunter. Sie schluckte. „Es gibt auch eine schlechte Art?"

Er hielt inne und sah sie an. „Du weißt schon, nach dem Motto ‚das dauert so lange, werd endlich fertig.'" Er runzelte die Stirn. „Manche Frauen haben sich darüber beschwert."

„Dass du zu lange gebraucht hast."

Er nickte. Seine Hände bewegten sich erneut, berührten und streichelten sie überall zugleich und beobachteten ihre Reaktion.

„Das kann man doch gar nicht schlecht finden", sagte sie und bog sich in seine Hand, wo es ihm gerade gelungen war, ihre Brust aus dem BH zu befreien. „Mit was für Frauen warst du denn zusammen?"

„Mit keinen Nennenswerten", murmelte er, dann forderte er erneut ihren Mund. Ihr BH sprang auf, und seine Finger rollten ihre Nippel, zogen daran, und sie spürte, wie sich als Reaktion ein Pochen zwischen ihren Beinen ausbreitete. Er hob seinen Kopf. „Macht dir das nichts?"

Sie setzte sich auf und schälte sich das Top über den Kopf. Er tat dasselbe. „Verdammt nein", sagte sie.

Er starrte ihre Brüste an, dann nahm er langsam den Blick von ihrem Gesicht. „Du bist so schön. Ich muss dich einfach haben."

Er warf sie flach auf ihren Rücken, saugte an ihrer Brust, seine Zähne kratzten, während seine andere Hand über ihren Bauch glitt, in ihren Bauchnabel tauchte, ihr Piercing nachzog. Sie wollte ihre Jeans weg und ihn nackt haben, doch sie brachte die Worte nicht zustande, während sein Mund und seine Hände sie bearbeiteten. Sein Mund bewegte sich zu ihrer anderen Brust, seine Zähne neckten sie, während seine Hand tiefer wanderte, ihre Scham umfasste, auf sie drückte, sie dazu brachte, sich ihr entgegenzubiegen. Endlich zog er ihr die Jeans aus, und sie packte ihn wie wild und riss ihm die Kniebundhose herunter.

„Ich will dich", sagte sie, nahm sich ein Kondom vom Nachtschränkchen und reichte es ihm. „Jetzt. Ich kann nicht warten."

Er ließ seine Kniebundhose und die Boxershorts fallen und rollte ein Kondom über. „Sag mir bitte, dass du nicht immer oben liegen musst."

„Ich mache alles. Was auch immer. Beeil dich einfach."

Er setzte kurz ein Lächeln auf, ließ sich dann neben ihr auf das Bett fallen und zog sie auf sich. „Reite mich kräftig."

Seine Worte rollten durch sie und entfachten ihr Verlangen. Sie setzte sich gleich auf ihn, spürte den Stoß und wie ihr Körper sich dehnte, um sich an ihn anzupassen. Oh ja, das war gut. Er packte ihre Hüfte, bewegte sich bereits in dem Rhythmus, den er wollte, hart und schnell. Ihr Atem beschleunigte sich, sie war begeistert, dass er auch etwas von dieser befehlshaberischen Piratenseite an sich hatte, wenn er kein Kostüm trug.

Seine Augen waren vor Verlangen ganz dunkel. „Komm schon, Liebes, reite mich."

Und das tat sie und hielt den Rhythmus, den er vorgegeben hatte. Er hielt ihre Hüfte ganz leicht und drängte sie weiter, wenn sie stöhnte. Sie merkte schnell, dass das seine Art war, er belohnte sie, wenn sie auf ihn reagierte. Seine Stimme, ein leiser, hypnotischer Laut, wurde ihr schwach bewusst, als das Gefühl ihr Hirn vernebelte. Er war jemand, der reden musste, und seine Worte drängten sie genauso sehr weiter wie seine Berührung. Sie verkrampfte sich, spürte, wie sie um ihn kontrahierte, überraschend schnell. Sie zitterte, versuchte, sich nicht zu bewegen, um es in die Länge zu ziehen, doch seine Hände trieben sie weiter, führten sie gnadenlos an seinem Schaft auf und ab.

„Ja", drängte er. „Komm für mich."

Er hob seine Hände, um ihre Brüste zu umfassen, und sie bewegte sich wieder selbst, jetzt langsamer, denn sie wollte, dass es anhielt, doch dann zwickte er kräftig ihre Brustwarzen, und sie explodierte und zitterte dabei unkontrolliert. Seine Hände verkrampften sich an ihrer Hüfte, erfüllten sie bei jedem Mal, dass er in sie hineinrammte, unmöglich tief, wieder und wieder, bis er stöhnte und bei seiner eigenen Erlösung erzitterte.

Sie brach auf ihm zusammen, ihr Herz donnerte, und sie hörte seinen gleich schnellen Herzschlag. So lagen sie ein paar Minute da und versuchten, zu Atem zu kommen. Amber stieß ein tief befriedigtes Seufzen aus. Er rollte sie vorsichtig auf die Seite und kümmerte sich um das Kondom. Und dann war er wieder da und zog sie erneut auf sich. Seine Hände streichelten an ihrem Rücken hinauf und hinab, entspannten sie noch mehr. Sie fühlte sich wie eine schlaffe Nudel, und er war so warm, dass sie schläfrig wurde. Sie musste wohl ein wenig eingeschlafen sein, bis er ihren Namen sagte.

„Ja?", fragte sie und machte sich erst gar nicht die Mühe, den Kopf zu heben.

„Gut, du bist wach."

Sie spürte, wie er unter ihr hart wurde.

„Ich will dich noch einmal", knurrte er.

Sie hob den Kopf. „Jetzt schon?"

„Ich habe nie jemanden so sehr gewollt wie dich." Seine Augen glühten. „Es ist wie eine Gier."

Sie stöhnte und legte ihren Kopf auf seine Brust, schloss die Augen, wusste, dass sie noch mehr bekommen würde.

Seine Hände schoben sich auf ihren Hintern. „Lass mich dich nehmen, wie ich es gelesen habe. Wie ein Werwolf."

Plötzlich war sie hellwach. Was für Zeitschriften las er da eigentlich? In *Hunt and Get Fit* kamen Werwölfe vor?

Er ließ sie los und drehte sie auf ihren Bauch.

„Werwolf?", fragte sie, doch er legte bereits einen Arm um ihre Taille und zog sie in Position — Kopf nach unten, Hintern hoch. Allmählich verstand sie. „Ah, wie die Hunde."

„Noch animalischer." Er legte seine Hände an ihre Innenschenkel und spreizte sie ganz weit. Sie wartete, war sich nicht ganz sicher, was er meinte, wollte es aber gern herausfinden. Sie hörte das Knistern der Kondomverpackung, ein kehliges Stöhnen, und dann stieß er tief in sie hinein, dass ihr der Atem bei der plötzlichen Penetration stockte. „Ich möchte, dass du jaulst wie in *Fleischlicher Werwolf*."

Irgendwo ganz hinten in ihrem Kopf kannte sie diesen Titel. Es klang nicht nach einer Zeitschrift.

„Du solltest dich besser auf deine Unterarme stützen, denn ich werde jetzt in dich hineinpumpen", sagte er. Ihr ganzer Körper erbebte. „Auf alle Viere, Liebes."

Sie hatte gerade ihre Arme in Position gebracht, da machte er schon sein Versprechen wahr und pumpte in sie hinein, eine Hand um ihre Scham gelegt, wo er sie nur hielt, und seine Finger erhöhten den Druck bei jedem Stoß. Ihr Kopf machte dicht, und es gab nur Hitze und unglaubliche Lust, die durch sie rauschte. Oh Gott, sie war schon so nah dran, als wäre sie nicht gerade erst von der Erregung heruntergekommen, in die er sie gebracht hatte. Das war zu schnell, zu viel. Sie wollte es verlangsamen, schien aber die Worte nicht hervorbringen zu können.

„Heul für mich!", knurrte er.

Sie keuchte. „Ich kann nicht heulen."

„Wirst du aber."

Sie hielt sich fest, ihre Finger verkrallten sich in den Laken, als er ihre Scham zu streicheln begann und sie noch weiter öffnete. Sie schrie und buckelte, doch das öffnete sie für ihn nur noch weiter. Er stöhnte und beugte sich über sie, stieß noch tiefer in sie hinein, seine Finger öffneten ihre Schamlippen, streichelten sie, machten sie wild. Doch sie konnte sich nicht rühren, konnte nicht langsamer machen oder es aufhalten, konnte bei diesem Ritt nur mitmachen, der schnell überwältigend wurde und sie dazu brachte, sich am Rand der Erlösung unerträglich zu verkrampfen.

„Oh, Gott!", keuchte sie.

Seine Stimme war tief in ihrem Ohr. „Tu es für mich", drängte er. „Heul für mich."

Sie zitterte, keuchte, kämpfte dagegen an, als er sie mit seinen Worten und teuflischen Fingern und gnadenlosen Bewegungen drängte. Der Druck baute sich in ihr auf, eine Woge, die sie herunterzuziehen drohte, während er sie ganz festhielt. Ein leiser Schrei entkam ihr.

„Mehr", drängte er.

Sie erbebte unter ihm und presste den Mund zu, doch dann schnappte sie nach Luft, als seine Finger fordernder wurden, und er tiefer eindrang. Sie stöhnte, als ihr Körper sich um ihn herum verkrampfte. Seine Finger zwickten und drehten sie, während seine Zähne seitlich in ihren Hals sanken.

Sie stieß ein urtümliches Heulen aus, während ihr Körper von einer Woge der Lust nach der anderen erschüttert wurde.

Einen Augenblick später folgte er ihr mit seinem eigenen knurrenden Heulen, das sie lustig gefunden hätte, wäre sie nicht erschlagen gewesen. So hielt er sie, versuchte, zu Atem zu kommen, und zog ihn schließlich heraus. Sie brach zusammen, hatte keine Knochen mehr.

Er rollte sie so, dass sie Seite an Seite lagen, Brust an Brust, und zog sie eng an sich. „Das war absolut großartig."

„Du hast mich zum Heulen gebracht", sagte sie und starrte ihn erstaunt an. „Niemand hat mich je zum Heulen gebracht."

Er schob ihr die verschwitzten Haare aus dem Gesicht. „Ich bin ein glücklicher Mann."

„Ich bin eine glückliche Frau."

Er küsste sie zärtlich. „Das bist du, Amber. So war ich noch nie zuvor." Sein Daumen drückte auf ihre Unterlippe. „Du bringst mich dazu ... ich weiß nicht ..."

Sie knabberte an seinem Daumen. „Dominieren zu wollen?"

Er sah ihr in die Augen. „Ich muss dich kommen lassen, wie du mich kommen lässt."

Sie spürte, wie sie pochte. „Oh mein Gott, ich werde schon wieder heiß auf dich."

Er schenkte ihr ein langsames, sexy Lächeln. „Gib mir zehn Minuten."

Sie ächzte. „Ich brauche etwas länger als das."

Er schob sein Bein zwischen ihre, übte Druck auf ihre kribbelnde Scham aus. Sie ächzte.

„Dein Körper sagt aber etwas anderes", meinte er.

„Oh, Gott. Bitte", sagte sie, fast verzweifelt, wonach auch immer. Mehr oder weniger? Sie konnte nicht geradeaus denken. „Kate kann jede Minute wieder hier sein."

Er lächelte teuflisch. „Ich spiele gern mit dir."

Sie konnte unmöglich noch mehr ertragen. Nicht so, wie er ihren Körper dazu gebracht hatte, mehr zu empfinden als je zuvor. Und er konnte doch unmöglich, nicht, nachdem er zweimal —

Die Wohnungstür öffnete sich und wurde zugeknallt. Ihr Blick flog zu seinem. Sie schob seine Brust, doch er lag unbewegt da, ein verschlagenes Funkeln in seinen Augen. Sie wand sich und versuchte, sich zu lösen. Sie kam nicht weit. Er schmunzelte.

„Amber?", rief Kate laut. „Ich bin wieder da-ha!"

Sie schlug wie wild auf ihn ein, und endlich ließ er sie los.

Sie zog sich rasch an, ehe er sie wieder in die Finger bekam. „Komme!", rief sie.

Wieder schmunzelte er. Sie warf ihm sein Hemd zu. „Zieh dich an", zischte sie.

Er zog sein Hemd an. „Ich kann es nicht abwarten, dich wieder zu haben", sagte er mit leiser Stimme.

Das Pochen zwischen ihren Beinen überraschte sie. Diese Stimme. Diese Worte.

„Ich weiß, was dir gefällt", fügte er hinzu.

Mit zittrigen Fingern glättete sie ihre Haare.

„Du magst es, wenn ich das Sagen habe." Er zog seine Kniebundhose hoch. „Du magst es, wenn ich fordernd bin. Du magst es, wenn ich schmutzig rede."

Sie öffnete ihren Mund, um ihm zu sagen … sie wusste nicht, was. Es war erschreckend, wie schnell er sie so gut lesen konnte. Er ging zu ihr, zog sie zu einem kräftigen Kuss an sich, und sie sank gegen ihn. Er ließ sie los und lächelte zu ihr hinab. „Ich habe dir gesagt, ich kann sein, was du möchtest. Für mich ist das in Ordnung. Ich sehe gern zu, wie du die Kontrolle verlierst."

Sie schluckte kräftig. „Und was, wenn ich gesagt hätte, dass es mir nicht gefällt? Wärst du dann süß und vorsichtig gewesen und hättest mir das Sagen überlassen?"

Er hob ihr Kinn, und küsste sie vorsichtig. „Ja." Er beugte sich hinab und flüsterte ihr ins Ohr: „Aber wir wissen beide, was du wirklich willst."

Plötzlich wollte sie unbedingt über etwas anderes reden. Diese Unterhaltung machte sie nur heißer, und ihre Schwester war nebenan. Sie stand an der Tür, brauchte Platz zwischen sich und ihm. „Möchtest du *Zombie Bonanza* sehen?"

„Ehrlich gesagt mag ich keine Zombies." Er setzte sich auf den Bettrand und zog seine Stiefel an. „Tatsächlich hasse ich *Zombie Bonanza*."

Sie erschrak. „Du hasst *Zombie Bonanza*. Und doch hast du es dir monatelang mit mir angesehen!"

„Dass ich es mit dir gesehen habe, war der Teil, der mir gefallen hat", sagte er lächelnd.

Das ließ sie auf sich wirken. „Und was siehst du gern?"

„Ich mag Science-Fiction. Wollen wir *Dinomonsters 2* sehen? Das zeigen sie heute Abend im Kino in Eastman."

Oh! Das klang grässlich.

„Ich glaube, da würde ich nichts verstehen", sagte sie. „Du weißt schon, zweiter Teil."

Er grinste. „Kein Problem. Den ersten habe ich auf DVD. Das wird großartig. Wir machen einen *Dinomonsters* Marathon!"

Sie hatte so das ungute Gefühl, dass ihr eine Menge unheimlicher Sci-Fi-Monster bevorstanden, aber sie wollte auch diesen Ich-sehe-das-mit-dir-Teil.

„Okay, ich werde es mir ansehen", sagte sie.

„Das ist mein Mädchen."

Sie lächelte, und er erwiderte das Lächeln. Sie war Barry Furnukles Mädchen. Amber Lewis, Künstlerin, Clubgeherin, Barkeeperin, Sci-Fi-Nerd-Liebhaberin Amber Lewis.

Er ging wieder zu ihr und gab ihr einen Kuss, der ganz vorsichtig begann und mit ihr an der Wand endete, ihr Mund mit seinem verschmolzen, seine Hand umfasste sie fest zwischen den Beinen.

Sie riss ihren Mund von seinem. „Bitte, Kate ist da", flüsterte sie.

Er stöhnte. „Heute Nacht. Lass Kate irgendwas erledigen,

irgendwo. Sie bekommt meine Kreditkarte und kann shoppen gehen … bitte. Ich will dich, wie ich noch nie jemanden gewollt habe."

Bei den Worten durchfuhr sie ein Schauer. Dadurch fühlte sie sich begehrt und sexy. „Ja. Heute Abend."

Amber öffnete die Tür, und sie gingen ins Wohnzimmer.

Kate saß auf dem Sofa, hatte ihre Haare offen, sah ziemlich zerzaust aus.

Amber eilte zu ihr. „Kate, geht es dir gut?"

„Alles gut", lallte ihre Schwester.

Amber stemmte die Hände in die Hüfte. „Was hat er mit dir getan? Hat Ian dich abgefüllt? Oh mein Gott, hast du mit ihm geschlafen? Ich werde ihn umbringen."

Sie ging zur Tür.

„Stopp, Schwesterchen, mir geht es gut!", bellte Kate. „Ich hatte nur ein paar Bier." Sie fiel wie ein Stein zur Seite.

Sie musterte ihre Schwester. „Das war's?"

Bare beobachtete sie interessiert. Kate sah zu Bare hinüber und lief rot an. „Amber, du blamierst mich vor unserem Gast."

„Er ist mein Freund", sagte Amber.

Bare schob seine Brust vor.

„Und warum kannst du dir nicht einen suchen, der Künstler ist wie du?", rief Kate. „Warum musst du dir genau den einen Typen aussuchen, mit dem ich reden kann?"

„Hast du nicht gerade mit Ian geredet?", fragte Amber.

Kate setzte sich auf und schlug ins Sofakissen. „Wir haben nicht viel geredet", murmelte sie.

„Das reicht", sagte Amber. „Ich werde ihn umbringen."

Amber marschierte zur Tür, doch Bare packte sie, bevor sie sie öffnen konnte. Seine Hände landeten auf ihren Schultern, und er drehte sie so herum, dass sie beide Kate ansahen.

„Muss ich ihm in den Hintern treten?", fragte Bare Kate. „Ich habe ihm doch gesagt, er soll sich benehmen."

Kate wurde rot. „Nein. Ich habe ihm gesagt, dass ich mich aufsparen will, und er meinte, er respektiert das."

Amber entspannte sich. „Oh!"

„Siehst du, Liebes", sagte Bare zu Amber. „Es ist alles in Ordnung."

Kate brach in Tränen aus.

„Ich mach das schon", sagte Bare, dann marschierte er aus dem Apartment.

Sie sah ihre schluchzende Schwester an. Kate weinte fast nie. Das konnte jetzt etwas dauern. Wenigstens war sie so für den Moment vom *Dinomonsters*-Marathon befreit.

10

„Ian", rief Barry in der Sekunde, als er die Wohnungstür öffnete. „Was hast du mit dem armen Mädchen gemacht?"

Ian zuckte zusammen und drückte bei seinem Sox-Spiel auf Pause. „Welches arme Mädchen?"

„Was meinst du damit welches arme Mädchen? Kate! Das unschuldige Mädchen, das wir hier in die Höhle des Löwen geschickt haben. Ich habe dir doch gesagt, du sollst dich benehmen."

„Hab ich auch. Wir haben nur geredet und uns ein wenig das Spiel angesehen."

Er fuhr sich mit einer Hand durch sein Haar. „Das war's?"

„Ja. Wir haben ein paar Bier getrunken und geredet."

„Oh! Sie sah ein wenig zerzaust aus."

Ian grinste. „Das war sie selbst. Sie war ein wenig angetörnt, schätze ich, mit dem Bier und dem ganzen" – mit den Fingern machte er Gänsefüßchen in die Luft – „Sich-Aufsparen. Sie hat irgendwie ihre Haare aufgeschüttelt und sich mir an den Hals geworfen. Aber nicht schlimm. Ich habe nein danke gesagt."

Barry sank aufs Sofa. „Und warum hat sie dann geweint?"

Ian zuckte die Schultern. „PMS?"

Barry schüttelte den Kopf. Vielleicht fand Amber etwas heraus.

Ian stupste ihn mit dem Ellbogen an. „Sieht aus, als hätte da jemand Glück gehabt. Es waren die Piratenklamotten, oder etwa nicht?"

„Spielt das eine Rolle?" Bare stand auf, plötzlich wütend.

„Überhaupt nicht", sagte Ian. „Solange du glücklich bist."

„Ich bin sehr glücklich", sagte Barry. Er ging ins Schlafzimmer, um sich normale Kleidung anzuziehen.

Er wusste nicht, was er tun würde, wenn er Amber nicht als er selbst bekam. Er hängte das Kostüm vorsichtig auf. Verdammt, wem machte er eigentlich etwas vor? Er würde sie nehmen, wie sie ihn ließ – im Kostüm, ohne Kostüm, und mit irgendeiner der zahlreichen Fantasien, die er den sehr informativen Liebesromanen entnommen hatte, die seine Mom hatte herumliegen lassen. In diesen Romanen ging es um Typen, die das Sagen hatten, genau, was Amber wollte. Genau, was er sein würde. Er war noch nie so dominant gewesen, doch sie hatte so schön reagiert, so vollkommen, dass es ihn angetrieben hat. Ihm gefiel das Gefühl. Es gefiel ihm, seinen inneren Hengst zu finden. Bei dem Gedanken lächelte er vor sich hin. Er, ein Hengst. Doch genauso fühlte er sich, und alles nur dank Amber.

AMBER STREICHELTE KATES HAAR. „Erklär es mir noch mal, Süße. Ich kann dir nicht helfen, wenn ich nicht verstehe, weswegen du traurig bist."

Kate schniefte. „Ich hab's dir doch gesagt. Ian hat zu viel Respekt mir gegenüber, um mich anzufassen."

„Und du wolltest, dass er … dich anfasst."

„Sieh mich an!" Kate deutete auf sich selbst. „Was denkst du, wie viele Typen mich wollen?"

„Ähm …" Kate war hübsch, wenn sie sich Zeit nahm, um

ihre Haare und ihr Make-up zu machen, und Klamotten trug, die nicht knubbelig oder befleckt waren. Jetzt sah sie irgendwie niedlich aus. Ihr Oberteil war sauber. Doch bevor sie das erwähnen konnte, fuhr ihre Schwester fort.

„Null. So viele. Deswegen erzähle ich jedem, dass ich mich aufspare. Aber in Wirklichkeit warte ich auf den ersten halbwegs anständigen Typen, der mir dabei helfen kann, diese verdammte Jungfräulichkeit loszuwerden. Ich kann doch nicht als Jungfrau zur Graduiertenschule!" Weiteres Schluchzen folgte.

Amber seufzte.

Kate wischte sich die Nase am Ärmel ihres Oberteils ab. „Deswegen war ich auch so froh, als ich Ian kennenlernte. Er sieht genauso aus wie Barry, nur niedlicher und jünger."

„Er ist nicht niedlicher als Bare."

„Doch, ist er und genauso klug."

„Aber –"

„Wenn ich Barry nicht haben kann, will ich Ian." Kates Gesicht verzog sich. „Aber er will mich nicht!"

„Amber nahm sich die Schachtel mit den Taschentüchern und gab ihrer Schwester eins. „Woher weißt du das? Hast du ihn geküsst oder so?" Innerlich zuckte sie bei der Vorstellung, wie ihre jungfräuliche Schwester sich dem Playboy von nebenan an den Hals warf, zusammen.

Kate putzte sich mit lautem Tröten die Nase und zerknüllte das Tuch in ihrer Hand. „Nein, so forsch wäre ich doch nicht. Ich hab nur das gemacht." Sie legte ihre Hand auf Ambers Oberschenkel und ließ sie auf die Innenseite rutschen.

Amber nahm ihre Hand. „Kate! Bitte! Du musst mir das nicht zeigen."

„Und genau das hat er auch getan. Hat meine Hand gepackt und sie zurück auf meinen Schoß gelegt." Weitere Tränen traten heraus.

Amber reichte ihr noch ein Tuch. „Okay, ich verstehe ja

vollkommen deine Situation, aber du musst dich nicht gleich dem ersten Typen, dem du begegnest, an den Hals werfen. Dein erstes Mal sollte etwas Besonderes sein und mit jemandem, dem wirklich etwas an dir liegt und der zärtlich und vorsichtig ist."

Kate nahm ihre Brille ab und putzte sie. „Wie Barry."

„Ja, wie … nein, nicht wie Bare." Ihr wurde ganz heiß, als sie daran dachte, wie er sie gedrängt hat, weitergetrieben, wieder und wieder. „Irgendein anderer Typ … den du kennenlernst. *Nicht Bare.* Und nicht Ian. Niemand aus der Furnukle-Familie."

Kate bekam ganz große Augen. Sie setzte ihre Brille wieder auf. „Gibt es denn noch mehr?"

„Er hat noch einen Bruder beim Geheimdienst des Militärs erwähnt."

Da wurde Kate munter. „Wann darf ich ihn kennenlernen?"

„Kate! Hast du irgendetwas von dem gehört, was ich gesagt habe? Komm mal wieder runter."

„Ich kann nicht! Ich bin heiß auf die Furnukles!"

Grundgütiger, was hatte sie da in ihrer armen verkopften Schwester entfesselt? Natürlich konnte sie Bares großem Hirn und seinem zarten Herz nicht widerstehen. Und sie projizierte einfach dasselbe Bild auf seinen Bruder, der das alles andere als verdient hatte.

Sie ergriff Kates Hand. „Versprich mir, dass du nicht mit Ian schlafen wirst."

Kate starrte auf ihren Schoß. „Spielt doch keine Rolle, er will mich ja ohnehin nicht."

„Versprich es mir."

„Okay, na schön, ich verspreche es."

„Gut. Wollen wir neue Outfits für die Graduiertenschule kaufen gehen? Das wäre dann für dich ein Neuanfang."

„Ja, okay."

Zwei Stunden später machte Amber sich, während sie mit

einer glücklichen Kate im Food Court der Mall saß, Sorgen um die männliche Bevölkerung des MIT. Klar, oben sah sie immer noch wie Kate aus, ihr aschblondes Haar steckte halb in einem unordentlichen Knoten, halb in einem Pferdeschwanz, dazu die überdimensionierte Schildkrötenbrille, doch dann waren da das bauchfreie Top, der enge Rock und die hohen Absätze. Sie hatte versucht, ihre Schwester zu etwas weniger freizügiger Kleidung zu lenken, doch Kate war auf einer Mission. Auf einer, bei der sie sich mehr wie ihre Schwester anzog. Amber wusste, wie man ungewünschte Avancen abwehrte; Kate hingegen war da draußen wie Bambi. Was noch schlimmer war: Ihre zierliche Schwester hatte unter diesen weiten T-Shirts Megakurven versteckt. Sie hatte die perfekte Sanduhrfigur mit schmaler Taille.

Kate sah aus wie eine nerdige Marilyn Monroe.

Ihre Schwester schob ihre Brille hoch und mampfte auf einer in Mayo getunkten Fritte herum. „Meinst du, ich sollte mir Kontaktlinsen zulegen? Ich stelle mich ein wenig an, mein Auge so anzufassen, aber vielleicht würde mich ja dann ein Typ anfassen … dann würde es klappen."

„Absolut nicht. Wenn es dir unangenehm ist, dein Auge anzufassen, dann solltest du das definitiv nicht wegen eines Typen tun."

„Ja, ich schätze, du hast recht."

Amber stieß einen erleichterten Atem aus und nahm sich eine Fritte. Kate ohne Brille und mit normaler Frisur wäre der Burner, sie müsste sich links und rechts die verkopften, notgeilen Typen vom Leibe halten. Sie musste langsam in den Datingpool tauchen. Immer eins nach dem anderen. Ihre Schwester war definitiv nicht bereit für das, was entfesselt werden konnte.

„Kannst du mich zu dem Laden bringen, wo du dir das Bauchnabelpiercing hast machen lassen?", fragte Kate.

Amber verschluckte sich an ihrer Fritte. Sie nahm einen Schluck Eistee, um die Fritte hinunterzuzwingen. „Nein."

„Warum nicht?"

„Du bist zu jung, und deine Mom würde mich umbringen."

„Wie alt warst du, als du deins hast machen lassen?"

Sie war sechzehn gewesen und hatte es hinter dem Rücken ihres Dads und ihrer Stiefmutter getan, doch das würde sie nicht zugeben. „Sechsundzwanzig."

„Das stimmt nicht. Das hieße ja, dass du es erst seit zwei Jahren hast. Ich erinnere mich daran, dass du es schon hattest, als ich noch in der Grundschule war."

„Die Typen hassen es", sagte Amber. Eine weitere Lüge.

„Und wie wäre es mit einem Nasenpiercing?", fragte Kate. „Ooh, ein Tattoo! Ich könnte mir ein Arschgeweih stechen lassen, dann wissen die Typen, dass ich bereit bin."

Amber ließ ihren Kopf in die Hände sinken und ächzte. Warum hatte Kate sich denn so plötzlich entschieden, unter ihrer Obhut die Jungfräulichkeit zu verlieren?

„Ich bezahle auch dafür", sagte Kate. „Ich habe ziemlich viel Geld, weil ich den Jugendlichen bei der Vorbereitung auf das SAT geholfen habe."

Amber hob ihren Kopf und zwang sich zu lächeln. „So wie du bist, bist du schön. Und wenn der Richtige kommt, dann wirst du es wissen. Okay? Legen wir uns lieber nicht mit der Perfektion an."

Kate fiel die Kinnlade herunter und zeigte so ihre zerkaute Fritte. „Du hältst mich für perfekt?"

„Absolut."

Kate schnaubte und schenkte ihr dann ein verwässertes Lächeln. „Danke, Amber! Von dir bedeutet mir das viel."

„Nun, ich meine es so. Und kannst du bitte deine neuen Sachen nicht zu Hause tragen? Ich glaube nicht, dass sie deiner Mom gefallen würden."

Kate winkte das ab. „Das wird sie nicht einmal bemerken. Kennst sie doch."

„Das hier wird sie bemerken."

„Okay, schön."

Sie aßen zu Ende und gingen zurück in Ambers Apartment. Ian saß draußen auf der Treppe und spielte mit seinem Handy. „Hey, Ladys!", rief er.

„Hey, Ian", sagte Amber.

Kate eilte hinter Amber her, verlangsamte dann ihren Schritt, hob das Kinn, arbeitete mit den Hüften.

„Wer ist denn deine Freundin?", fragte Ian, dann machte er Stielaugen. „Kate?"

„Ian", sagte Kate über die Schulter, dann ging sie ihnen voraus die Treppe hinauf.

Amber drehte sich um und sah, wie Ian auf Kates kaum bedeckten Hintern starrte.

„Denk nicht einmal daran", warnte sie ihn.

„Woran denken?", fragte er, dann folgte er Kate.

Amber holte ihn ein. „Sie ist tabu."

Er verzog das Gesicht. „Wer bist du? Ihre Mutter?"

„Schlimmer. Ich bin diejenige, die dir in den Hintern treten wird."

„Sie ist doch volljährig." Er rannte die Treppe hinauf. „Kate, warte!"

Amber folgte ihnen und hörte, wie die Tür zu ihrem Apartment zugeknallt wurde, als Kate hineingeschlüpft war. Ian stand da und starrte auf die Tür. Amber schüttelte den Kopf und ging hinein.

Am Montagabend kehrte Barry mit besonders federndem Schritt zur Probe zurück. Er wartete auf der Bühne, um das Ende von Akt eins zu proben, während Toby mit Jasmine und Will etwas besprach. Er war so erleichtert, dass Amber seine Freundin war. Seine Gier nach ihr war überwältigend. Letzte Nacht in seiner Wohnung hatte sie eine weitere seiner Fantasien wahr werden lassen. Nachdem sie Kate zum Einkaufen geschickt hatte, hatte Amber zugelassen, dass er sie ausge-breitet an ihre Bettpfosten band. Er wurde jetzt schon wieder hart, wenn er daran dachte, wie nackt und völlig offen sie für ihn gewesen war. Sie vertraute ihm, und er belohnte dieses Vertrauen mit multiplen Orgasmen, bis sie ihn anflehte, ihn zu nehmen. Danach hatte sie ihn einen verdammten Hengst genannt. Das gefiel ihm. Heute Morgen, als sie aufgewacht war, hatte er sie ein weiteres Mal genommen. Er hatte befürchtet, sie zu sehr zu drängen, sie zu sehr zu wollen, doch sie war jedes Mal enthusiastisch gewesen.

Toby, Jasmine und Will unterhielten sich angeregt. Die Besetzung versammelte sich um ihn und unterhielt sich. Er versuchte, seine Gedanken abzukühlen. *Platz, Junge.* Er sah hinter die Bühne zu Amber mit ihrem Skript in der Hand, bereit für jeden, der seinen Text vergaß.

Sie erwischte ihn dabei, dass er zu ihr schaute und fuhr sich langsam und verführerisch mit ihrer Zunge über die Lippen. Sein Schwanz zuckte in der Jeans. Er eilte von der Bühne an ihre Seite.

„Frauenzimmer", sagte er. „Du weißt genau, was du mit mir anstellst."

Sie grinste keck. Er küsste diesen frechen Mund. Sie rieb sich an ihm und verschlimmerte sein Zeltproblem nur noch mehr.

Er löste sich von ihr und gab ihr einen Klaps auf den Hintern. „Du bist schlimm."

Sie schlug zurück. „Ich möchte, dass du an mich denkst, wenn du bei all diesen flirtenden Töchtern des Major-Gene-rals bist."

„Ich denke nur an dich."

Sie strahlte.

Gott, er wollte sie. Er sah sich hinter der Bühne um. Hier hinten war niemand. Er nahm ihre Hand.

„In Ordnung, Leute!", rief Toby. „Von vorn."

„Heute Abend", sagte er ihr.

„Ja", sagte sie mit gehauchter Stimme, die ihn seinen gesunden Menschenverstand anzweifeln ließ. Wie konnte er sie nicht gleich hier und jetzt nehmen? Der Drang, sie zu nehmen, war intensiv, urtümlich, absolut einnehmend. Er wollte sie nur an den Haaren packen und in sie stoßen. Er fühlte sich wie ein verdammter Höhlenmensch, der ganz von seinen niedrigsten Bedürfnissen eingenommen war. Das passierte, wenn man seinen inneren Hengst losließ — dann übernahm er auch, verdammt nochmal. Er musste sich zwingen, sich abzuwenden.

„Wo ist unser Piratenkönig?", fragte Toby.

Er stürmte auf die Bühne und flog durch die Probe, eifrig, fertig zu werden, damit er Amber wieder für sich allein hatte. Wenn sie ihm zusah, performte er besser, wodurch auch der Rest der Besetzung mehr Energie aufbrachte, weil sie es ihm gleichtun wollte. Vor allem Kevin, sein Piratenlieutenant, der immer versuchte, ihn mit seiner Stimme zu übertönen. Alles lief glatt, abgesehen davon, dass er seine Stimme anstrengen musste, um über Kevin gehört zu werden. Er konnte an nichts anderes denken als daran, die Probe hinter sich zu bringen und zurück zu Amber zu kommen. Und dann kam die Kampfszene.

Es war das erste Mal, dass sie sie mit Polizeigummiknüppeln und hölzernen Piratensäbeln durchgingen. Jasmine coachte sie gerade, wie sie sich im Kampf auf der Bühne bewegen sollten. Allmählich hatten sie es raus. Barry hatte einen Mordsspaß und schwang den Säbel wie der geborene Piratenkönig, als zwischen Kevin und Zac ein echter Schwertkampf ausbrach.

Die beiden ließen ihre Holzschwerter gegeneinander krachen. Zac holte kräftig Schwung und traf Kevin an der Schulter, der ihm das mit einem beeindruckenden Schwung seines Schwerts mit einem weiten Kreis über den Kopf zurückzahlte, als er Zac mit einem Schlag traf, der seinem in nichts nachstand.

Einer der Piraten, Albert, fügte Hintergrundgeräusche hinzu. *Vwo-ow-ow! Vweem. Vweem.*

Barry unterdrückte ein Lachen. Es sah tatsächlich wie ein Laserschwertkampf aus.

„Jungs, hört auf damit!", schrie Jasmine, doch sie wagte es nicht, dazwischenzugehen. Die Holzschwerter waren schwer und konnten einem bei einem direkten Treffer schon wehtun.

Alle hielten inne, um zuzusehen, wie die Schwerter der Männer aufeinanderschlugen.

Vwo-ow-ow! Albert sorgte erneut für den Soundeffekt. Die Besetzung kicherte. Diese beiden meinten es wirklich ernst.

Die Schwerter krachten aufeinander, vor und zurück, während Kevin und Zac einander umrundeten.

„Ich weiß, wo du dein Schwert am liebsten versenken würdest", spuckte Kevin aus. „Aber er will dich nicht."

Zacs Schwert wurde fast zu Boden gezwungen, doch er fasste sich und schlug so fest zurück, dass Kevins Schwert davonflog. „Es geht dich nichts an, wessen Schwert ich poliere oder versenke!"

Kevin sprintete zu seinem Schwert. Die Besetzung drängte sich an den Rand der Bühne.

Vwo-ow-ow!

Wieder schlugen ihre Schwerter aufeinander.

Toby schob sich durch die Umstehenden in die Bühnenmitte. „Was zum Teufel ist hier los?"

Zac und Kevin führten ihr Duell fort.

„Au!", schrie Zac. „Du hast mein Handgelenk getroffen!" Er schlug noch kräftiger zurück als zuvor.

Vwo-ow-ow! Vwo-ow-ow!

Die Besetzung wurde unruhig und tuschelte miteinander. Barry hörte, dass sein Name fiel. Die Schwerter krachten wieder und wieder aufeinander, während die beiden Männer sich umrundeten.

Und dann war eine Stimme zu hören: „Hilf mir, Obi-Wan Kenobi, du bist meine einzige Hoffnung."

Es war Amber. Sie trat zwischen die Männer, breitete die Arme aus und trennte sie. Das löste die Spannung, und alle lachten. Sogar Zac. Kevin sah immer noch wutentbrannt aus.

„Alderaan kommt in friedlicher Absicht", sagte sie. „Gebt Toby eure Waffen."

Toby machte große Augen, als Kevin und Zac ihm tatsächlich ihre Schwerter übergaben.

„Was zum Teufel sollte das?", fragte Toby, als Kevin schon von der Bühne stürmte.

Amber schob Zac ihren Finger in die Brust. „Er gehört mir."

Zac sah zu Barry und stürmte ebenfalls von der Bühne. Barry starrte Amber an, den feuchten Traum eines Sci-Fi-Fans. Er hatte sie nie mehr gewollt. Und sein Herz, das ohnehin bereits im Fallen begriffen war, setzte jetzt zu einem vollkommenen, nicht mehr umkehrbaren Sturzflug in die Liebe an.

11

Amber wachte am Samstagmorgen wie an jedem Morgen auf, seitdem sie mit Bare zusammen war, er in Löffelchenstellung hinter ihr, seine Erektion beharrlich an ihren Hintern gepresst. Seine Hände lagen unter dem Dancing Cow-T-Shirt, das sie ohne alles als Nachthemd trug, wanderten über ihre Brüste und ihren Bauch, umrundeten das winzige Piercing mit dem Diamanten, wärmten sie, während sie langsam erwachte. Sie übernachteten immer bei ihm, weil Ian wie ein Toter schlief, wohingegen Kate bei Bare immer neue Flirtversuche startete und selbst am Tag in Ambers kurzem Pyjama durch das Apartment stolzierte. Kates neuester Flirtversuch: sie ging rasch „erweitere mein Polynom" murmelnd an Bare vorbei, der später zwinkernd behauptete, es bedeute, dass sie einen Dreier wollte. Ha! Unwahrscheinlich.

Vogelzwitschern erfüllte den Raum, als sein Wecker sich meldete. Er musste wohl vergessen haben, ihn übers Wochenende auszuschalten. Als sie ihn am ersten Morgen gehört hatte, hatte sie kommentiert: „Auf dieser Seite des Gebäudes sind die Vögel aber laut!" Er hatte das für hysterisch gehalten. Mittlerweile hatte sie sich daran gewöhnt. So gewöhnt wie an das, was danach kam.

Er schaltete den Wecker aus, hob ihr Bein über seins und knurrte: „Sag meinen Namen!" Das war seine Art zu überprüfen, dass sie auch ganz wach war.

„Bare", flüsterte sie, und er glitt in sie. Sie fühlte sich, als wäre sie ein Teil von ihm, als wären sie immer auf diese intime Weise verbunden, selbst, wenn sie es nicht waren. Wenn er arbeitete oder sie bei der Probe waren, die Erinnerung blieb. Es war unglaublich, diese Nähe. Mit wenigen Ausnahmen verschwanden die meisten Typen nach ihrer gemeinsamen Nacht. Bare wollte wieder und wieder mit ihr zusammen sein. Er hatte wirklich die Ausdauer eines Rennpferds, und sie hatte absolut nichts dagegen. Bei niemandem sonst hatte sie sich je so geliebt, so nahe gefühlt.

Jetzt drängte er sie, wie er es immer tat, mit seinen Worten, seinen Händen, seinem teuflischen Mund, seinem gnadenlosen Stoßen, bis sie sich von ihm löste, erschüttert von der Intensität, bevor seine eigene Erlösung kam. Wenn er mit ihr fertig war, fühlte sie sich wie eine schlaffe Lumpenpuppe. Eine glühende, befriedigte Lumpenpuppe.

Das war ihr erster gemeinsamer Samstag. Sie hatten den ganzen Tag frei, bis zu der Probe am Abend. Und was noch besser war: Ian besuchte Freunde in der Stadt.

Bare machte ihr Frühstück — ein Omelett, Toast und Kaffee — und sie war erst aufgestanden, um abzuräumen, als sie seinen heißen Blick über den Tisch auffing. Und ehe sie sich's versah, nahm er sie auf dem Küchentisch, stieß in sie und ließ sie allein vom Nervenkitzel kommen. Als sie fertig waren, brachen sie auf dem Sofa zusammen. Sie war sich sicher, er wäre jetzt fertig mit ihr.

Doch dann gesellte er sich zu ihr unter die Dusche. Nach einer gründlichen und erregenden Reinigung fielen sie gemeinsam ins Bett. Sie lagen da, nebeneinander, und sahen einander an. Er konnte nicht aufhören, sie zu berühren, sie zu streicheln, mit ihr zu spielen, sie zu necken. Sie war ständig erregt, wenn er in der Nähe war.

Sie schmiegte sich an seine Brust. Er manövrierte ihr Bein über seine Hüfte und zog sie näher. Sie spürte, dass er sie wollte, die Dusche war nur eine Reinigung gewesen, die ihnen Energie zurückgegeben hatte, doch sie konnte sich nicht mehr rühren.

„Ich will dich die ganze Zeit so sehr", sagte er.

„Mmm-hmm", machte sie, konnte nicht einmal mehr kommunizieren.

„Ich möchte, dass du mir gegenüber immer willig und offen bist." Seine Stimme klang leise in ihrem Ohr, und ihr Körper reagierte, wie er es immer tat, wenn er schmutzig redete: er erwärmte sich bei seinen Worten.

„Ich habe einen unstillbaren Hunger auf dich." Er knabberte an ihrem Ohrläppchen. „Weißt du, was ich will?"

„Was?" Ihre Stimme klang unsicher. Sie wusste nie, was er sich als Nächstes einfallen lassen würde. Der Mann hatte sie *heulen* lassen.

Seine Zunge strich über ihr Ohr, und ein heißer Schauer durchfuhr sie.

„Was?", hakte sie nach und löste sich, um ihn anzusehen.

„Ach, egal. Das ist dämlich."

„Ich will es aber wissen."

„Es ist ein wissenschaftliches Experiment."

Sie grinste. „Sexy."

„Könnte es sein, wenn du mich meine Hypothese überprüfen lässt."

Er streichelte mit seiner Hand an ihrer Seite hinab, und sie schloss die Augen.

Seine Stimme erreichte sie nur ganz schwach. „Jeden Morgen bist du nur vom Reden bereit für mich. Ich bitte dich, meinen Namen zu sagen, richtig? Ich muss dich kaum berühren. Meine Hypothese lautet, dass ich dich auch zu anderen Zeiten nur mit Worten so weit kriege. Wenn ich Recht habe, dann könnte ich dich mit Leichtigkeit und ganz schnell immer und überall nehmen. Ich könnte dich mit einer konditionierten Reaktion trainieren."

Sie versteifte sich. „Ich bin doch kein Hund. Du kannst mich nicht trainieren."

„Wollen wir wetten?"

Sie befeuchtete sich die Lippen, jetzt hellwach, und sah ihm in die Augen. Sie waren dunkel vor Lust. Er konnte es nicht abwarten, auf das zu wetten, was er so dringend wollte. Sie. Und doch rebellierte ihr Verstand gegen seine verrückte Idee.

„Und was bekomme ich, wenn ich die Wette gewinne?", fragte sie.

„Ich werde dir für ein Jahr ein Malstudio mieten."

„Die Antwort kam aber schnell. Wie lange denkst du schon darüber nach?"

„Erst, seitdem ich heute Morgen darauf gewartet habe, dass du aufwachst. Ich dachte, es wäre großartig, wenn du mich so sehr wolltest, wie ich dich, und, glaub mir, ich will dich jedes Mal, wenn ich dich ansehe, und du magst es, wenn ich das Sagen habe, also …"

Er wartete, ließ sie die Lücken ausfüllen. Wollte sie ihm diese Art Kontrolle geben? Sie sah ihn an, und er lächelte aufmunternd. Ach, worüber machte sie sich eigentlich Sorgen? Das hier war Bare. Sie vertraute ihm. Außerdem würde es ohnehin nicht funktionieren. Sie konnte nicht trainiert werden. Und sie bekäme ein Malstudio. All ihre Leinwände und Farben ausgebreitet. Jetzt verunstalteten sie ihr Apartment, doch ihr eigener Raum wäre ein wahrgewordener Traum.

Sie biss sich auf die Lippe. „Und was bekommst du, wenn ich… verliere?"

„Dich. Jederzeit. Überall." Dieses Mal lächelte er nicht aufmunternd, sondern hatte nur einen schwelenden Blick in den Augen. Sein Blick wanderte zu ihrem Mund. Er beugte sich vor, küsste sie vorsichtig, zärtlich, bis sie sich wieder ganz entspannte.

Sie seufzte. Er drehte sich um, rollte ein Kondom über und kehrte zu ihr zurück. Als sie wieder nebeneinanderlagen, zog er ihr Bein über seine Hüfte und drückte sich nur ein wenig in sie hinein, gerade so weit, dass es schwierig war, nach-zudenken.

„Nimmst du die Wette an?", fragte er und zog ihn wieder heraus. „Ich verspreche auch, immer Kondome dabei zu haben, wenn du versprichst, meine Hypothese zu überprü-fen." Sie verbrauchten die Kondome dutzendweise. Vermut-lich sollte sie besser bald die Pille nehmen.

„Hypothese", echote sie, unfähig, klar zu denken, wenn er sie neckte und vor und zurück über ihre Scham streichelte.

„Dass ich dich dazu trainieren kann, mich jederzeit und überall zu nehmen", sagte er. „In einer Woche."

Oh Gott, allein, wie er darüber redete, machte sie schon heiß. Selbst, wenn er recht hatte, würde er das auf keinen Fall in einer Woche schaffen.

„Ja, teste es", sagte sie, denn sie wollte ihn. Sie wollte das Studio. Sie wollte.

Er drückte ihn wieder hinein, nur ein Stückchen. „Ich werde *Amber, hier und jetzt* sagen, jedes Mal, wenn ich dich nehme, bis du die Worte hörst und heiß und feucht und bereit für mich bist."

Sie wurde jetzt schon heiß und feucht, als sie das nur hörte. Sie nickte.

Seine Hand umfasste ihren Hintern, und drückte sie an sich. „Du musst die ganze Woche über für mich einen Rock tragen."

„Okay, okay."

Seine Augen brannten in ihre. „Amber, hier und jetzt", knurrte er, dann stieß er in sie. Bei der Intensität musste sie nach Luft schnappen, so plötzlich war es, und dann war sie für den Ritt bereit, heiß und steigend, als seine Finger zwischen sie griffen, sie an den Rand und darüber hinaus brachten.

Obwohl sie wusste, was er tun würde, die Worte, die er benutzte, die Wette, wehrte sie sich nicht. Verharrte in diesem Moment. Denn der Moment, in dem er es sagte, war immer einer, in dem sie schon heiß und bereit für ihn war. Den Rest der Woche über sagte er jeden Abend, jeden Morgen, manchmal zweimal morgens mit seiner knurrenden Stimme „Amber, hier und jetzt", dann drang er in sie ein.

Und doch, wenn sie einen Moment hatte, um darüber nachzudenken – wenn er bei der Arbeit war, denn den Rest der Zeit waren seine Hände überall an ihr – war sie sich ziemlich sicher, dass seine Hypothese nicht funktionieren würde, denn sie war bereits heiß, wenn er den Befehl aussprach. Die Worte fügten dem, was bereits da war, nur Hitze hinzu. Sie konnte sich in Gedanken das Studio bereits ausmalen.

Als Barry sich am Freitagabend in die Probe stürzte, fühlte er sich mit jeder Faser wie der Piratenkönig mit dem größten Schatz der Welt. Amber war sein, vollkommen sein, und er wusste jetzt bereits, dass er sie heiraten wollte. Sie passten einfach – was das Körperliche anging, den Humor, die nervigen Geschwister, einfach alles. Ihm gefiel, wer er bei ihr war. Er war der Typ, der das Sagen übernahm und Frauen dazu brachte, nach mehr zu betteln, nicht der Typ, dem man ständig sagte, er solle sich beeilen und fertig werden. Er würde bis nach der Show warten, um ihr einen Antrag zu machen, nur um sicher zu sein, dass es nicht der Pirateneffekt war, der sie in seine Richtung getrieben hatte. Er drängte diesen Gedanken beiseite. Das war dumm. Er verhielt sich bei ihr ja nicht immer wie ein Pirat. Er war einfach nur die leidenschaftlich (Hengst-)Version seiner selbst, die mittlerweile sein wahres Ich wurde. Das funktionierte für beide ziemlich gut.

Er wischte sich den Schweiß von der Braue. Jasmine riss sich den Hintern auf für diese Musical-Nummer mit der Polizei. Die meisten hatten zwei linke Füße.

„Nehmt euch fünf Minuten", sagte Jasmine, dann ging sie zum Klavier, um mit Will zu reden.

Barry trat von der Bühne und ging in den Probenraum, wo er eine große Flasche Wasser aufbewahrte. Amber war gerade nicht da, sie war mit Edith in einem Kostümgeschäft. Vermutlich sollte er Amber früher oder später sagen, dass der Grund, weswegen sie jetzt weniger verkaufte, der war, dass er zu beschäftigt war, um auf ihre Website zu gehen und sie zu erwerben. Sie hatte jetzt schon ein paarmal erwähnt, dass ihre Verkaufszahlen nachgelassen hatten. Er nahm einen großen Schluck und dachte nach. Nein, er würde es nicht zur Sprache bringen. Warum sie verletzen, wenn er es nicht musste? Das Malen machte sie glücklich, also konnte sie auch einfach damit weitermachen. Er trank zu Ende und wischte sich mit dem Saum seines T-Shirts den Schweiß vom Gesicht.

„Hab dich!"

Er drehte sich um und lächelte Amber an. Sie ging geradewegs zu ihm und küsste ihn. Er konnte es immer noch nicht fassen, dass sie wirklich verrückt nach ihm war. Es war, als hätte eine Göttin sich auf einen nerdigen Irdischen eingelassen. Doch dieser nerdige Erdling lernte schnell, und diese Göttin war sein Lieblingsthema.

„Ich habe eine Überraschung für dich." Sie packte seine Hand und zog daran. „Komm schon."

„Ich habe aber nicht lange. Jasmine wird mich in ein paar Minuten wieder auf der Bühne haben wollen."

„Von daher komme ich gerade. Sie und Will streiten sich noch." Wieder zog sie an seiner Hand, und er folgte. „Es wird auch nicht lange dauern."

Sie gingen den langen Flur entlang und blieben an einem kleinen Lagerraum stehen, dessen Tür von einem Holzkeil aufgehalten wurde. Der Raum war voller Kostüme. Er hatte sein Piratenkostüm bereits, deswegen war er sich nicht sicher, was sie –

„Ta-dah!", sagte sie und zog ein Kostüm vom Ständer.

Es war ein Kuh-Kostüm – weiß mit schwarzen Flecken. Wie sein altes, nur besser.

Sie hielt das Kostüm in die Höhe. Gefällt es dir? Ich hab es für dich gekauft, als wir im Kostümgeschäft waren." Er hielt es sich an. „Sollte passen."

Er schluckte den Kloß in seiner Kehle hinunter, überwältigt vor Emotionen. Früher hatte er den Eindruck gehabt, dass Amber ihn als tanzende Kuh nicht mochte. Sie hatte ihn Vogelkuhmann genannt. Doch dieses Geschenk sagte, dass sie ihn akzeptierte. Ihn verstand.

„Amber …" Seine Stimme kam jetzt als Knurren heraus.

Sie errötete und sah sich in dem kleinen Raum um. „Ich glaube nicht, dass wir hier genug Platz haben."

Er schüttelte den Kopf. Das hatte er nicht gemeint, obwohl es interessant war, dass bereits ihr Name ein Auslöser war. Er nahm ihre Hände. „Vielen Dank!"

„Oh! Gern geschehen." Sie lächelte auf zu ihm. „Deine Stimme. Sie hat irgendwie dieses Knurren, das heißt … dass es an der Zeit ist."

Er nickte. „Sie klingt so, wenn ich viel empfinde. Als würde die Emotion einfach dort stecken." Er legte seine Hand an seinen Hals.

Sie dachte darüber nach, während sie mit ihrer Hand an seinem Arm hinauf und hinab streichelte. Wenn er sie nicht berührte, dann berührte sie ihn. Es war ein ständiger Kontakt da, und er liebte es.

Er hängte das Kostüm für später zurück an den Ständer. „Ich dachte, es gefällt dir nicht, wenn ich eine tanzende Kuh bin."

Jetzt lag ihre Hand in seinen Haaren, streichelte ihn im Nacken. „Das ist deine Kunst. Du bist ein Performer. Ich verstehe das."

Sein Herz zog sich zusammen. „Amber …", knurrte er. Ihr Atem stockte. „Ich liebe dich."

Sie erwiderte nichts darauf, sondern warf ihre Arme um ihn und küsste ihn. Er erwiderte den Kuss mit all der Liebe, die er empfand. Er wollte ihr alles erzählen, was er fühlte, alles, was er für sie beide wollte, doch als sie sich auf Zehenspitzen stellte und ihre Körper sich genauso aneinanderschmiegten, wie er es brauchte, ließ das alle rationalen Gedanken verschwinden.

„Da seid ihr ja!", rief eine Stimme.

Er löste sich von Amber, doch seine Finger lagen immer noch in ihren.

Es war Edith. „Toby braucht dich auf der Bühne", sagte sie zu ihm. „Amber, komm mit mir. Wir müssen mit den Töchtern des Major-Generals ein paar Anproben machen."

„Die Pflicht ruft", sagte Amber.

Sie ging mit Edith, und Barry stand ein paar Augenblicke da und sah Amber hinterher. Sie hatte nicht mit ich liebe dich geantwortet. Das hatte nichts zu bedeuten, redete er sich ein. Ihr Kuss sprach Bände. Nichts, worüber er sich Sorgen machen musste.

Doch ein Teil von ihm verharrte bei dieser Sorge, bis sie sich dauerhaft in seinem Herzen festsetzte.

AM NÄCHSTEN MORGEN freute Barry sich darauf, seine Hypothese zu testen. Er streckte sich in Ambers Bett aus. Kate war auf Besuch nach Hause gefahren, also hatten sie die Wohnung für sich. Es war eine richtig genussvolle Woche gewesen, denn Amber reagierte so leicht auf ihn. Diese Idee mit der Wette war brillant gewesen, wenn er das selbst so sagen durfte. Immer, wenn er Amber sah, hatte er ununterbrochen einen Ständer, und sobald er erfahren hatte, welch pure Freude es war, sie zu lieben, und dass es nicht langweilig wurde, stellte er fest, dass er sogar noch härter wurde. Er brauchte die Erlösung; er brauchte Amber. Nicht, dass er das Vorspiel nicht liebte, doch es gab Zeiten, da fiel es ihm schwer zu warten. Er tat das nicht, um sie zu kontrollieren, er tat es, um sich zu kontrollieren, damit er wusste, dass immer, wenn er sie verzweifelt brauchte, sie damit einverstanden wäre und er sie nicht zu sehr drängte.

Und er wusste auch, dass der Befehl funktionierte. Er war nicht sicher, ob sie es schon bemerkt hatte, doch er beobachtete sie immer ganz genau und schätzte ihre Reaktionen auf das, was er tat, ein, damit er das, was sie mochte, noch steigern konnte und das sein ließ, was nicht. Nach nur ein paar Tagen reagierte sie noch intensiver. Ihre Augen verloren den Fokus, ihre Brüste wurden rot, ihre Nippel feste Spitzen, ihre Atmung beschleunigte sich. Jeden Tag verliebte er sich mehr. Konnte sich kaum entspannen, bis sie wieder in seinen Armen war. Nie in seinem Leben hatte er so etwas verspürt. Als hätte er sein ganzes Leben auf sie gewartet.

Er hörte sie in der Dusche und zwang sich, nicht zu ihr zu gehen. Er hatte sie heute Morgen bereits genommen, als sie aufgewacht war. Er wollte ihr etwas Raum lassen, damit später, wenn er die Worte aussprach, der Effekt noch stärker wäre, ein definitiver Sieg für sie beide. Er war so froh, dass ihre flirtende Schwester nicht da war. Kate machte sich immer damit an ihn ran, dass sie irgendetwas über Physik oder Mathe vor sich hinmurmelte. Letztes Mal hatte sie doch wirklich gesagt: „In diesem elektromagnetischen Feld gibt es keine Linien", dabei hatte sie auf ihren Hintern gezeigt. Er dachte sich, dass sie damit eine Anziehung gemeint hatte, und die fehlenden Linien hießen, dass sie keine Unterwäsche trug, was er angestrengt versuchte, in diesem winzigen Baumwollpyjama, den sie die ganze Zeit trug, nicht zu bemerken. Sie musste wirklich an ihrer Technik arbeiten.

Er wartete bis nach dem Mittagessen. Amber stand an ihrer Staffelei grübelnd vor einer leeren Leinwand. Sie trug einen Rock, wie er sie gebeten hatte, und hatte von selbst aufgehört, einen String anzuziehen. Allein das Wissen, dass sie unter diesem Rock nichts trug, reichte, um ein unangenehmes Pochen gegen seine Jeans hervorzurufen. Er saß mit seinem Laptop auf dem Sofa und suchte nach Filmen, die sie vielleicht in einer Morgenvorstellung sehen konnten. Nur, dass er fast nicht auf den Bildschirm schaute, er konnte nur daran denken, dass er die Worte sagen würde. Sie wieder nehmen würde. Wenn es nicht funktionierte, würde er sie auf altmodische Weise heiß machen. So oder so, er wollte sie wie seinen nächsten Atemzug.

Sie erwischte ihn dabei, dass er sie ansah, und lächelte.

„Amber …", knurrte er. „Hier und jetzt."

Sie errötete und öffnete überrascht den Mund.

Er ging zu ihr. Er erwähnte die Wette nicht. Hob kaum ihren Rock, stieß seine Hand zwischen ihre Beine und spürte seinen Sieg. Sie keuchte. Er machte sich frei, rollte ein Kondom über und hob sie hoch. Und dann war er in ihr, diese süße Erleichterung, und nahm sie gegen die Wand. Ihr kehliges Stöhnen machte ihn verrückt. Ihr Körper verkrampfte sich, und sie schrie, doch er machte weiter, fühlte ein tieferes Vergnügen, als ihr Körper ihn melkte.

„Noch einmal", knurrte er in ihr Ohr, denn er wusste, dass sie es mochte, wenn er sie antrieb.

Sie zitterte in seinen Armen, und er wusste, dass sie noch einen kleinen Anschub brauchte. Er schob eine Hand zwischen sie, streichelte schnell über ihren festen Knoten, bis sie schrie und ihn fest packte, dann nahm er sie so, wie sein Körper es verlangte, fest und tief, brachte sie beide zur Besinnungslosigkeit.

AMBER VERGASS DIE WETTE, wenn sie so von dem Zusammensein mit Bare eingenommen war. Sie wusste nie, wann die

Worte kommen würden, doch sie kamen, und zwar häufig. Sie gab bereitwillig nach, wo immer und wann immer er sie wollte. Auf dem Rücksitz seines Wagens, in einer Toilettenkabine im Kino, in seinem begehbaren Kleiderschrank, während sein Bruder im Wohnzimmer fernsah, auf dem Esszimmertisch, im Hinterraum seines Ladens. Es gab nicht einen Raum, einen Bereich in ihren Apartments, den sie noch nicht genutzt hatten. Nicht einen Ort, an den es keine heiße Erinnerung gab.

Am folgenden Wochenende bat Bare sie, bei Sonnenaufgang mit ihm an den Strand beim Naturschutzgebiet zu kommen, damit sie die ersten Vögel sehen konnten, die aus dem Winter zurückkehrten. Und auch wenn es nicht gerade ihr Ding war, Vögel zu beobachten, stellte sie doch fest, dass es sie auf ein neues Level der Erregung brachte, mit ihm überallhin zu gehen. Sie wusste ja nie, wann die Worte, die sie heiß machten, kommen würden, doch sie wusste, dass sie in seinen Armen die Kontrolle verlor und sie am Ende völlig knochenlos und befriedigt war. Er war immer nur vorübergehend befriedigt, doch auch das war erregend. Denn sie wusste, dass nur sie es war, nach der er sich jemals so gesehen hatte. Der Mann konnte einfach gut mit Worten umgehen.

„Ich habe gehört, dass eine amerikanische Waldschnepfe gesichtet wurde", sagte er ihr auf der Fahrt dorthin.

„Du bist so Dirty Talker."

Er grinste. „Ich weiß. Aber sie heißen wirklich so. Die sind selten, und ich möchte sie mir mit dir ansehen."

„Aww."

„Hier, schau sie dir in meiner App an." Er reichte ihr sein Handy. „Sie ist noch nicht fertig, aber die Basisdaten habe ich. Gib einfach amerikanische Waldschnepfe ein, dann siehst du das Bild und die Beschreibung."

Das tat sie. „Okay. Hab's."

Sie gingen einmal über den Strand. Und dann folgte sie ihm schweigend den Pfad hinauf. Bare blieb hin und wieder stehen und sah durch sein Fernglas. Als sie den Vogel nach einer Stunde immer noch nicht entdeckt hatten, schlug sie vor, an den Strand zurückzukehren.

Er reichte ihr das Fernglas. „Hier. Tu so, als würdest du beobachten."

„Und warum soll ich so tun, als beobachtete ich?", fragte sie und linste durch das Fernglas. „Ich weiß, wonach ich suchen muss."

Er manövrierte sie so, dass ihr Rücken gegen einen großen Baum lehnte. Das Fernglas begann zu zittern, als ihr seine Absicht klar wurde. Er legte es auf den Boden, und seine Hand streichelte ihren Innenschenkel, während er sich erhob. Wie er sehr gut wusste, trug sie nichts unter dem Rock. Sie zitterte, weil sie wusste, was als Nächstes käme, schon bevor er die Worte sagte.

Er knurrte „Amber, hier und jetzt" in ihr Ohr und nahm sie gegen den Baum. Ihr stockte der Atem, als er plötzlich ihren Körper füllte. Der Mann war ständig hart für sie. Es überraschte sie nicht länger; der heiße Blick und die Worte, die sie antörnten, warnten sie immer vor und machten sie bereit. Gott sei Dank waren sie in der Morgendämmerung zur Vogelbeobachtung gegangen, während niemand sonst da war. Ihr ekstatischer Schrei kurz darauf erschreckte die Vögel aus ihren Nestern. Seiner war ein gutturales Stöhnen, das seitlich an ihrem Hals vibrierte.

Er setzte sie ab, glättete ihren Rock und zog den Reißverschluss seiner Jeans hoch. Er grinste. „Ich bin so froh, dass ich dich trainiert habe."

„Du hast mich nicht trainiert", protestierte sie hitzig. Sie hatte nur einfach gerne Sex mit ihm. Sogar sehr. Und seine Stimme und die Worte und das alles.

„Nein?" Er zog sie an sich und knurrte ihn ihr Ort: „Amber."

Ihr Inneres zog sich zusammen. Ihr Name allein reichte

schon. Es war diese knurrende Stimme. Die packte sie jedes verdammte Mal.

Sie schob ihn von sich. „Spiel nicht mit mir."

Er lächelte, seine Augen verschlagen hell. „Ich spiele gern mit dir."

„Jetzt wirst du arrogant. Ich will den süßen und zärtlichen Bare zurück."

Er musterte sie und schob eine Strähne hinter ihr Ohr. „Ich liebe dich. Du bist für mich wie ein wahr gewordener Traum, und ich kann mir nicht vorstellen, jemals mit einer anderen zusammen zu sein."

Ihr Magen sackte tiefer. Was dieser Mann mit ihr machte – körperlich, emotional. Das war die bei weitem intensivste Beziehung ihres Lebens. Mit dem körperlichen Kram kam sie um einiges besser klar als mit der Furcht, die sie bei seinen von Herzen kommenden Worten durchfuhr. Das war merk-würdig. Sie wusste, sie sollte glücklich sein, sogar in Hoch-stimmung, doch stattdessen empfand sie Panik. Es war zu gut, um wahr zu sein.

„Sag den Befehl", bat sie ihn und legte ihre Arme um seinen Hals. „Nimm mich noch einmal."

Stattdessen legte er seine Arme um sie, seufzte schwer, und sein Atem teilte ihre Haare. „Komm schon. Ich wollte dir heute noch etwas anderes zeigen."

„Du musst mich erst füttern."

Er zog sich zurück und grinste. „In Ordnung."

Zum Frühstück hielten sie an einem Restaurant in der Nähe, dann fuhr er sie zu einem alten viktorianischen Haus zurück in Clover Park. An der Haustür waren eine Reihe Klingeln, als wäre es in Apartments unterteilt.

„Was tun wir denn hier?", fragte sie.

Er drückte ihre Hand. „Das ist eine Überraschung."

Er führte sie die hintere Treppe hinauf und schloss die Tür zu einem Studio-Apartment im Dachgeschoss des alten Hauses hinauf. Die Wohnung war leer und sauber. Sie war groß, hatte Hartholzböden und viel Licht, das durch die großen Fenster an jeder Seite hereinströmte.

Er reichte ihr die Schlüssel. „Das ist dein neues Malstudio. Du kannst ein ganzes Jahr lang hierbleiben."

Sie starrte auf die Schlüssel. Sah verwirrt wieder zu ihm. „Aber ich habe die Wette doch verloren."

Einer seiner Mundwinkel hob sich. „Ich glaube, wir haben beide gewonnen. Du nicht auch?"

Sie grinste. „Wow."

Sie ging umher und sah sich den Raum an. In einer Ecke war ein kleines Badezimmer, das vermutlich früher mal ein Schrank gewesen war. Auf der anderen Seite eine Kitchenette. Der Rest war ganz offen. Und die Decke war zwar nicht hoch, aber für ihre Bedürfnisse gut. Die Decke verlief nur drei Zentimeter über Bares Kopf.

„Öffne den Kühlschrank", sagte er.

Sie öffnete den kleinen Kühlschrank und stellte fest, dass er mit ihren Lieblingskäsesorten gefüllt war. Sie lächelte.

„Cracker sind im Schrank."

Sie öffnete den kleinen Schrank über der Spüle und fand Schachteln mit ihren Lieblingscrackern ordentlich aufgereiht. Plötzlich war ihr unbehaglich, als wäre das alles zu viel. Wie konnte sie dieses Geschenk annehmen? Wer wusste schon, ob sie überhaupt in einem Jahr noch zusammen wären? Dann wäre er verpflichtet, weiterhin die Miete für diesen ungenutzten Raum zu bezahlen.

„Bare, ich weiß nicht, was ich sagen soll."

Er nahm ihre Hand. „Gefällt es dir?"

„Ich liebe es, aber ich kann es nicht annehmen. Das ist … du hättest das nicht tun sollen."

„Warum?"

Sie schüttelte den Kopf, und er legte seine Hände um ihre Taille.

„Ich wollte es aber. Du hast ein Studio verdient. Jetzt

kannst du dich ausbreiten. Vielleicht größere Leinwände bemalen." Er betrachtete ihr Gesicht. „Was ist denn los?"

Sie löste sich von ihm. „Ein Jahr ist eine lange Zeit, um für eine Wohnung zu bezahlen", sagte sie leise und wich seinem Blick aus. „Du weißt doch gar nicht, ob wir so lange zusammen sein werden."

„Warum denn nicht? Es läuft doch großartig. Ich liebe dich."

Sie wünschte, sie könnte die Worte genauso leicht erwidern. Sie hatte nicht mehr ich liebe dich gesagt, seitdem ihre Mutter das bei ihrem Abschied gesagt hatte. Es war, als wären sie in ihrem Gehirn für immer an diese Szene gebunden, obwohl sie wusste, dass das falsch war, bedeutete ich liebe dich irgendwie Lebewohl. Sie hatte Gefühle für Bare, starke Gefühle, aber … würde ihre Beziehung halten? Keine ihrer vorigen Beziehungen hatte gehalten.

„Amber", blaffte er.

Ihr Blick zuckte zu ihm, sie war überrascht von seinem Tonfall.

„Warum sagst du denn nichts? Was denkst du gerade?"

„Ich kann dieses Geschenk nicht annehmen", sagte sie fest.

„Zu schade." Er stemmte seine Hände in die Hüfte und sah sie finster an. „Ich habe den Vertrag bereits unterschrieben, und wir sitzen darauf fest."

„Bare …" Sie wusste nicht, was sie sagen sollte. Er war wütend, und sie wusste nicht, was sie dagegen tun sollte. Sie ging zu ihm und strich mit ihrer Hand an seinem angespannten Arm auf und ab.

Er starrte auf ihre Hand. „Möchtest du denn keine lange Beziehung mit mir?", fragte er leise. „Ich möchte das für uns. Bin ich immer noch nicht cool genug für dich?"

Ein Lachen entkam ihr. „Du bist sogar sehr cool."

„Hälts" du das für lustig? Ich serviere dir hier mein Herz auf dem Silbertablett, Amber. Und wo ist dein Herz?"

„Ich weiß nicht, was ich sagen soll. Es tut mir leid. Ich werde ..." Sie schluckte kräftig. „Danke für das Studio!"

Er verengte die Augen, und sie wand sich unter seinem prüfenden Blick. „Sag mir einfach jetzt, wenn du keine Zukunft für uns siehst. Sag es einfach."

„Ich ... ich weiß nicht."

Er knirschte mit den Zähnen. Sie berührte seine Wange, und er zuckte vor ihrer Hand zurück.

„Sei doch bitte nicht wütend", sagte sie. „Wie kann ich es wissen?" Sie hob ihre Hände. „Wie kann irgendjemand es wissen? Wir können die Zukunft nicht vorhersehen."

Er durchbohrte sie mit einem finsteren Blick. „Liebst du mich?"

Ihre Kehle verengte sich. Sie senkte ihren Blick zu Boden. Wie konnte man denn wirklich wissen, dass man jemanden liebte? Wann wurde aus Lust Liebe? Wann wurde aus sehr mögen Liebe? Wie konnte man sich jemals sicher genug fühlen, um sein Herz in die Hände eines anderen zu legen?

Er hob ihr Kinn. „Sieh mich an. Ich weiß, dass du etwas empfinden musst."

„Das tue ich. Etwas." Ihre Augen füllten sich mit Tränen. Sie vermasselte es gerade schon wieder.

Er nahm ihr Gesicht in seine Hände. „Ich habe das Gefühl, mein ganzes Leben auf dich gewartet zu haben. Ich möchte dich heiraten."

Ihr Magen sackte tiefer. „Sag nicht so etwas."

„Warum?"

„Weil du es nicht weißt. Du kannst dir nicht sicher sein. Du kennst mich erst seit ein paar Monaten."

Er nahm seine Hände herunter. „Seit dreieinhalb Monaten. Das ist lange genug, um zu wissen, was ich für dich empfinde."

Sie sah wieder zu Boden. Er trat einen Schritt zurück. Langes, unbehagliche Schweigen dehnte sich zwischen ihnen aus.

„Du hast also nichts zu sagen?", fragte er schließlich.

„Bare, ich bin verkorkst. Ich habe … Probleme. Ich bin nicht so gut in diesen Herzensangelegenheiten. Nicht wie du."

Er rammte eine Hand in sein Haar. „Jeder hat Probleme. Jeder ist verkorkst. Sag mir nur, dass ich nicht allein so empfinde. Sag mir, dass du so für mich empfindest wie ich für dich."

Ehe, für immer, Liebe, die nicht endete. Sie hatte nie gemeint, dass das für sie möglich wäre. Nie wirklich geglaubt, dass irgendjemand so lange würde bleiben wollen.

„Ich weiß es nicht," sagte sie hilflos. „Sei doch bitte nicht wütend. Ich versuche es ja. Ich weiß es nur nicht."

Er schluckte sichtlich. „Vielleicht sollten wir eine Pause machen. Vielleicht dränge ich dich zu sehr."

„Bare, nein!"

„Ich habe mich hinreißen lassen", murmelte er. „Ich seh dich dann später. Die Wohnung gehört dir für ein Jahr."

Und dann ging er. Mit zitternden Beinen sank sie zu Boden. Er hatte gesagt, er liebte sie, und dann war er gegangen. Auf diese Worte folgte nie etwas Gutes.

12

Am Sonntag ging Barry nicht, wie er es normalerweise getan hätte, bei Amber vorbei. Er war hin- und hergerissen. Er wollte sie, wollte mit ihr zusammen sein, doch allmählich glaubte er, dass er sich das, was sie hatten, nur eingebildet und es als mehr gesehen hatte, als es wirklich war. Das tat er immer. Immer wenn er sich auf etwas einließ, übertrieb er.

Oder vielleicht wollte sie auch nur seinen Körper. Er schnaubte vor sich hin. Das konnte nicht sein. Er ging die Möglichkeiten durch.

A) er liebte sie, und sie liebte ihn, doch verlor immer die Stimme, wenn sie versuchte, die Worte zu sagen.

B) er liebte sie, und sie liebte ihn nicht.

C) er liebte sie, und sie war sich noch nicht sicher, ob sie ihn liebte.

Wie standen die Chancen? Was für Möglichkeiten gab es? Er wusste es nicht, doch je mehr er darüber nachdachte, desto mehr stellte er fest, dass es keine Rolle spielte. Jede Möglichkeit führte zu einer unvermeidbaren Schlussfolgerung – er liebte sie. Am Montag ging er vor der Arbeit bei ihr vorbei, doch sie war nicht zu Hause. Er ging nach der Arbeit zu ihr, immer noch nicht zu Hause. Kate wusste nicht, wo sie war, zumindest behauptete sie das. Er hoffte, sie bei der Probe zu sehen.

Auch da war sie nicht. Er schaukelte auf seinen Füßen vor und zurück, wartete auf der Bühne, dass die Musik begann. Was tat sie denn, hatte sie die Stadt verlassen, weil er ihr ein Studio gemietet und ihr seine Liebe gestanden hatte? Die Antwort traf ihn zwischen den Szenen. Sie war im Studio. Er hätte dort nachsehen sollen. Natürlich würde sie malen wollen. Malen war ihre Seele.

„Pass auf, Bare!", bellte Toby aus dem Zuschauerraum.

Er schüttelte den Kopf. „Entschuldige!", rief er. Die Musik hatte begonnen, und er hatte sich nicht gerührt. „Und los, Will."

Will spielte von vorn. Auf sein Zeichen hin setzte Barry ein, tat begeistert von der Aufführung, war aber eifrig, fertig zu werden und im Studio nachzusehen.

„Die nächste Szene ist ‚das Paradoxe'", sagte Toby. „Delilah, du bist mit Zac und Bare dran."

Delilah erhob sich langsam von ihrem Platz im Zuschauerraum und ging zu ihnen auf die Bühne. Jasmine und Will wurden lauter, stritten sich am Klavier, beide beugten sich vor, die Hände in die Hüften gestemmt.

„Was ist denn nur in die beiden gefahren?", fragte Zac.

„Liebesstreitigkeiten", antwortete Delilah.

„Die beiden?", fragte Barry. „Seitdem die Proben begonnen hat, haben sie nichts anderes getan, als sich zu streiten."

„Liebe, Hass, alles dasselbe", erwiderte Delilah.

Ein paar Minuten später, als Jasmines Stimme immer lauter wurde, was Will nur dazu zu bringen schien, seine Stimme zu senken, setzte Delilah dem Ganzen ein Ende.

„Entschuldigt mich!", sagte sie dramatisch. „Ich bin Profi. Das heißt, die Show muss weitergehen!"

Will kehrte ans Klavier zurück. Jasmine machte auf dem Absatz kehrt und näherte sich der Bühne.

„Tut mir leid", brachte sie zwischen zusammengebissenen Zähnen hervor. „Ich glaube, ihr wisst, was in dieser Szene zu tun ist. Bare, wenn du vielleicht mit ein bisschen mehr Begeisterung in die Szene gehen könntest. Vielleicht machst du noch mal diesen Kniefall." Sie machte sie ihm vor, ging auf ein Knie hinunter und bewegte sich dann auf das andere Knie. „Ja?"

„Klar", sagte Barry. „Und wo genau im Song soll ich ihn einfügen?"

„Lass uns den Song gemeinsam durchgehen", sagte Jasmine. „Ich werde dich begleiten." Sie drehte sich um. „Will, spiel bitte ,A Paradox', wenn dir das nicht zu große Mühe bereitet."

„Überhaupt keine Mühe", sagte Will. „Ich kann es unzählige Male spielen, und es wird jedes Mal so klingen, wie der Komponist es vorgesehen hat."

„Gott bewahre, du könntest kreativ werden", murmelte Jasmine.

Die Musik begann, und sie gingen den Song durch. Amber setzte sich in den Zuschauerraum, und Berrys Energie steigerte sich. Sie war da, das bedeutete, dass sie mit ihm noch nicht fertig war. Er hatte sie nicht vergrault. Er war der draufgängerische Piratenkönig, und er konnte sie jederzeit und überall zu seiner Beute machen. Ein berauschender Gedanke, eine faszinierende Tatsache. Er würde ihren Körper für sich fordern, wie er es immer tat, und eines Tages auch ihr Herz. Sie brauchte nur etwas Zeit. Er war so erleichtert, dass es ihm ganz egal war, wie lange es dauern würde. Er würde auf sie warten, solange sie nur zusammen waren.

Das Lied war zu Ende. Jasmine, Toby, Edith und Amber klatschten.

„Sehr gut, Bare", sagte Jasmine. „Das Beste, was ich bisher von dir gesehen habe. Zac, Delilah, ihr wart auch großartig. Ich glaube, wir brauchen keinen weiteren Durchgang. Machen wir weiter!"

Edith ging, um die Besetzung zu rufen, die für die nächste Szene gebraucht wurde. Mabel und die Polizeibrigade. Er ging hinter die Bühne und traf Amber auf ihrem Weg herein. Er senkte sie über seinen Arm und küsste sie voller Hitze.

„Yo-ho-ho", sagte sie.

Gott, er liebte diese Frau.

„Ich performe besser, wenn du da bist", sagte er.

„So, tust du das?", sagte Zac flirtend. „Magst du keinen Soloauftritt? Natürlich ist es immer besser, wenn noch ein oder zwei andere dabei sind. Wenn ihr jemals einen dritten –"

„Tun wir nicht", sagte Barry rasch, als Kevin sich hinter Zac stellte und Barry einen mörderischen Blick zuwarf.

Kevin zog Zac fort in den Flur.

„Das war ein wenig merkwürdig, oder etwa nicht?", fragte Amber.

„Ein kleines bisschen." Er konnte nicht widerstehen, sie erneut zu küssen. Ihre Lippen waren weich und nachgiebig. Er löste sich von ihr. „Wo warst du? Ich habe dich vermisst."

„Im Studio", sagte sie. „Ich habe die größte Leinwand aller Zeiten bemalt."

Er lächelte. „Ich kann es nicht abwarten, sie zu sehen."

Sie blinzelte rasch. „Dann bist du nicht mehr wütend auf mich?"

„Nein."

Sie legte ihre Arme um ihn, und er hielt sie ganz fest.

„Da bin ich so froh." Sie seufzte. „Sei … einfach nur geduldig mit mir, okay?"

Er streichelte ihre Haare, war so erleichtert, sie wieder in seinen Armen zu haben. „Okay."

AMBER LIEBTE IHR NEUES STUDIO. Am letzten Wochenende hatte sie all ihre Ausrüstung dorthin gebracht. Es war wundervoll. Bald schon wurde es zur Routine, dass sie den ganzen Tag malte, mit Bare zu Abend aß und dann zur Probe ging. Bare wollte ihre Kunst nicht stören, deswegen hatte er sie gebeten, ihm zu schreiben, wenn sie fertig war, damit sie sich dann zum Abendessen treffen und gemeinsam zur Probe fahren konnten. Sie ließ nicht zu, dass sie an den Jahresvertrag für die Wohnung dachte, denn dann wurde sie nur nervös. Sie konzentrierte sich auf den Moment, und das ließ sie kreativ sein, erfüllte sie mit Freude.

Heute, am Freitag, legte sie letzte Hand an die größte Leinwand an, die sie bislang gemalt hatte. Es war ein abstraktes Bild, was sie am liebsten mochte, mit Rot, Blau, Grün und Gold. Fast wie gebatikt. Lachend blieb sie stehen. Es sah ein wenig aus wie Bares Batik-Boxershorts. Sie gab noch etwas Violett hinzu, damit sie nicht ständig an seine Boxershorts denken musste. Dieses Stück würde sie niemals verkaufen. Sie wollte es hierher hängen. Es war warm, strahlend und fröhlich, und es würde sie weiter inspirieren.

Den letzten Monat über hatte sie nicht viel von ihrer Kunst verkauft. Vielleicht war es an der Zeit, ein weiteres Portfolio aufzustellen und damit die Galerien abzuklappern. Obwohl sie hasste, das zu tun. Sie kam sich immer so armselig vor, wenn man ihrer Kunst so auf den Zahn fühlte und es ihr dann zurückreichte. Ein Teil von ihr wollte diese Ausstellung in einer Galerie ganz unbedingt. Und wenn auch nur, um ihrer Mutter zu zeigen, dass man als Künstler anerkannt werden konnte, ohne jeden, der im Leben eine Rolle spielte, von sich zu stoßen. Als Amber ihren Abschluss an der Kunsthochschule gemacht hatte, hatte ihre Mutter ihr eine handgemalte Gratulationskarte geschickt. In der Karte war eine Einladung für eine Ausstellung ihrer Mutter in Paris gewesen. Amber hatte sie in kleine Fetzen zerrissen. Doch die Erinnerung, die geschwungene Handschrift ihrer Mutter, ihr fröhlich gekritzeltes „Ich habe es geschafft!" über der schicken französischen Ankündigung, hatte sich in Ambers Hirn gebrannt.

Sie schob ihre Mutter aus dem Kopf. Nichts tötete den kreativen Funken so wie Gedanken an ihre Mutter. Sie machte sich wieder daran zu malen. Die Arbeit floss ohne Unterbrechung, und sie summte zu der Musik aus der kleinen Lautsprecheranlage, die sie gekauft hatte.

Kurz darauf ertönte der Wecker ihres Handys und sagte ihr, dass es fast Zeit zum Abendessen war. Sie nahm ihr Handy und schrieb Bare, ob er zu Abend essen wolle. Er schrieb zurück: Ich knurre gerade.

Damit meinte er nicht seinen Magen. Sie lächelte und schrieb zurück: Hier und jetzt.

Sie holte ihn nackt an der Tür ab. Zum Abendessen kamen sie nicht.

Amber half hinter der Bühne mit dem Wechseln der Kostüme, während die Besetzung eine letzte Kostümprobe durchging. Sie konnte es nicht fassen, dass die Wochen so schnell verstrichen waren. Die Aufführung war morgen. Sie war froh, dass sie dabeigeblieben war. Es war wie Magie zu sehen, wie sich die Show zusammensetzte, alle zusammenarbeiteten und das richtige Timing für den Dialog, das Singen, das Tanzen und die Bewegungen auf der Bühne erarbeiteten. Ganz zu schweigen von der Beleuchtung, dem Sound und der Musik. Selbst Toby, so launenhaft der Mann auch war, schien zufrieden zu sein. Doch das Beste daran war, zuzusehen, wie Bare jeden Abend glänzte, während er immer vollkommener in die Rolle des Piratenkönigs schlüpfte. Der Gedanke, dass ihre gemeinsame Zeit ihm dabei half, noch etwas selbstbewusster aufzutreten, gefiel ihr. Der Mann war unersättlich. Er wollte sie morgens, mittags und abends. Und sie war glücklich, ihm zu Willen zu sein.

Sie musste die Damen immer noch mit einem Stock nach den Proben von Bare vertreiben, und auch ihr Anführer, Zac, flirtete in letzter Zeit noch heftiger, doch gemeinsam mit Steph schaffte sie es, alle von ihrem Mann fernzuhalten. Wer hätte gedacht, dass alle mal so fasziniert sein würden von der tanzenden Kuh?

Bare drehte sich um, mitten in einem Song, entdeckte sie in den Flügeln und warf ihr ein Zwinkern und ein Lächeln zu. Selbst mitten in einer Aufführung achtete er auf sie. Keinem hatte jemals so viel an ihr gelegen. Allmählich glaubte sie, dass sie vielleicht, nur vielleicht, doch verliebt war. Bare hatte die Worte ihr gegenüber nicht wieder ausgesprochen, doch irgendwie spürte sie sie bei jedem Blick, jeder Berührung. Hieß das, sie hatten eine Zukunft? Ihr Herz raste, wenn sie nur daran dachte. Für den Moment zwang sie ihre Gedanken zurück. Das war das Einzige, was sie ruhig hielt. Einen Moment nach dem anderen. Jetzt war es gut. Um die Zukunft würde sie sich kümmern, wenn sie da war.

Kate hatte sich in die hinterste Reihe gesetzt und die ganze Woche bei den Kostümproben zugesehen und dabei Lust auf Zac bekommen. Da stand sie zwar auf verlorenem Posten, doch ihre Schwester war hingerissen von seinem gutaussehenden Gesicht. Sie schlüpfte hinaus, um sich für ein paar Minuten zu Kate in den Zuschauerraum zu gesellen, während Zac Mabel singend sein Herz ausschüttete und ihr seine Liebe gestand.

„Meinst du, Zac schläft auch mal mit Frauen?", flüsterte Kate, als Amber sich setzte.

„Nein", flüsterte sie zurück.

Kate konnte ihren Blick nicht von ihm losreißen. „Er geht so gut mit Mabel um. Es sieht so echt aus."

„Er spielt."

„Meinst du, er würde so mit mir spielen?"

„Nein."

„Barry ist großartig."

„Nein."

„Ich habe doch gar keine Frage gestellt."

„Ich teile nicht."

Kate schnaubte. „Wisst ihr, wie ihr mich manchmal raus-schmeißt, damit ihr es tun könnt?"

Amber erwiderte nichts darauf. Sie würde Kate ja nicht rausschmeißen müssen, wenn ihre Schwester jemals wirklich irgendwo hinging oder irgendetwas tat.

„Das letzte Mal habe ich mit Ian rumgehangen", sagte Kate. „Da haben wir dich schreien gehört."

Oh mein Gott!

Kate fuhr fort. „Ian meinte, das heißt ausgewachsener Boogie-Orgasmus. War es das?"

Oh mein Gott! Amber starrte stur geradeaus.

„Ich habe Ian gesagt, dass ich mich nicht mehr aufspare, doch er hat mir nicht geglaubt."

„Gut."

„Er sagte, wenn ich mich schon so lange aufgespart habe, muss ich es ziemlich ernst damit gemeint haben, und es sei eine Sache zwischen mir und meinem zukünftigen Ehemann."

„Gut für ihn."

„Allmählich hasse ich ihn."

Amber lachte. Der Song endete, und die paar Leute im Publikum klatschten.

„Ich kann Samstagabend nicht abwarten", sagte Kate.

„Ja, das ist für gewöhnlich die beste Aufführung. Am Freitagabend muss noch die Nervosität abgebaut werden. Aber der Samstagabend strahlt."

„Und dann noch die Abschlussparty." Kate lächelte breit. „Ich kann es nicht abwarten, mit Zac zu feiern."

„Vergiss doch Zac. Sprich mit ein paar Typen aus der Polizeibrigade."

„Aber die sind nicht genauso niedlich."

„Vergiss niedlich. Sie sind nett. Ganz wie du."

„Du findest, dass ich nicht niedlich bin", sagte Kate und zog eine Schnute. „Du sagtest, ich sehe nuttig aus."

„Aber nur, weil du keine Unterwäsche mehr trägst und du ständig in meinem Sommer-Pyjama herumstolzierst, der praktisch durchsichtig ist. Du hast doch neue Sachen zum Anziehen." Amber stand auf. „Ich muss hinter der Bühne helfen."

„Ich bin eine einundzwanzigjährige Jungfrau", sagte Kate. „Vielleicht vergehe ich vor Mangel an männlicher Stimulation."

Amber lachte schallend. „Du vergehst nicht."

„Klar, du hast gut lachen. Du bekommst ja die ausgewachsene Boogie-Behandlung."

Amber schüttelte den Kopf und ging. Sie hoffte wirklich, dass Kate am Ende den richtigen Typen bekam, wenn es endlich bei ihr klappte. Die engstirnige Entschlossenheit ihrer Schwester, ihre Jungfrauen-Situation zu beenden, konnte in ein Desaster führen.

Nach der Probe half Amber der Besetzung aus den Kostümen und arbeitete mit Edith daran, alles an den richtigen Platz auf eine Stange in der Garderobe zu hängen. Steph war großartig gelaunt, als sie ihr ihr Kleid reichte.

„Ich mache das ja jetzt schon seit Jahren", sagte Steph, „und ich glaube, das hier ist die beste Produktion, die wir je zusammengestellt haben."

Edith drehte sich um. „Das finde ich auch." Sie senkte ihre Stimme. „Bare hat alle ein Stück vorangebracht. Er ist ein wundervoller Piratenkönig."

Ambers Herz füllte sich mit Stolz für ihren Mann.

Edith sprach jetzt lauter, als mehr Mitglieder der Besetzung in den Raum strömten. „Die ganze Besetzung ist so professionell. Es wird sicher ein Hit."

„Möchten die Damen sich zu uns ins Garner's gesellen?",

fragte Zac und übergab sein Kostüm. „Ein letztes Hurra vor der Aufführung?"

Bare kam hinzu und legte einen Arm um Ambers Taille, seine Hand umfasste ihre nackte Haut. „Klar."

„Wir werden da sein", sagte Amber.

„Exzellent", sagte Zac und sah noch kurz mit erhobener Braue zu Bare, dann stolzierte er aus dem Raum.

„Er gibt wohl niemals auf, oder?", fragte Amber. Sie nahm Bares Kostüm und hängte es zu den anderen.

„Er kann dem Piratenkönig einfach nicht widerstehen." Sie konnte das Lächeln in seiner Stimme hören.

Sie drehte sich um. „Ich auch nicht."

Sie stellte sich auf Zehenspitzen und küsste ihn. Seine Hand umfasste ihren Hinterkopf, und der Kuss wurde heiß.

Edith räusperte sich. „Ich werde hier fertig machen. Geht ihr nur. *Bitte.*"

„Im Ernst, Leute", sagte Steph. „Es geht das Gerücht, dass ihr es Backstage hinter einer der Säulen von Daddy Warbucks Herrenhaus getrieben habt."

„Das ist doch lächerlich", sagte Amber, spürte aber, wie sie rot anlief. Es war hinter dem Kiosk von *Guys and Dolls* gewesen. Die Besetzung hatte fünfzehn Minuten Pause gemacht und war zu den Automaten in die Cafeteria gegangen, während Bare sie backstage heftig und drängend genommen hatte und am Ende seine Hand auf ihren Mund hatte drücken müssen, um ihren Schrei zu unterdrücken, als sie kam.

Bares Hand wanderte an ihrem Rücken hinunter, während er sich vorbeugte, um ihr ins Ohr zu knurren: „Vielleicht sollten wir die Bar ausfallen lassen."

„Komm schon, Bare!", riefen alle.

„Dein Publikum wartet", sagte Amber.

Sie tauschten einen heißen Blick aus, der sie zum Kochen brachte, denn sie wusste, dass sie bald wieder zusammenkommen würden.

An einem Donnerstagabend war immer viel los in der Barszene. Ihre Gruppe drängte sich in einer Ecke des Raums zusammen.

„Hey, Leute, es war fantastisch", sagte Toby, der ausnahmsweise nach der Probe dort auftauchte. „Ich wollte mich nur bei euch bedanken, dass ihr wirklich alles gegeben habt. Ihr solltet stolz auf euch sein."

„Aw, danke, Toby!", sagte Zac.

„Hört, hört", sagte Bare und hob seine Bierflasche.

Sie saß auf seinem Schoß, seine Hand lag auf ihrem Oberschenkel. Das Bier hatte sie locker gemacht, und sie genoss es, mit allen zusammen zu sein, wartete aber immer noch eifrig auf seinen geknurrten Befehl.

„Und ich möchte euch alle nächsten Sommer wieder sehen, wenn wir *Grease* geben", sagte Toby. „Das haben wir seit sieben Jahren nicht aufgeführt, und das Publikum liebt es."

Alle waren aufgedreht, die meisten Besatzungsmitglieder waren einander in den vergangenen sechs Wochen ans Herz gewachsen. Die Töchter des Major-Generals fütterten die Polizeibrigade mit Fritten. Die Piraten klauten sich Küsse. Außer dem Piratenkönig, der andere Frauen nur küsste, wenn es auf der Bühne gefordert wurde. Gegen die kurzen Schmatzer, die er den anderen Mädchen gab, hatte sie nichts. Warum auch, wenn er jede Nacht nur für sie da war? Und jeden Morgen. Sie zappelte auf seinem Schoß herum, wartete unruhig auf das dringende Zusammensein, das sie sich zu ersehnen angewöhnt hatte.

„Bald, Liebes", flüsterte er in ihr Ohr. „Nur noch etwas länger."

Es überraschte sie nicht, dass er sie richtig gelesen hatte. Sie waren unglaublich auf den Körper des anderen eingestimmt. Vorsichtig drückte er ihren Oberschenkel und sprach dann mit dem Major-General, der sich darüber freute, ihnen

Geschichten von seiner Jahrzehnte zurückliegenden Zeit am Broadway erzählen zu können.

Sie rutschte auf den Barhocker neben Bare, denn sie konnte nicht weiter auf seinem Schoß sitzen, ohne ihn noch mehr zu wollen. Seine Hand verflocht sich mit ihrer, hielt die Verbindung, während sie mit der Besetzung sprachen. Zoe warf Geschichten von ihren Gesangsauftritten in der Stadt ein. Sie hoffte immer noch, mit ihrer Gesangskarriere groß rauszukommen, hatte jedoch noch nicht ihren großen Durchbruch gehabt. In der Zwischenzeit arbeitete sie als Kellnerin im Garner's, wo Daisy ihr einen Job besorgt hatte.

Scheinbar hatte jeder eine Geschichte darüber, wie er in New York City an dem großen Durchbruch gekratzt hatte. Nicht Bare. Er hatte dafür keine Ambition, die ihn antrieb. Er performte, weil es ihm Spaß machte. Sie verstand das, denn so war auch ihre Malerei lange Zeit gewesen, es hatte ihr einfach nur Spaß gemacht. Bis sie versucht hatte, Geld damit zu machen. Das hatte ihr den Spaß genommen, denn sie fühlte sich wie eine Versagerin, weil sie nichts verkaufte. Und dann plötzlich verkaufte sie doch. Sie hatte diese eine Sammlerin, die ihr das Gefühl gab, erfolgreich zu sein. In letzter Zeit hatte sie nicht viel verkauft, doch das kümmerte sie nicht. Sie hatte ihr Studio, sie hatte Bare, und die kreative Freude war zurück.

Toby stand auf. „Ich muss los. Feiert nicht so wild. Seid groß morgen Abend."

Sie winkten ihn davon. Sie beobachtete Bare, während der mit Zac sprach – sein ungezwungenes Lächeln mit den Lachfalten um die Augen, die Stoppeln, die er sich für die Aufführung hatte wachsen lassen, und mit denen er noch kantiger aussah, sein zerzaustes, widerspenstiges Haar, das mit einem Piratenbandana umwickelt umwerfend aussah. Dieser Mund. Was er mit ihr anstellte.

Er drehte sich um, erwischte sie beim Schauen, und sein

Blick erhitzte sich. Er erhob sich. „Amber sieht müde aus. Wir werden jetzt gehen."

„Ja", sagte Amber ziemlich erleichtert. „Und ihr solltet auch alle nicht so lange bleiben."

„Wir wissen es, wir wissen es", sagte Steph lachend. „Verschwindet schon. Wir wissen, dass ihr es nur treiben wollt."

Alle lachten. Amber umarmte Steph. „Danke, dass du mich überredet hast, bei der Show mitzumachen. Es war großartig."

„Gern geschehen", sagte Steph. „Vielleicht bringt es mir ja nächsten Sommer einen Freund ein."

„Nicht jeder kann mit dem König zusammen sein", sagte Zac und tat so, als wäre er aufgebracht.

„Der König ist tot", erklärte Kevin, dann holte er aus und schlug Bare ins Gesicht.

Bare taumelte zurück. „Was zum Teufel?"

„Kevin!", kreischte Zac.

Kevin warf Bare zu Boden und landete einen weiteren Treffer, bevor die männlichen Mitglieder der Besetzung Kevin von ihm herunterzogen.

„Ich hätte der Piratenkönig sein sollen!", schrie Kevin. „Und jetzt werde ich es sein. Du kannst nicht mit zwei blauen Augen auf die Bühne gehen."

„Was ist denn nur los mit dir?", verlangte Zac zu wissen.

Amber eilte zu Bare, der immer noch am Boden lag. Sein Auge würde wirklich ein Veilchen haben. Der zweite Schlag hatte einen roten Abdruck auf seiner Wange hinterlassen, aber nicht ganz so schlimm. „Geht es dir gut?"

Er setzte sich auf und verzog das Gesicht, berührte seine Wange. „Ja, mir geht es gut. Lass uns einfach gehen."

„Kevin, du bist raus", sagte Jasmine. „Ich werde jetzt sofort Toby anrufen."

„Aber ich bin der Piratenlieutenant!", jammerte Kevin. „Ich habe meinen eigenen Song!"

„Albert wir deinen Part übernehmen", sagte Jasmine und trat beiseite, um zu telefonieren.

„Albert kann keinen Tenor singen!", heulte Kevin.

„Zac, bring ihn hier raus", sagte Amber.

Zac zog den immer noch protestierenden Kevin zur Tür hinaus.

Ein paar Augenblicke später, nachdem sie ein paar Mitleidsbekundungen vom Rest der Besetzung bekommen hatten, ging Amber mit Bare ebenfalls nach draußen. Als sie in seiner Wohnung waren, setzte sie sich zu ihm aufs Sofa und hielt Eis an seine Wange, die bereits anschwoll.

Ian warf einen Blick auf seinen Bruder und schüttelte den Kopf. „Wusste ich doch, dass das Theater gefährlich ist. Ich hole Thomapyrin."

Er ging zum Medizinschrank im Badezimmer.

„Ich bin ein Waschlappen von einem Mann", sagte Bare. „Ich hätte zurückschlagen sollen."

„Nein, du hast das Richtige getan. Ich bin froh, dass du nicht auf sein Niveau gesunken bist."

Bare lächelte und zuckte daraufhin zusammen. „Meinst du, Kevin hat recht? Dass ich so nicht auf die Bühne gehen kann?"

„Natürlich nicht. Ich kriege das mit Make-up schon wieder hin. Verdammt, ein Piratenkönig wird doch wohl ein oder zwei blaue Flecken haben dürfen. Wir setzen die Augenklappe einfach über das blaue Auge."

Er legte einen Arm um sie und stieß ein Seufzen aus. „Ich bin völlig erschlagen. „Ich gehe ins Bett."

Sie stand auf, um ihn zu begleiten.

Er lächelte und zuckte erneut zusammen. „Ich kann nicht mit dir schlafen. Ich würde dich zu sehr wollen, und ich muss wirklich richtig schlafen."

„In Ordnung", sagte sie und gab ihm einen sanften Kuss. „Süße Träume."

Er ging, und sie stieß ein Seufzen aus. Dann ging sie

zurück in ihre Wohnung. Ihr Bett fühlte sich kalt und leer an, und ihr Herz tat ihr bei seinem Schmerz weh.

ALS BARRY am nächsten Morgen aufwachte, hörte er eine Frau kichern. Verdammt, sein Gesicht tat weh. Wieder hörte er das Kichern. In seinem benebelten Hirn klang es wie Amber. Blind tastete er über die Decke. War sie letzte Nacht zu ihm gekommen? Er öffnete die Augen. Nö. Er war allein. Er hatte nicht gewollt, dass Amber ihn so sah. Den nerdigen Typen, dem man in den Hintern getreten hatte und der nicht wie ein Kerl gekämpft hatte.

Er hörte dieses feminine Kichern, das so vertraut war, und sein Herz fing an zu rasen. Er zog sich eine Jeans über die Boxershorts und nahm sich ein T-Shirt. Was machte Amber denn hier? Ian würde ihm das nicht antun. Amber auch nicht.

Er marschierte ins Wohnzimmer und sah, dass sich die Decke über zwei Leuten auf dem Sofa bewegte. Er riss die Decke von ihren Köpfen.

„Kate!", rief er.

Kate zog die Decke wieder über den Kopf. „Erzähl es Amber nicht."

„Ian", knurrte er.

„Geh einfach, Bruderherz. Himmel!"

Bare ging über den Flur und klopfte an Ambers Tür.

Sie öffnete, ihre Augen ganz weit. „Oh mein Gott, dein Gesicht!"

Er verzog es. Er wusste, er musste grässlich aussehen, denn genauso fühlte er sich.

„Hast du Kate gesehen?", fragte sie. „Ich glaube, sie ist letzte Nacht nicht nach Hause gekommen."

Er stöhnte. „Jetzt dreh nicht gleich durch."

„Ich drehe bereits durch."

„Sie ist bei Ian."

„Nein!"

Sie eilte zu seinem Apartment, doch er packte sie, bevor sie anklopfen konnte. „Du willst da jetzt *nicht* hineingehen."

Sie schlug sich eine Hand vor den Mund. „Oh mein Gott!"

„Ja."

„Bare, sie ist Jungfrau."

Sie hörten ein lautes Stöhnen. Weiblich.

Er verzog das Gesicht.

„Oh mein Gott", sagte Amber erneut.

„Lass uns zu dir gehen."

Sie drehte sich um und ließ ihn herein. „Das ist so schrecklich."

Ein weiteres Stöhnen drang über den Flur.

„Schalt den Fernseher ein, damit wir sie nicht hören müssen", sagte er.

Sie eilte hinüber und schaltete ihn ein.

Dann setzen sie sich aufs Sofa, warfen einander einen Blick zu und brachen in Lachen aus. Sie sahen einander kurz an und brachen dann in Lachen aus.

Er legte seine Hand an die Wange. „Autsch, mein Gesicht tut weh, wenn ich lächle."

„Ich werde Eis holen."

Er lehnte seinen Kopf zurück. Sie kam mit einem Eisbeutel, Thomapyrin und etwas Wasser zurück. Er kippte das Thomapyrin herunter.

Amber setzte sich rittlings auf seinen Schoß und legte vorsichtig den Eisbeutel auf seine Wange. „Ich habe dich letzte Nacht vermisst."

„Mmm", murmelte er. Er konnte sie nicht ansehen. Hatte nicht das Gefühl, sie jetzt verdient zu haben. Er war gute dreißig Pfund schwerer als Kevin und doch hatte der Typ ihn zu Boden geworfen.

Sie linste unter den Eisbeutel. „Ich krieg das hin." Sie legte ihn wieder zurück. „Wir werden den ganzen Tag Eis drauflegen."

Er erwiderte nichts darauf. Es gefiel ihm gar nicht, dass sie ihn so sah.

„Ich weiß, wie ich dich davon ablenken kann", schnurrte sie.

„Ich kann nicht."

Selbst, dass Amber in ihren winzigen Pyjamashorts rittlings auf seinem Schoß saß, brachte ihm heute nichts.

Sie beugte sich vor, Brust an Brust, und sah zu ihm auf. „Kevin hat dich ohne Vorwarnung überfallen. Das war nicht fair. Und dann hat er dich angegriffen, als du bereits am Boden lagst. Das war nicht deine Schuld."

„Aber ich hätte nicht am Boden liegen sollen. Ich bin kräftiger. Ich hätte bereits nach seinem ersten Schlag zurückschlagen sollen."

„Du warst der Stärkere", sagte sie.

„Deswegen hätte ich ja ihn zu Boden werfen müssen."

„Ich meine der Stärkere, weil du ihn nicht verletzt hast. Das war viel schwieriger."

Er grunzte.

Sie biss ihm ins Ohrläppchen und knurrte: „Bare, hier und jetzt."

„Das funktioniert nur bei dir."

Sie setzte sich auf. Er wünschte, er hätte tun können, was sie wollte, doch er war zurückgefallen an den Ort, indem er nur der Typ war, den man ärgern konnte, das Opfer, und ausgerechnet vor dem einen Menschen, den er besonders beeindrucken wollte, hatte er so ausgesehen. Bevor er mit sechzehn einen Wachstumsschub gehabt hatte, hatte er in der Schule reichlich Schläge eingesteckt, nach der Schule, wo auch immer die Bullys ihn in die Ecke drängten. Er wollte sie gerade schon von seinem Schoß schieben, als sie ihn mit der Frage überraschte: „Weißt du noch, wie du mich wie ein Werwolf genommen hast?"

Das würde er niemals vergessen. „Ja."

„Du hast mich zum Heulen gebracht."

„Ja." Das war großartig gewesen.

„Und als ich dir dann gesagt habe, dass niemand mich je zuvor zum Heulen gebracht hat, was hast du da gesagt?"

Er lächelte ein wenig. „Ich sagte, ich bin ein glücklicher Mann."

Sie rutschte von seinem Schoß und kniete sich vor ihn hin. „Du bist kurz davor, ein sehr glücklicher … Mann zu werden."

Sie öffnete den Knopf an seiner Jeans. Er spürte, wie er trotz seiner schlechten Laune hart wurde. Langsam zog sie den Reißverschluss herunter.

Er hielt den Atem an. „Ich habe dich noch nie darum gebeten, das zu tun."

Sie lächelte und befeuchtete ihre Lippen, worauf sein Schwanz gegen seine Boxershorts pulsierte. Er hatte sie nie darum gebeten, weil er ihr geben wollte, hatte es für selbst-süchtig gehalten, darum zu bitten, dass sie ihm gab.

Sie nahm ihn in ihre Hand, und er stieß zischend einen Atem aus. „Du musst nicht —"

„Und genau deswegen mache ich es gern", sagte sie, dann nahm sie ihn ganz in den Mund.

Seine Augen drehten sich zurück, als sie sich mit ihm vergnügte. Er war wirklich ein sehr glücklicher Mann.

13

Amber hatte gerade einen sehr befriedigten Bare zurück in sein Apartment geschickt, als Kate in Ambers rosa Satinmantel zurückkam.

„Nun, du hast dich geirrt!", verkündete Kate fröhlich. „Ich musste meine Haare nicht machen, Make-up auftragen, glatte Kleidung oder überhaupt irgendwelche Kleidung tragen."

Amber verzog das Gesicht.

„Ich musste nur einmal in diesem Mantel und sonst nichts über den Flur gehen, und es hieß Leinen los, volle Kraft voraus."

Amber starrte sie an. „Du hast meinen Lieblingsmantel nackt getragen."

„Oh, tut mir leid. Du willst ihn zurück." Sie begann, den Gürtel zu lösen.

„Nein! Behalte ihn!"

„Gut. Ich glaube, das ist meine Geheimwaffe. Entschuldige mich bitte, ich habe letzte Nacht nicht viel geschlafen." Sie ging in Richtung Ambers Schlafzimmer.

„Warte mal, dir geht es also gut? Seid du und Ian jetzt zusammen?"

Kate blieb stehen und drehte sich um. „Mir geht es gut, und nein. Ich habe ihm gesagt, dass das nur eine einmalige Sache ist." Sie kicherte. „Na ja, zweimalig. Ich bin viel zu jung, um mich zu binden. Außerdem möchte ich kein Wasserstoff sein."

Amber starrte sie verwirrt an.

„Nur ein Elektron, das mich umkreist", erklärte Kate.

„Oh. Gute Nacht, Kate!"

„Gute Nacht!" Kate verschwand im Schlafzimmer. Dann schob sie ihren Kopf eiwieder hinaus. „Ich wäre lieber Polonium."

„Mehr Elektronen?", riet Amber.

„Ja, und es strahlt. Es ist radioaktiv." Tief in Gedanken versunken schürzte Kate ihre Lippen. Schließlich gestand sie: „Ich hatte immer noch keinen ausgewachsenen Boogie-Orgasmus. Obwohl ich beim zweiten Mal einen ziemlich angenehmen –"

„Geh schlafen!"

Ei-ei-ei.

Amber entschied sich, noch ein wenig mit der Dusche zu warten, damit sie Kate nicht störte, während sie sich fertig machte. Sie wandte sich dem riesigen Poststapel zu, der sich auf der halbhohen Wand, die die Küche und das Wohnzimmer voneinander trennte, häufte. Sie war zu beschäftigt gewesen, um sich darum zu kümmern, und hatte alles einfach dort aufeinandergelegt. Rasch blätterte sie ihn durch und suchte nach Rechnungen. Ein kleiner Umschlag fiel ihr ins Auge. Die geschwungene Handschrift sah vertraut aus. Er war von ihrer Mom. Einen Moment lang haderte sie mit sich. Ihre Mom hatte ihr vor mehreren Monaten eine handgefertigte Karte geschickt und sie auf einen Besuch eingeladen. Amber hatte die Karte mit nur einem Wort in wütendem Rot über das Bild gekritzelt geantwortet, eine Antwort in Großbuchstaben – NEIN. Seitdem hatte sie nichts mehr von ihr gehört, doch sie wusste von ihrem Dad, dass ihre Mom ihn gebeten hatte, etwas zu tun, worauf sie ihrem Dad gesagt hatte, er solle es vergessen und sich um seinen Kram kümmern. Er hatte das Thema fallen gelassen. Ihr Dad mischte sich nie mehr in ihr Leben ein als er musste.

Sie drehte sich um und ließ den Umschlag ungeöffnet in den Müll fallen.

„DAZE, DU HAST ES GESCHAFFT!", rief Amber. Es war der Premierenabend, und Daze war mit ihrem Ehemann, Trav, gekommen, der ihren Sohn, Bryce, hielt.

„Natürlich bin ich gekommen!", rief Daze. „Ich muss doch Zoe, Steph und jetzt auch Barry zusehen und die großartigen Kulissen und Kostüme, bei denen du mitgeholfen hast."

Amber lächelte und drehte sich zu Trav und Bryce um. „Hi, Leute!"

„Hey, Hals- und Beinbruch heute Abend", sagte Trav. „Achte gar nicht auf uns. Wenn du einen kleinen Kerl quietschen hörst, dann nur, weil er sich so freut, dich zu sehen." Er kitzelte Bryce, der quietschte und sich wand. Er warf ihn in die Luft. Das blonde Haar des Kinds flog hoch, und auf seinem Gesicht war pure Freude zu sehen.

„Er meint, er wird mit ihm hinausgehen, wenn er zu laut wird", flüsterte Daze. „Das ist ja so aufregend! Barry spielt also einen Piraten? Wie ist das?"

„Er ist umwerfend. Wirklich. Und das sage ich nicht nur, weil ich in ihn verliebt bin." Sie schlug sich eine Hand vor den Mund. Sie konnte es nicht glauben, dass sie das gerade gesagt hatte.

Daze packte ihren Arm. „Amber! Das hast du mir ja gar nicht erzählt. Wow!"

„Im Ernst? Barry?", fragte Trav und warf Bryce über seine Schulter.

„Ja", sagte Amber und war sich jetzt sicherer. Sie war verliebt in ihn. Sie wartete auf die Angst, die Panik, die sie für gewöhnlich packte, doch sie blieb ruhig. Sie liebte ihn. Es fühlte sich richtig an. Vermutlich hätte sie Bare das zuerst sagen sollen. „Seht ihn euch heute Abend an. Er ist ..." Sie spürte, wie sie rot wurde. „Seht ihn euch einfach an."

„Cool", sagte Trav. Er drehte sich zu Daze um. „Ich lass ihn draußen ein wenig rumlaufen, bis die Aufführung anfängt."

„Okay."

„Gib Mommy noch einen Kuss." Er beugte Bryce zu Daze. Bryce machte einen Kussmund und gab Daze einen großen feuchten Kuss auf die Wange.

„Jetzt bin ich dran", sagte Trav mit verschlagenem Grinsen. Er küsste sie auf die Lippen. Daze sah ihnen hinterher, ein zufriedenes Lächeln im Gesicht.

Da kam Zoe zu ihnen. „Daisy!"

Die beiden Frauen umarmten einander. Zoe zog sich zurück und starrte auf Daze' Bauch. „Dieses Baby ist seit letztem Monat ganz schön gewachsen. Sieh dich nur an." Sie streckte Daze' Arme aus, um ihren Babybauch zu präsentieren.

Daze lächelte. „Ich weiß. Wenn ich schwanger bin, werde ich riesig. Ich bin jetzt erst im fünften Monat." Sie sah sie beide an und biss sich auf die Lippe. „Kann ich euch ein Geheimnis anvertrauen? Trav möchte es für sich behalten, aber ich platze bald, wenn ich es nicht irgendjemandem zählen kann."

„Was?", fragte Amber.

„Ich war beim Ultraschall und ...", Daze strahlte. „Es ist ein Junge."

„Ju-huu!", rief Zoë.

„Herzlichen Glückwunsch!", sagte Amber. „Wow, zwei Jungs!"

„Ich weiß. Trav möchte danach gleich Nummer drei, aber

ich sagte ihm, ich bin bereits fünfunddreißig, und ich bin müde. Ich habe ihm gesagt, er könne ja das nächste Kind bekommen, wenn er so dringend noch eins will."

„Ich wette, das lief so richtig gut", scherzte Zoe.

Daze lachte. „Er sagte, er würde gern das nächste Kind bekommen, wenn es nur das wäre." Sie schüttelte den Kopf. „Der Mann stimmt immer zu und schafft es dann irgendwie, doch seinen Willen durchzusetzen. So verschlagen ist er."

Kate tauchte an Ambers Seite auf. Sie steckte wieder in ihrer alten Jeans, ihrem fleckigen T-Shirt und hatte ihre Haare wie üblich zur Hälfte in einen unordentlichen Knoten und zur Hälfte in einen Zopf gebunden. Auf ihrer Brille war auf einer Seite ein Zahnpastafleck. Ian schlenderte hinter ihr her.

„Leute, das ist meine Schwester, Kate, und das ist Bares Bruder Ian", sagte Amber. „Das sind Zoe und Daisy."

„Schön, euch kennenzulernen", sagte Kate.

Ian lächelte. „Hallo, die Damen. Hey, an dich erinnere ich mich, sexy – ich meine, schwangere Lady."

„Sie heißt Daisy", erinnerte Amber ihn.

„Ich muss los", sagte Zoe. „Ich muss meine Stimmübungen machen."

„Ich sollte auch gehen", meinte Amber.

„Ich sitze ganz vorn in der Mitte", verkündete Kate. Sie drehte sich um. „Ian, ich sehe dich dann später."

„Kann ich nicht bei dir setzen?", fragte Ian.

„Ich habe den Platz im Voraus reserviert. Ich bin mir sicher, dass das so kurzfristig nicht mehr geändert werden kann."

„Es gibt keine reservierten –" Amber unterbrach sich, als Kate ihr einen vielsagenden Blick zuwarf. „Bye!"

Sie hörte noch, wie Katie leise zischte: „Hör auf, mir hinterherzurennen", als Ian genau das tat.

Ihrer Schwester war noch nicht klar, dass nichts das Interesse eines Typen mehr weckte, als wenn man ihnen nicht hinterherlief.

„Hals- und Beinbruch!"', rief Daze. Amber winkte.

Hinter der Bühne war die Besetzung vor Aufregung wie elektrisiert, als der Zuschauerraum sich mehr und mehr mit Leuten füllte.

Zac berichtete. „Wir sind fast ausgebucht. Der mittlere Bereich ist besetzt."

Fünf Minuten später. „Jetzt füllen sich auch die Seiten."

Fünfzehn Minuten später. „Leute, wir sind ausgebucht." Er sprang herum und hüpfte im Kreis. „Mehr Energie!"

„Die ist bereits voll aufgeladen", sagte Kevin. „Du wirst noch einen Fluch auf uns ziehen. Halt die Klappe!"

Kevin war zu Pirat Nummer fünf degradiert worden. Albert hatte eifrig die Rolle des Piratenlieutenant übernommen. Und er war auch noch ziemlich gut.

Amber ging in die Garderobe, um bei Bares Make-up zu helfen. Er war gerade dabei, die leicht getönte Foundation aufzutragen, mit der er auf der Bühne nicht so ausgewaschen aussah. Er war grässlich darin, sie zu verteilen.

„Warte, lass mich mal", sagte sie und nahm ihm den Blender ab.

„Hallo, meine Schönheit." Er zog sie zu sich und küsste sie vorsichtig.

„Hallo, mein Piratenkönig." Sie machte sich daran, den Rand von seinem Kiefer zu seinem Hals auslaufen zu lassen.

„Da hat Kevin bei meinem Gesicht wirklich ganze Arbeit geleistet", murmelte er.

Sie rieb weiter an seinem Hals hinab. „So schlimm ist es gar nicht. Wenigstens hat die Schwellung nachgelassen." Sie nahm sich ein Handtuch, um sein weißes Piratenhemd zu schützen, bevor sie mit dem Blender weitermachte.

„Ich hab immer noch ein blaues Auge."

Sie nahm sich die Augenklappe und schob sie über sein Auge. „Siehst du, gar nicht so schlimm."

„Was ist mit dem anderen Auge?"

„Darum kümmere ich mich." Sie gab etwas Foundation

auf den Schwamm und drückte vorsichtig über den blauen Fleck hoch oben auf seinem Wangenknochen, dann verwischte sie sie unter seinem Auge.

Er packte ihr Handgelenk und küsste die empfindliche Innenseite. „Ich liebe dich", knurrte er.

Ihr Herz schwoll an, denn sie wusste, dass es seine Emotionen waren, die seine Stimme so veränderten. Sie zwang die Worte an dem Kloß in ihrer Kehle vorbei, denn sie meinte sie wirklich, selbst, wenn es schwierig war, es auszusprechen. „Ich liebe dich auch."

Er ließ ihr Handgelenk los und starrte sie an. „Amber", knurrte er. Er räusperte sich. „Das tust du?"

„Du weißt, dass ich es tue." Sie legte ihre Hand an sein Herz und spürte, wie es kräftig schlug. „Hier drin hast du's immer gespürt."

„Nein, ich habe es nicht immer gewusst." Er sah ihr in die Augen. „Nur gehofft."

Sie verteilte die Foundation auf seiner Wange über die Stoppeln. „Jetzt weißt du es."

„Wirst du mich nach der Show noch lieben, wenn ich kein Piratenkönig mehr bin?"

„Natürlich. Was sagst du denn da?"

„Ich nehm dich beim Wort."

Sie fuhr auf der anderen Seite mit dem Blender fort, über den Kiefer, hinunter an seinen Hals. „Ich habe mich in dich verliebt, Bare, nicht den Piratenkönig."

„Beweise es."

Sie hielt inne und starrte ihn an. „Es beweisen? Wie?"

„Fahr mit mir in meinem Auto, wenn die Magnete von der tanzenden Kuh daran sind und ich es muhen lasse."

Sie schluckte kräftig. Das würde peinlich werden, doch wenn es ihn beruhigte. „Okay."

„Und dann … " Er senkte seine Stimme, und sie wartete mit einer Mischung aus Besorgnis und wilder Vorfreude. „Ich will dich … in meinem Kuhkostüm."

„Du willst, dass ich mich als Kuh verkleide?"

„Nein, ich will pelzige Liebe mit dir machen, wenn ich die Kuh bin."

„Nein."

Er hob seine Brauen. „Amber", knurrte er. Er wusste, was diese knurrende Stimme mit ihr anstellte. „Pelzige Liebe."

Sie betrachtete sein Gesicht auf der Suche nach einem Hinweis darauf, dass er nur scherzte. Sein Gesichtsausdruck war ernst. Doch dann verrieten ihn seine Augen, und er lächelte, Lachfältchen bildeten sich in seinen Augenwinkeln.

Sie schlug ihm auf die Brust. „Du!"

„Aber du hast darüber nachgedacht, stimmt's?"

„Nein. Nicht eine Minute."

Er packte ihre Taille und zog sie in seine Arme. „Ich bin ein glücklicher Mann."

Sie lächelte. „Das bist du."

„Zehn Minuten bis zum Vorhang, Leute!", rief Toby.

„Das ist mein Stichwort", sagte Bare.

Sie legte eine Hand an seine Schulter, um ihn noch auf dem Stuhl zu halten und mit der Foundation fertig zu werden. Sie gab ihm einen schnellen Kuss. „Hals- und Beinbruch!"

„Mir wäre viel lieber …" Er flüsterte die köstlich schmutzigen Dinge, die er mit ihr anstellen wollte, in ihr Ohr.

Und während ihr bei dieser Vorstellung, die ihr jetzt durch den Kopf ging, heiß wurde, gab er ihr einen Klaps auf den Hintern und stolzierte hinaus.

DER PREMIERENABEND der Show war großartig. Natürlich hatte Amber von dieser sternenartigen Crew nichts anderes erwartet. Bare hatte ein Filmteam engagiert, um alles aufzunehmen, da seine Mutter die Aufführung verpassen würde. Seine Mutter half gerade ihrer Schwester, die vor kurzem operiert worden war. Amber freute sich darüber, dass es aufgenommen wurde, dann würde sie ihren Piratenkönig immer wieder ansehen können. An ein paar Stellen hakte es, zum Beispiel, als Kevin absichtlich seinen Text nicht sagte und Bare hängen ließ, doch ihr Freund improvisierte: „Du nimmst den Mund ganz schön voll", und das gesamte Publikum brüllte vor Lachen. Bare war wie immer umwerfend und brachte seine ganze Energie und sein Herz in die Rolle ein. Sie sah hinter der Bühne zu. Immer wieder schaute er zu ihr hinüber, schenkte ihr ein besonderes Lächeln oder ein Zwinkern, als träten sie beide bei dieser Aufführung auf.

Zoe war als Mabel fabelhaft. Sie hatte schon zuvor gehört, wie ihre Freundin aus voller Kehle sang, doch wenn sie Publikum hatte, strahlte die Frau geradezu. Sie beobachtete Delilah, die überzeugend Ruth darstellte, die in den jungen, flotten Frederic verliebt war. An einer Stelle traf ihre Stimme einen falschen Ton, doch professionell, wie sie nun mal war, brachte sie das nicht aus dem Konzept, sie korrigierte nur die Richtung und machte weiter.

Jasmine stand im Orchestergraben, tanzte mit ihnen mit, zauberte ein Lächeln auf ihre Gesichter, wenn sie sang. Toby sah von der ersten Reihe aus zu und blickte ernst drein. Die Energie war elektrisch. Amber würde all das vermissen. Die Kameradschaft, die späten Abende in der Bar und im Diner, Bare zu beobachten.

Das war jetzt schon das zweite Mal, dass er erwähnt hatte, sie würde ihn vielleicht nicht mehr mögen, wenn er nicht der Piratenkönig war. Was lächerlich war. Warum sollte sie ihn abservieren, nur, weil er kein Pirat war? War es ein Pirat, mit dem sie in all diesen Nächten geschlafen hatte? An all diesen Morgen? Okay, ein einziges Mal hatte sie bei so einer Piraten-/Frauenzimmerszene mitgespielt, die trotz der Verkleidung und all der Tücken, die das Piratengerede mit sich brachte, richtig schmutzig wurde. Sie lief rot an, als sie an das Seil um ihre Handgelenke dachte, das „Auspeitschen", das mehr wie ein Streicheln gewesen war, bis sie ihn angefleht hatte, sein Schwert bis zum Anschlag in die Scheide zu schieben.

Doch sie hatte gewusst, wer er war. Ein Performer. Ein Künstler wie sie. Er war immer noch ein wenig merkwürdig, doch sie sah sein zärtliches Herz, sah, wie sein Selbstvertrauen wuchs, wenn er die Bühne dominierte. Sie dominierte. Allein bei dem Gedanken daran wurde ihr ganz heiß.

Nach seinem Song mit Frederic und Ruth stürzte Bare von der Bühne. Die heißen Scheinwerfer und die anstrengende Performance hatten ihn ins Schwitzen gebracht. Er warf einen Blick auf ihren zweifellos lusterfüllten Gesichtsausdruck und grinste. „Denkst du gerade an mich?"

„Nein, hinter der Bühne ist es einfach nur heiß. All diese Lichter." Nur, dass es hinter der Bühne keine Lichter gab.

Er bedachte sie mit einem wissenden Blick und packte ihren Hintern, zog sie an seinen Schenkel. Sie war gleich angetörnt.

Er gab ihr einen schnellen Kuss. „Wie ist mein Make-up?"

Sie kicherte. Ihr Freund fragte sie nach seinem Make-up.

„Sieht man den blauen Fleck noch?", fragte er drängend.

Sie hörte auf zu lächeln. „Nein, nein, es ist in Ordnung. Du siehst großartig aus."

„Du auch, Liebes", flüsterte er in ihr Ohr. Dann hüpfte er für seinen nächsten Auftritt zurück auf die Bühne.

Sie beobachtete ihn, sah zu, wie die anderen auf ihn reagierten, hörte das Publikum lachen und applaudieren. Sie wollte diesen Moment für immer festhalten. Als der Vorhang fiel, folgten stehende Ovationen. Sie war so stolz auf alle. Sie verbeugten sich, einer nach dem anderen, dann alle zusammen. Das Publikum stand immer noch und klatschte. Bare zeigte auf Will, damit auch er gewürdigt wurde, dann auf Jasmine im Orchestergraben, auf Toby und Edith in der ersten Reihe, und dann überraschte Bare sie, indem er ihre Hand packte und sie auf die Bühne zog, damit sie sich mit ihnen vorbeugen konnte. Das tat sie, dann beugte er sie über seinen Arm und küsste sie wie der Piratenkönig es mit allen Mädchen tat. Nur dass diesmal sie dran war, sie allein. Das Publikum liebte es und sie auch.

14

Barry schmetterte „Ich bin der Piratenkönig" bei seiner letzten Aufführung. Es war Samstagabend, der letzte Abend der Show, und das Haus war voll. Er sah zu den Flügeln, während er über die Bühne nach rechts ging, warf Amber ein kleines Lächeln zu und fuhr fort. Das Publikum hob ihn, ließ die Darbietung fliegen, wie er es allein niemals hinbekommen hätte. Es war euphorisch, als sein Verstand und sein Körper sich ohne bewussten Gedanken bewegten, während er von einem Lied zum nächsten flog, von einer Zeile zur nächsten, von einem Tanz zum nächsten.

Am Ende bekamen sie stehende Ovationen. Er war einer der letzten der Besetzung, die nach vorne kamen, um sich zu verbeugen, ein Ehrenplatz, und der Applaus schwoll an. Frederic und Mabel folgten ihm. Dann nahmen sich alle an den Händen und verbeugten sich ein letztes Mal. Er deutete auf die Crew, die ihnen bei allem geholfen hatte, damit auch sie sich vorbeugen konnten. Dann schnappte er sich Amber, zog sie auf die Bühne für ihre Verbeugung und küsste sie. Das Publikum verschlang alles.

Und dann war es vorüber.

Die Lichter im Haus wurden angeschaltet. Das Publikum

verließ langsam das Gebäude. Er fühlte sich, als wäre die Luft aus ihm rausgelassen worden. Er wusste, was danach kam. Lebewohl. Alle zogen weiter. Er würde jeden vermissen. Doch wenigstens hatten sie noch den heutigen Abend zum Feiern. Und er würde immer noch Amber haben. Sie liebte ihn. Das faszinierte ihn weiterhin. Ein Typ wie er schnappte sich eine schöne Frau wie sie. Er hoffte, niemals aus diesem sexdurchzogenen, liebeserfüllten Traum, der auch noch in Farbe war, zu erwachen. Es war verdammt erstaunlich.

„Ich sehe euch dann alle bei der Party!", rief er und winkte. Er hatte alle ins Haus seiner Mom eingeladen. Es war groß und leer, da sie sich um seine Tante in Maine kümmerte.

Amber holte ihn in der Garderobe ein. „Mein Piratenkönig."

„Mein freches Frauenzimmer." Er gab ihr einen Kuss, und sie erwiderte den Kuss leidenschaftlich. Er wollte sie jetzt schon wieder, das Verlangen war so stark, dass er sich nicht sicher war, ob er bis nach der Party warten konnte. Vielleicht konnten sie sich bei der Party davonschleichen. Oben gab es ein paar ungenutzte Schlafzimmer.

„Die Show ist vorüber", sagte er. „Empfindest du immer noch gleich für mich? Den üblichen alten Barry, die tanzende Kuh?"

Sie lächelte, ihre Hand fuhr an seinem Arm auf und ab. „Erstens bist du mein Bare."

Er lächelte, als er diesen Kosenamen hörte.

„Und zweitens bist du nicht nur eine tanzende Kuh, du bist ein Pirat und ein geiler Hund."

Er packte sie und flüsterte ihr zu, was er mit ihr tun wollte, was Nutella an sehr interessanten Stellen mit einschloss.

Sie errötete. „Und wie soll ich jetzt diese Party überstehen, ohne daran zu denken?"

Er fuhr mit seinen Fingern über die nackte Haut an ihrer Wirbelsäule. „Was trägst du unter diesem Kleid?"

Sie hatte ihr blumiges Kleid mit den Spaghettiträgern angezogen, das ihr nur bis zur Hälfte des Oberschenkels reichte. Am liebsten hätte er ihr das Ding vom Leib gerissen. Er wollte die Worte sagen, die, von denen er wusste, dass sie ihn dorthin brachten, wo er hingehörte, tief in ihr vergraben.

„Nicht viel", neckte sie ihn.

Jetzt ließ er seine Finger über ihre Hüfte streichen, tastete nach dem Hüftband ihres Tangas, den … sie heute Abend nicht trug.

„Frauenzimmer", knurrte er in ihr Ohr. „Hier und jetzt."

Er sah, wie ihre Augen den Fokus verloren und ihre Wangen rot wurden. Sie schlug seine Hand weg. „Hier sind Leute."

Er griff nach ihr, und sie quietschte. Er fing sie an der Taille, bevor sie entkommen konnte.

Steph kam herein und legte die Hand über ihre Augen. „Lasst mich bitte nichts sehen, was nicht jugendfrei ist. Ich möchte mich nur umziehen und zur Party gehen. Auf Voyeurismus stehe ich nicht."

„Er will nur spielen", sagte Amber.

„Was auch immer", sang Steph.

Barry schüttelte langsam seinen Kopf in Ambers Richtung. Er spielte kein bisschen. Er war vollkommen bereit, sie in der Umkleide zu nehmen, in einer Toilettenkabine, dem Gästezimmer, in irgendeinem Raum, der nahe und privat war. Von dem Moment an, in dem sie sich getroffen hatten, hatte er einen fortwährenden Ständer. Das hatte sich nicht geändert.

„Im Haus meiner Mom gibt es ein paar leere Schlafzimmer, die wir nutzen könnten", flüsterte er in ihr Ohr.

„Bare", sagte Amber, „Bitte."

Ihr „Bitte" konnte bedeuten, dass er aufhören sollte oder weitermachen, je nachdem, wie heiß sie war.

„Du kennst den Deal", sagte er mit leiser Stimme und entschloss sich für heiß.

Ihr Atem stockte. Er wusste, er hatte sie, und sowohl Triumph als auch Erleichterung rauschten durch ihn.

Sie schob ihn auf einen Stuhl. „Lass mich dieses Make-up von dir entfernen."

Er setzte sich, doch sein Kopf war voller Visionen von Amber, wie sich ihr Kleid um ihre Hüfte sammelte, sie an der Wand, wie er in sie hineinstieß – er packte die Seiten des Stuhls, damit er nicht nach ihr griff. Er konnte hören, wie Steph die Accessoires zu ihrem Kostüm beiseitelegte und nach ihren Klamotten suchte. Er war kurz davor, seine Kniebundhose zum Platzen zu bringen.

Amber tupfte vorsichtig über sein Gesicht, wusch das Make-up ab, achtete auf seinen blauen Fleck. Gott, er liebte sie.

Sie rieb seinen Arm. „Entspann dich. Du fühlst dich so verkrampft an."

Er legte die Hände an ihre Taille und breitete seine Finger aus, um noch mehr von ihr zu berühren. „Ich denke nur an dich."

„Ich sehe euch dann bei der Party", sagte Steph, während sie mit ihrer Reisetasche hinaussegelte.

„Wir gehen auch", sagte Barry. „Ich hab den Schlüssel."

Steph winkte und schloss die Tür hinter sich. Barry zog Amber an sich, unfähig, auf einen Kuss zu verzichten, bevor sie gingen. Sie zu kosten, spornte ihn an; er konnte nie genug von ihr bekommen. Sie machte ganz hinten in ihrem Hals diese kleinen sehnsuchtsvollen Geräusche, die ihn immer in den Wahnsinn trieben. Er packte ihre Hand, wollte sie unbedingt so schnell wie möglich ins Bett bekommen.

„Dann mal los", sagte er.

Sie kicherte, und sie rannten zur Tür hinaus.

∾

Amber betrat das leere Haus Hand in Hand mit Bare. Einige Mitglieder der Besetzung hingen bereits im Vorgarten herum und folgten ihm dann hinein. Bald schon war die Party in vollem Gang, alle waren gut gelaunt und gratulierten einander dazu, dass sie den Job so gut erledigt hatten. Ian versuchte, Kates Aufmerksamkeit zu bekommen, während sie damit beschäftigt war, der gesamten Polizeibrigade die Geschichte des *Piraten von Penzance* vorzutragen, wie sie im Original von Gilbert und Sullivan 1879 verfasst wurde. Zac und Kevin hatten es sich in einer Ecke bequem gemacht, Arm in Arm, und sprachen leise miteinander.

„Wir haben es geschafft!", sagte Steph und umarmte sie beide. „Trink was. Oder brauchst du eine Zigarette?"

„Haha", sagte Amber. „Ich habe Champagner mitgebracht."

„Toll! Wir sollten alle anstoßen." Steph rief ihren Regisseur. „Toby, bitte einen Toast auf uns."

„Kommt alle her!", sagte Bare. „Einen Toast in der Küche."

Alle drängten sich herein. Bare entkorkte den Champagner, während Amber Plastikbecher verteilte. In jeden Becher goss sie ein wenig, sehr zurückhaltend, damit für die ganze Runde genug da war.

Nachdem alle sich einen Becher Champagner genommen hatten, hob Toby seinen. „Einen Toast auf die beste Besetzung, mit der ich je die Ehre hatte zu arbeiten."

„Aww", sagte Steph.

„Hört, hört", sagte Zac.

„Auf das Showgeschäft!", sagte Delilah.

„Auf Piraten!", sagte Bare.

„Auf die guten Zeiten!", warf der Major-General ein, der immer noch seinen Tropenhelm trug. Wie hieß der Typ noch mal? Vom ersten Tag an hatten sie ihn Major-General genannt.

Alle lachten und tranken. Jemand legte im Wohnzimmer Musik auf. Die Frauen begannen zu tanzen, dann gesellten sich Zac und Kevin hinzu, und schließlich tanzte jeder. Amber musste kurz an Bares Irish Jig denken, den er das letzte Mal zum Besten gegeben hatte, als sie zusammen getanzt hatten. Er schien zu wissen, wohin ihre Gedanken wanderten, grinste und schloss sich stattdessen den anderen Piraten zu einem wilden Piratentanz an, die Arm in Arm herumwirbelten, wie sie es bei ihrer Tanznummer auf der Bühne getan hatten. Steph zog sie zu einem Cancan mit den Töchtern des Major-Generals. Sie trat ein paarmal aus, vergaß dabei aber nicht, dass sie unter ihrem Kleid nichts trug.

Nach mehreren weiteren Tänzen und ein paar Bechern Wein zu viel, entschuldigte Amber sich, stellte fest, dass die Toilette im Erdgeschoss abgeschlossen war und ging auf der Suche nach einem weiteren Bad nach oben. Als sie den oberen Flur entlangging, fiel ihr Blick auf einen Spritzer Dunkelgrün, Rot und Lavendelfarbe an einer Wand in einem der Schlafzimmer. Sie blieb stehen. Das war merkwürdig. Es war ein Drache. Sie ging näher heran. Es war ihr Drache. Das Gemälde, das sie auf eArt verkauft hatte. Sie betrat den Raum und starrte einfach nur. Sie waren alle hier. Alle ihre Gemälde lehnten gegen eine Wand, waren hintereinander gestapelt.

In ihrem Kopf drehte sich alles. Moment mal. Nein. Ihre Sammlerin, die Frau, die alle ihre Kunst gekauft hatte, war Bares Mutter? Sie dachte daran, wie ihre Verkaufszahlen nachgelassen hatten, als die Proben für das Stück begonnen hatten, machte auf dem Absatz kehrt und rannte zu Bare. Sie fand ihn, während er gerade mit den Piraten und den Töchtern des Major-Generals tanzte.

„Wie konntest du nur?", schrie sie über die Musik.

Einige in der Nähe hörten auf zu tanzen und starrten.

Bare zog sie aus dem Raum und in eine ruhige Ecke in der Küche. „Was ist denn los?"

„Was ist denn los? Was ist denn los! Du hast all meine Gemälde gekauft und mich glauben lassen, dass es ein Sammler war!" Ihr Kopf tat weh. Sie senkte ihre Stimme. „Du hast sie als deine Mutter gekauft und es mir nie erzählt. Vermutlich haben sie dir nicht einmal gefallen. Sie sind einfach nur in einem Raum oben gelagert. Ich fasse es nicht, dass ich darauf hereingefallen bin." Tränen traten ihr in die Augen, und sie wischte sie mit ihrem Handrücken beiseite.

„Sie gefallen mir aber", sagte er. „Deswegen habe ich sie gekauft."

Sie schluckte den Kloß in ihrer Kehle herunter. „Aber du hast mich glauben lassen, dass ich richtig erfolgreich bin, obwohl du nur versucht hast, mir ein besseres Gefühl bei meinem kleinen Hobby zu verschaffen. Ich dachte ..." Ihre Stimme brach.

Er legte seine Arme um sie, und sie schob ihn beiseite, war plötzlich aufgebracht. Sie hatte sich in die Malerei gestürzt, versucht, mit ihrer mysteriösen Sammlerin mitzuhalten, hatte wirklich geglaubt, sie könnte die Chance haben, von ihrer Kunst zu leben. Und wie sie sich Bare bezüglich ihrer großartigen Verkäufe anvertraut hatte. Wie er da mitgespielt hatte.

Er griff nach ihrer Hand, und sie schüttelte ihn ab.

„Was hast du gedacht?", fragte er.

„Ich dachte, ich wäre erfolgreich. Ich dachte, ich hätte eine Zukunft in der Kunst. Doch du hast nur mit mir gespielt. Wie konntest du das tun? Ausgerechnet du. Ich dachte, ich könnte dir vertrauen."

„Das kannst du", sagte er dringend. „Du weißt, dass du das kannst. Ich liebe deine Kunst, deswegen habe ich sie gekauft. Das ist alles."

„Aber du hast sie nicht als du selbst gekauft. Du hast sie als Susan Dancy gekauft. Was zum Teufel, Bare?"

Jetzt kamen die Tränen, strömten über ihre Wangen, und sie verschwand zur Hintertür hinaus.

„Amber, warte!"

Sie lief weiter.

Er holte sie im Garten ein. Sie blieb stehen und atmete ein paar Mal tief ein. Draußen war es dunkel, und sie lief in die falsche Richtung, wenn sie zum Ausgang wollte. Außerdem war er mit ihr hergefahren.

„Es tut mir leid", sagte er. „Ich wollte es dir sagen, doch dann waren wir beide so beschäftigt, und es lief so gut zwischen uns."

„Du hattest Angst, ich würde nicht mehr mit dir schlafen." Sie wollte ihm wehtun, wie er ihr weh getan hatte. „Du und deine konditionierte Reaktion. Hast du jemals geglaubt, dass nicht du es warst, sondern nur so eine Pawlowsche Sache, hmm?"

Mit einer Hand umfasste er ihr Gesicht. „Amber ..."

Diese Stimme, diese knurrende Stimme, die hieß, dass viele Emotionen beteiligt waren. Die erreichten sie jedes Mal. „Bring mich einfach nach Hause!"

Sie gingen auf die Straße hinaus, wo er den Wagen abgestellt hatte. Er hatte die Magneten von der Dancing Cow abgenommen, und jetzt sah er aus wie ein normaler Wagen, nur dass er obendrauf einen Lautsprecher hatte. Am liebsten hätte sie den Lautsprecher gepackt und abgerissen. Sie fühlte sich wie eine elende Betrügerin, und er war noch schlimmer – ließ sie an ihre Kunst glauben, dabei war sie vollkommen unwissend, dass ihr eigener Freund sie nur zu einem großen falschen Erfolg gemacht hatte.

Sie stieß einen Atemzug aus und stieg in seinen Wagen.

Er setzte sich auf den Fahrersitz und drehte sich zu ihr um. „Wie kann ich es wiedergutmachen? Es tut mir so leid, dass ich so lange gewartet habe, es dir zu erzählen."

„Ich glaube, wir sollten uns nicht mehr sehen."

„Nein, ich will das nicht."

„Ich aber schon. Ich vertraue dir nicht."

„Du kannst mir immer vertrauen."

„Du hast mich angelogen! Du hast mich an mich selbst und meine Kunst glauben lassen. Die ganze Zeit habe ich immer wieder darüber erzählt, wie aufgeregt ich war, dass ich all diese Gemälde verkauft habe, und insgeheim hast du gelacht –"

„Das habe ich nicht, ich schwöre es. Ich würde niemals über dich lachen."

„Und deine Mutter! Sie muss es doch für verrückt gehalten haben, dass täglich diese Gemälde geliefert wurden. Da stehen ja mindestens zwanzig Stück in einem leeren Schlafzimmer."

„Am—"

„Nein! Sag nicht meinen Namen. Sag kein verdammtes Wort mehr zu mir."

Er schloss den Mund.

Er bog auf die Straße. Sie hörte, wie er Ian anrief und ihm sagte, er solle abschließen, wenn alle weg waren, und starrte aus dem Fenster, konnte nicht verhindern, dass ihr die Tränen über die Wangen liefen. Sie fühlte sich wie die jämmerlichste bedürftigste Künstlerin, die je gelebt hatte. Wenigstens war ihr idiotischer Exfreund Rick ehrlich gewesen, als er gesagt hatte, dass ihre Gemälde als kleines Hobby ganz niedlich waren. Bare hatte so getan, als wären sie das Beste auf der Welt, hatte mit ihr gejubelt, als sie verkauft hatte, während er sie für sein eigenes kleines Spiel selbst gekauft hatte. Sie hatte sich noch nie in ihrem Leben so betrogen gefühlt.

BARE SETZTE eine unheimlich stille Amber ab und ging fast in Panik in sein Apartment. Er durfte Amber nicht deswegen verlieren. Er hatte es nicht durchdacht. Er hatte es gut gemeint, alles. Er hatte nur gewollt, dass sie glücklich war. Ausnahmsweise hing sein Bruder mal nicht auf dem Sofa herum und aß all sein Essen. Er hätte jetzt wirklich jemanden zum Reden gebrauchen können, der ihm dabei geholfen hätte, das irgendwie wieder hinzubekommen.

Er atmete ein paar Mal tief ein. *Okay, beruhige dich.* Denk rational, logisch. Das ist ein Problem, und es gibt eine Lösung. Er setzte sich aufs Sofa. Er würde ein Flow Chart machen. Problem, mögliche Wege zu Lösungen, mögliches Ergebnis. Ja, Flowcharts waren sinnvoll.

Er nahm sich seinen Laptop und fing an. Problem: Amber möchte Schluss machen, weil sie wütend ist. Erwünschtes Ergebnis: Keine Trennung.

Weg zur Lösung: Wut beenden.

Na also, er war schon einen Schritt näher am erwünschten Ergebnis. Er starrte auf den blinkenden Cursor. Wie sollte er die Wut beenden?

A. Sich entschuldigen.

Das löschte er. Das hatte er bereits getan, und die Wut hatte nicht aufgehört.

B. Geschenke bringen.

Blumen, Schokolade, Schmuck. Okay, das war definitiv eine Möglichkeit und hinreichend einfach. Er bestellte Blumen, die mit einer kleinen Karte geliefert werden sollten, auf der stand *In Liebe, Bare*. Dann fügte er noch einen kleinen Teddybären zur Bestellung hinzu, weil er ihr Bär war. Schließlich nannte sie ihn immer Bare. Ein Kloß bildete sich in seiner Kehle, und er schloss den Laptop.

Zum ersten Mal seit Monaten war er vollkommen allein. Keine Besetzung, keine Crew um ihn herum. Kein Ian, der ihn nervte. Keine Amber, die um ihn geschlungen war. Das mit der Pawlowschen Reaktion hatte sie nur gesagt, um ihn zu verletzen. Sie hätte niemals auf seinen Befehl reagiert, wenn sie nicht bereit für ihn gewesen wäre. Einem unwilligen Subjekt konnte das nicht antrainiert werden. Sie hatte ihn genauso sehr gewollt, wie er sie wollte. Nun … vermutlich wollte er sie mehr. Er war gierig nach ihr auf eine Art, die nervtötend war, selbst für ihn, sein nicht zu beseitigendes Verlangen. So hatte er noch für keine andere Frau empfunden. Dass er sie die ganze Zeit begehrte. Deswegen hatte er sich diese Wette ausgedacht. Er konnte nicht aufhören, sie zu wollen. Er brauchte sie bereit und willig und, bei Gott, das war sie.

Er schloss die Augen und bemühte sich nachzudenken. Sein Kopf war Null, leer, ein Loch, schmerzhaftes Nichts.

Verdammt.

Was sollte er jetzt tun? Was würde der Piratenkönig tun? Verdammt, das war genau, was er tief im Inneren gefürchtet hatte. Show vorüber, das mit ihm und Amber vorüber. Nur, dass es nicht am Pirateneffekt lag. Es war seinetwegen.

Er trat sich innerlich dafür in den Hintern, dass er nicht früher von den Gemälden erzählt hatte, bevor es so tief mit ihnen geworden war, zu einer Zeit, wo es nur ein Missverständnis gewesen wäre oder eine unangenehme Unterhaltung, denn jetzt war es ein verdammtes Armageddon. Das Ende ihrer gemeinsamen Welt.

15

Amber konnte nicht malen. Zwei Wochen, und sie konnte immer noch keinen Pinsel auf einer Leinwand bewegen. Was hatte das für einen Sinn? Niemand wollte ihre Gemälde. Niemand würde sie kaufen oder bewundern. Dem Studio, das Bare gemietet hatte, ging sie aus dem Weg. Der Raum war voller Erinnerungen an die Male, die er sich dort zu ihr gesellt hatte, die vielen, vielen, vielen Male, die sie sich dort geliebt hatten. Die ganze Zeit über hatte er ihre Kunst gelobt und dabei gewusst, dass er sich wieder davonschleichen und sie kaufen würde, sobald er Gelegenheit dazu hatte.

Selbst in ihrem Apartment, wo sie immer noch einige Utensilien hatte, konnte sie nicht malen. Es war erst die erste Woche im August, keine Proben, keine Arbeit, und alles war vergeblich. Sie tat nichts anderes, als durch ihr Apartment zu wischen und ihre Schwester mit ihrer Zickigkeit zu nerven. Zuerst hatte Kate Mitleid gehabt. Na ja, so viel Mitleid, wie Kate eben aufbringen konnte. Sie hatte Amber lauwarmen Kamillentee gemacht, sobald sie schnippisch wurde oder den Tränen nahe war oder wütend. Im Grunde jeden Tag. Bis Amber schließlich keine einzige Tasse mehr trinken konnte.

„Keinen Tee mehr!", sagte sie zu Kate. „Er beruhigt mich nicht. Ich bin immer noch wütend. Die ganze Zeit."

Kate ließ einen ganzen Strom Obszönitäten heraus, bei denen Amber die Kinnlade herunterfiel. Ihre Schwester fluchte niemals. Kate kam aus der Küche marschiert und blieb vor Amber stehen, die auf dem Sofa saß und sich *Zombie Bonanza* ansah.

Kate blockierte ihren Blick auf den Fernseher. „Das stimmt. Das ist alles Mist. *Es reicht*, Amber. Ich schwöre, lieber hänge ich mit Ian und seinem Hundeblick herum, als jeden verdammten Tag damit klarkommen zu müssen, dass du mich angreifst."

„Er hat nur so einen Hundeblick drauf, weil du nicht mit ihm schlafen willst", gab Amber zurück. „Kluger Zug. Ich hätte deinem Beispiel folgen sollen."

Kate verdrehte die Augen. „Du und Barry, ihr wart wie rollige Katzen. Ich konnte ja nicht schnell genug aus dem Apartment rauskommen. Mach dir nichts vor. Auf keinen Fall hättest du meinem Beispiel folgen können."

Amber ging die Luft aus.

Kate schob ihre Brille zurecht. „Ich bin nur ungern diejenige, die auf das Offensichtliche hinweist, aber, logischerweise ergibt es keinen Sinn, dass du mit ihm Schluss machst, weil er deine Gemälde gekauft hat."

„Ich habe dir doch schon gesagt, er hat nicht nur meine Gemälde gekauft. Er hat deswegen gelogen. Er hat sie als seine Mutter gekauft und alles in ihrem Haus versteckt. Er hat mich immer weitermachen und mich denken lassen, dass ich mit einem echten Sammler, der meine Arbeit wirklich liebte, etwas erreiche, während das die ganze Zeit er war."

„Vielleicht hatte er in seiner Wohnung einfach keinen Platz, um sie aufzubewahren."

„Mann! Das ist doch nicht der Punkt!" Sie wedelte mit der Hand zu Kates Laptop. „Achte gar nicht auf mich. Kümmer' dich nur weiter um deine Primzahlen."

„Davon bin ich weg. Ich suche gerade nach Postern für das Apartment meiner neuen Schule." Sie setzte sich neben Amber und zeigte ihr den Bildschirm. „Was hältst du davon?"

Amber sah hinüber. Sheldon aus *The Big Bang Theory*.

„Perfekt", sagte Amber. „Ist wie eine männliche Version von dir."

„Ich habe dich mehr gemocht, als du noch flachgelegt wurdest", sagte Kate.

Sie hatte sich selbst da auch viel mehr gemocht.

„Geh bitte einfach da rüber und sprich mit ihm", sagte Kate. „Ian und ich können euch beide wirklich nicht mehr ertragen."

Das tat wirklich weh. Ian und Kate, die einfach ihre Apartments heimgesucht und den ganzen Sommer bei ihnen Urlaub gemacht hatten, und *sie* konnten es nicht mehr ertragen?

„Ihr beide könnt froh sein, dass wir euch ohne Miete den ganzen Sommer hier haben wohnen lassen", schoss Amber zurück.

Kate drehte sich um. „Ich kann ausziehen, wenn du das möchtest."

Amber bedauerte ihre Worte gleich. „Nein! Es tut mir leid." Sie umarmte ihre Schwester. „Ich bin nur wütend. Zieh nicht aus! Du kannst bleiben, bis die Schule losgeht."

Kate machte sich wieder an ihren Laptop. „Das sind nur noch zwei Wochen."

„Ich weiß."

Amber ging zu ihrer Staffelei, ihr Kopf war leer. Sie wartete, hoffte auf den Funken, dieses winzige Kribbeln einer Idee Farbe oder Form. Nichts.

Ein paar Minuten später verkündete Kate: „Ich habe ein Notfalltreffen mit deinen Freundinnen einberufen."

„Was?"

„Du hast das Apartment seit zwei Wochen nicht verlassen.

Das ist so gar nicht deine Art. Steph und Daisy kommen her."
Sie legte Ambers Handy zurück auf den Sofatisch und
wandte sich wieder ihrem Laptop zu. Offensichtlich hatte sie
daher die Kontaktinformationen.

Amber verkniff sich ein Stöhnen. Sie hatte ihre Freunde
nicht angerufen, weil sie nur allein sein wollte. Sie war gerade
eine grässliche Gesellschaft, und der einzige Grund,
weswegen Kate sie überhaupt ertrug, war, dass es immer
noch leichter war, mit ihr klarzukommen, als wenn Kate nach
Hause gezogen wäre und sich mit ihrer Mutter hätte abgeben
müssen.

Eine Stunde später kamen Steph und Daze hereinge-
rauscht.

„Komm her, Mädchen", sagte Steph und zog Amber in
eine Umarmung.

„Leute", sagte Amber, deren Stimme von der Brust der
größeren Frau erstickt wurde. „Mir geht es gut."

Steph drehte sie um und schob sie zu Daze, die sie ebenfalls kräftig umarmte, obwohl nicht ganz so eng, da ihr Babybauch zwischen ihnen war.

„Du kannst froh sein, dass wir dich so liebhaben", sagte
Steph. „Sonst wären wir jetzt wirklich angepisst, weil du dich
absolut nicht bei uns gemeldet hast."

„Du brauchst deine Freundinnen, wenn dein Mann dich
schlecht behandelt", sagte Daze.

Sie brachen in Lachen aus. Amber hatte schon so lange
nicht mehr gelacht, dass sie sich merkwürdig anfühlte. Sie
setzten sich aufs Sofa. Kate brachte Wein und Eistee für Daisy,
dann setzte sie sich im Schneidersitz auf den Boden zwischen
sie.

„Also, wie schlimm kann es schon sein?", fragte Steph.
„Wir sprechen hier von Bare. Der Mann ist doch wirklich
verrückt nach dir. Was um alles in der Welt könnte es wirklich
so schlimm gemacht haben?"

Amber schwieg. Es war schmerzhaft peinlich. Sie schoss

Kate einen Blick zu. Das war alles ihre Schuld, weil sie ihre Freundin hier reingezogen hatte.

„Hat er dich betrogen?", fragte Daze.

„Dafür hätte er nicht die Energie gehabt", sagte Steph. „Er hat sie ja bei jeder Gelegenheit, die er nur hatte, gevögelt."

„Das kann ich bestätigen", sagte Kate.

Amber lief rot an und leerte ihr halbes Glas Wein.

„Also, wo genau ist das Problem?", fragte Daze vorsichtig.

Als Amber schwieg, meldete Kate sich zu Wort. „Er hat als Frau ihre Gemälde gekauft."

„Kate!", rief Amber. Das klang einfach nur falsch.

„Heißt das, er verkleidet sich gern als Frau?", fragte Daze.

Steph hob die Brauen. „Theaterleute *sind* eben verrückt."

„Nein, er verkleidet sich nicht gern als Frau!", rief Amber. „Er hat meine Gemälde unter dem Namen seiner Mutter gekauft, und dann hat er mich glauben lassen, dass es großartig war, dass ich etwas an eine mysteriöse Sammlerin verkauft habe, während es in Wirklichkeit die ganze Zeit er war."

„Aw", sagte Daze. „Das ist so süß."

Amber warf Daze einen mörderischen Blick zu. „Das ist nicht süß! Er hat hinter meinem Rücken über mich gelacht. Er hat mich angelogen!"

Steph drehte sich zu Daze um. „Ihm müssen ihre Bilder wirklich gefallen." Sie drehte sich zu Amber zurück. „Hast du dafür nicht ein paar tausend Dollar bekommen?"

„Ja, aber darum geht es hier nicht!" Amber leerte den Rest ihres Glases. Durch diese kleine Plauderei fühlte sie sich nicht besser. Ihre Freunde sollten doch ihre Partei ergreifen, nicht Bares. Gab es denn niemanden, der auf ihrer Seite war? Irgendjemanden, der diese Art von Betrug verstand?

Sie schwiegen.

„Glaubst du, seine Mutter hat wirklich deine Bilder gekauft?", fragte Steph. „Vielleicht hatte er gar nichts damit zu tun?"

Amber schüttelte den Kopf. „Nein, er war es. Ich habe ihn zur Rede gestellt, und er hat sich entschuldigt."

Kate hob einen Finger. „Ich habe ihr gesagt, dass er sich entschuldigt hat."

Steph und Daze sahen Amber mitleidig an.

„Süße, du liebst ihn immer noch, sonst wärst du nicht Wochen später immer noch wütend", sagte Daze. „Lass nicht zu, dass diese schlechten Gefühle sich zwischen euch drängen. Das machte alles nur schlimmer."

„Du solltest mit ihm reden", sagte Steph. „Versuchen, ihm zu verzeihen."

„Das kann ich nicht", sagte Amber elend. Sie griff nach der Weinflasche, doch Steph entriss sie ihr.

„Nenne mir einen guten Grund, warum du es nicht kannst", sagte Steph.

„Weil ich dann nachgebe", sagte Emma, „und ich will nicht nachgeben. Bare hat es getan, weil er es gut gemeint hat, richtig? Aber so ist er eben. Er wird einfach weiter das tun, was er für mich am besten hält, meint es immer nur gut, und meine Gefühle, oder was ich will, sind völlig egal."

Die Frauen tauschten einen unbehaglichen Blick aus.

Amber war gleich misstrauisch. „Was?"

„Du solltest mit ihm reden", sagte Daze.

„Was hat er denn getan?", fragte Amber.

Daze sah Steph an, die wiederum zu Kate schaute. Kate seufzte und ging an ihren Laptop.

„Hier, schau mal", sagte Kate. Sie klickte ein paar Mal und rief eine elektronische Einladung auf. „Die haben wir alle bekommen."

In der Einladung stand: Galerie-Ausstellung Amber Louis in der Moonlight Gallery, nur auf Einladung. Montag 19:00 Uhr. Erfrischungen werden gereicht.

Die Feier war in etwas mehr als einer Woche. Das war so demütigend. Das musste Bare gewesen sein. Oh, hier war sie, die wundervolle Künstlerin, die nicht einmal eine eigene

Ausstellung auf die Beine stellen konnte, die nie auch nur ein einziges Gemälde verkauft hatte und deren Freund eine Galerie mieten musste, um sie dazu zu bringen, ihren Kram ausstellen zu wollen. Seitdem sie sich getrennt hatten, hatte sie sich ihre Mails nicht mehr angesehen, sonst hätte sie das gewusst.

Kate sah genauer hin. „Oh mein Gott!"

„Was jetzt?", blaffte Amber.

Kate drehte sich mit großen Augen um. „Auf u.A.w.g. hat deine Mutter mit Ja geantwortet."

Ihre Mutter? Amber schoss vom Sofa hoch. Warum tat er ihr das an? Zog es hinter ihrem Rücken durch, demütigte sie mit der falschen Illusion von Erfolg und jetzt zog er auch noch ihre Mutter hinein? Sie marschierte über den Flur und klopfte an Bares Tür.

Die Tür schwang auf. Bare stand da, unrasiert, seine Haare zu lang. Er sah müde aus. „Amber", sagte er mit dieser knurrigen Stimme.

Es war ihr egal, ob er wütend wegen ihrer Trennung war. Sie war wütender. Sie war diejenige, die betrogen worden war. Zweimal.

„Wie konntest du nur?", schrie sie, während sie sich an ihm vorbei in sein Apartment schob.

„Hey, Amber!", rief Ian aus der Küche.

„Ian", brachte sie zwischen zusammengebissenen Zähnen hervor.

„Ich setze mich auf die Straße und ess Würmer", sagte Ian und ging mit einem Bier und einer Tüte Käseflips.

„Du hast die Einladung bekommen", sagte Bare.

„Reicht es denn nicht, dass du mich zum Idioten gemacht hast, indem du all meine Gemälde gekauft hast? Jetzt musst du mich auch noch mit einer falschen Ausstellung vor allen demütigen?"

„Sie ist nicht falsch."

„Du hast der Galerie also meine Gemälde gezeigt, und sie waren mit einer Ausstellung einverstanden?"

Er rammte eine Hand in sein Haar. „Nun, nein, nicht genau."

„Dann sag mir genau, was passiert ist", brachte sie hervor.

„Ich habe den Raum gemietet. Das ist eine Party zu deinen Ehren. Um deine Arbeit zu zeigen."

„Um meine- meine", brachte sie stotternd hervor, sie war so wütend, dass sie kaum sprechen konnte. „Du machst das schon wieder hinter meinem Rücken! Schon wieder versuchst du, mich aufzubauen, als wäre ich irgendeine großartige Künstlerin. Keine Galerie hat je meine Arbeit gewollt! Mann!"

Sie ging in seinem Wohnzimmer auf und ab. Ihre Mutter flog für Ambers Ausstellung aus Paris her. Ihre Mutter, die sie seit fünfzehn Jahren nicht gesehen hatte, hatte jetzt doch einen Grund, für ihr Erscheinen zu sorgen. Sie würde herkommen, feststellen, dass Amber eine Hochstaplerin war, und wieder gehen. Schon wieder.

Sie blieb stehen und drehte sich zu ihm um. „Wie konntest du meine Mutter anrufen?" Sie sprach mit ganz leiser Stimme.

Er zog sie zum Sofa, und sie ließ sich in die Kissen sinken, alle Kampfbereitschaft hatte sie verlassen. Ihre Mutter, die große Künstlerin, die Ausstellungen in Galerien in Paris hatte, würde sehen, dass ihre Tochter eine absolute Versagerin war. Bare legte einen Arm um sie, hielt sie ganz fest, und sie atmete seinen vertrauten Duft ein. Sie hätte ja geweint, nur dass sie gerade vor Schock einen fast katatonischen Zustand erreichte. Sie konnte es nicht fassen, dass ihre Mutter tatsächlich kam. Dafür. Ihre Mutter meinte, dass Amber es endlich wert war, dass man sich um sie scherte. Endlich wichtig genug, um einen Ozean zu überqueren und sie zu besuchen. Doch das war sie nicht. Das würde sie niemals sein.

Sie schluckte kräftig. „Wie hast du sie überhaupt gefunden?"

„Dein Dad hat mir ihre E-Mail-Adresse gegeben. Und ihn findet man ziemlich leicht. Du hattest mir erzählt, wo er arbeitet."

„Warum würde er das tun?", flüsterte sie.

„Er sagte, sie würde eingeladen werden wollen."

„Bare, *sie hat mich verlassen*." Sie setzte sich auf. „Sie hat mich, als ich dreizehn war, bei einer völlig verkopften Familie abgesetzt und niemals zurückgeblickt. Keine Besuche, keine Anrufe, keine E-Mails, nur eine dumme Karte, wenn sie gerade mal dazu kam. Das heißt, sie bekommt nicht, was sie will."

„Das tut mir so leid. Die Geschichte kannte ich nicht. Ich dachte, da ihr beide Künstlerinnen seid … Dein Dad hat mich davon überzeugt, dass es eine gute Sache wäre." Auf ihren scharfen Blick hin fügte er rasch hinzu: „Ich werde sie wieder ausladen."

Ihr war schlecht. Absolut schlecht. „Du kannst sie nicht ausladen. Vermutlich hat sie bereits ihre Flugtickets gekauft."

Sie zog ihre Beine hoch und legte die Arme darum, saß verkrampft in Embryonalhaltung da. Sie legte ihr Kinn auf ihre Knie und starrte ausdruckslos auf den Boden.

Sie sprach ganz leise. „Hast du überhaupt eine Vorstellung, wie es ist, als dreizehnjähriges Mädchen bei dem Physiker-Vater und dessen Physiker-Frau und ihrer verkopften Tochter abgesetzt zu werden? Ich war das schwarze Schaf in dieser Familie. Ich habe da niemals reingepasst, habe nie erreicht, was sie erwarteten, wurde nie verstanden. Und meine Mutter kam nicht zurück. Alles, was ich bekam, war hin und wieder eine Karte, auf der stand ‚Hallo, mir geht's großartig! In Liebe, Mom.'"

Seine warme Hand streichelte ihren Rücken. Als sie zu ihm hinsah, stellte sie fest, dass er sie mit so viel Mitleid ansah, dass sie wegschauen musste, um nicht schluchzend zusammenzubrechen. Sie wollte kein Mitleid. Sie fühlte sich so schon armselig genug.

„Dein Vater war so unnachgiebig", sagte er leise. „Ich hätte dich erst fragen sollen."

„Mein Vater denkt nie an etwas, das so unbedeutend ist wie meine Gefühle. Meine Mutter wollte den Kontakt, also hat er ihn hergestellt. Vollkommen logisch. Zum Teufel mit mir und dem, was ich fühle."

Er zog sie in seine Arme, und sie ließ ihn, brauchte dieses bisschen Trost.

Ihre Stimme klang erstickt. „Hast *du* jemals an meine Gefühle gedacht?"

„Mir ging es nur um deine Gefühle. Darum geht es bei dieser ganzen Sache."

„Du mischst dich da in Dinge, die dich nichts angehen. Indem du einfach … was auch immer tust." Sie löste sich von ihm und stand auf. „Vergiss es. Warum rede ich überhaupt mit dir darüber? Ich gehe einfach nicht. Du kannst dann meiner Mutter und allen anderen erklären, warum du eine falsche Ausstellung auf die Beine gestellt hast, und sie nach Hause schicken."

Ja, das war die richtige Sache. Sie hatte vielleicht bei dieser ganzen Galerie-Angelegenheit nichts zu sagen gehabt, doch sie hatte etwas dazu zu sagen, ob sie bei der Täuschung mitmachen würde, und das würde sie nicht.

Er stand auf und sah sie flehentlich an. „Amber, bitte. Ich habe doch alles schon geplant. Vieles geplant."

„Dann viel Spaß bei der Party!", sagte sie mit verkrampfter Stimme. Sie wandte sich zum Gehen.

„Warte!"

Sie eilte zur Tür hinaus, segelte durch ihr Apartment, ignorierte die Fragen ihrer Freundinnen und schloss sich in ihrem Schlafzimmer ein, wo sie große, schwere Tränen vergoss, wie sie sie nicht vergossen hatte, seitdem sie dreizehn Jahre alt gewesen war.

Barry wusste, er hatte eine Grenze überschritten, doch, verdammt, jetzt würde er alles absagen. Er hatte mehr als eine Woche damit verbracht, Ambers Gemälde von einer Galerie in der Stadt zu nächsten zu tragen. Er hatte fünf Gemälde, die er für die besten hielt, herumgeschleppt, dazu ein Fotoalbum mit Bildern der anderen. Eine nach der anderen hatten die Galerien abgelehnt. Sie waren Idioten, wenn sie das künstlerische Talent nicht erkannten. Er hatte sie auf den ersten Blick für fantastisch gehalten, noch bevor er gewusst hatte, dass er bei ihr eine Chance haben würde. Sie war eine brillante Künstlerin. Doch wie viele brillante Künstler wurde sie noch nicht gewürdigt.

Da hatte er schließlich die Gemälde zurück ins Gästezimmer im Haus seiner Mom gebracht und seine Mom hatte ihm die Lösung gegeben.

„Warum mietest du nicht einfach eine Galerie?", hatte sie gefragt, als er sich an den Küchentisch gesetzt hatte, um ihr beim Mittagessen Gesellschaft zu leisten. „Viele Künstler fangen mit einem Mäzen an, der sie unterstützt."

„Tun sie das?"

„Warum zum Teufel nicht?", hatte sie lächelnd gefragt.

Das liebte er so an seiner Mom. Sie war eine Warum-zum-Teufel-nicht-Person. Damit blieben allerlei Möglichkeiten übrig. Zum ersten Mal hatte er wieder Hoffnung. Er würde eine Ausstellung veranstalten, die Welt Ambers Brillanz sehen lassen, ihr zeigen, dass nicht nur er ihre Kunst mochte. Er würde ihr beweisen, dass er nicht einmal versucht hatte, sie auf falsche Weise aufzubauen, er hatte ihr nur Mut machen wollen, weil er an sie glaubte. Ein paar Anrufe später hatte er einen Raum gebucht. Die Galerie war normalerweise montags geschlossen, aber bereit, für besondere Anlässe den Raum zu vermieten. Und das hier wäre ein besonderer Anlass. Er war ganz bei der Sache, weil es nicht nur um sie ging. Es ging um sie beide. Und er musste sie zurückgewinnen.

Er hatte sich an Kate gewandt, um die E-Mail-Adressen von Ambers Freundinnen zu bekommen, und Ambers Dad, um auch die E-Mail-Adressen ihrer Familie zu haben. Ihr Dad hatte sehr beharrlich darauf bestanden, dass das genau der Anlass war, bei dem ihre Mutter würde dabei sein wollen. Bare hatte zugestimmt. Es schien wirklich so, dass es eine gute Sache wäre, wenn ihre Mutter sie als Künstlerin anerkannte. Er hatte ja nicht gewusst, wie schlecht es zwischen Amber und ihrer Mutter stand. Er würde es wieder gutmachen. Er würde tun, was immer nötig war, um mit der Frau, die er liebte, zusammen zu sein.

Er nahm sich sein Handy und schrieb Kate, flehte sie an, Amber zu der Party zu bewegen. Kate antwortete gleich mit: Ich werde sie zu der Party bringen, wenn du mir Ian vom Nacken hältst. Ich bin ein weiblicher Single, der für andere männliche Optionen offen sein möchte.

Er erwiderte: Wird erledigt.

Als sein Bruder mit einer leeren Bierflasche und einer halb leer gegessenen Tüte Käseflips zurück ins Apartment geschlendert kam, sagte Barry zu ihm: „Du musst Kate in

Ruhe lassen. Ich habe ihr versprochen, dass du das tun würdest."

Ian stöhnte. „Ich habe mich in sie verliebt. Wie kann ich sie da in Ruhe lassen?"

„Es tut mir leid, aber sie ist nicht in dich verliebt."

Wieder stöhnte Ian. Barry konnte das Stöhnen nicht ertragen. Er hatte genug eigenes Elend, um das er sich kümmern musste. Er warf seinem Bruder einen Gutschein für die Dancing Cow zu. „Geh und erstick dein Elend."

Ian schlurfte zur Tür hinaus. Barry ging wieder an seinen Laptop und sah sich die Seiten von Immobilienmaklern an. Er wollte ein Haus kaufen. Eins mit weiten offenen Räumen und viel Licht, um dort Ambers Gemälde zur Schau zu stellen. Eines mit einem Raum für ein Studio. Eines, das er mit Amber zu teilen hoffte.

AM NÄCHSTEN TAG, einem Sonntag, fuhr Barry zu einer Reihe von Hausbesichtigungen in Eastman, Fieldridge und Clover Park. Nichts schien das Richtige zu sein. Manche hatten offene Räume, aber nicht genug Licht. Andere hatten Licht, aber keine offenen Räume, und nur wenige hatten den idealen Raum für ein Studio. Doch dann kam er zu einem renovierten Haus im Kolonialstil in Clover Park, das von außen vielversprechend aussah. Es war sehr gepflegt, und die Beschreibung auf der Website sagte, dass es renoviert war und über eine separate Garage verfügte. Mit etwas Arbeit, dachte er sich, konnte er die separate Garage in ein Malstudio verwandeln.

Er ging durch die offene Haustür und war überrascht, als er Kevin im Anzug im Eingang stehen sah. Derselbe Kevin, der ihn geschlagen hatte, zweimal, um seinen Part im Stück zu bekommen.

„Kevin", sagte er.

Kevin reichte ihm eine Broschüre. „Hi, Bare. Lass mich wissen, wenn du noch Fragen hast."

Das war's? Lass mich wissen, wenn du noch Fragen hast?

„Genau genommen, Kevin, ja, ich habe eine Frage." Barry würde es nicht einfach übergehen und vergessen, was passiert war. Er hatte Kevin nicht vorher zur Rede gestellt, weil er in dieser verdammten Opferrolle festgesteckt hatte, doch jetzt, da er Amber nicht mehr hatte und stattdessen eine Menge Elend in seinem Leben, war er vollkommen darauf bereit, ihn zur Rede zu stellen. Es war ihm egal, dass noch andere Leute durchs Haus streiften.

Wütend hob er seine Stimme. „Warum um alles in der Welt hast du geglaubt, es wäre in Ordnung, jemanden wegen einer Rolle zu schlagen?"

Kevin sah sich unbehaglich um. „Ich bin mir nicht sicher, was du meinst."

Obwohl es gar nicht seine Art war, geriet Barry in Rage, packte den Typen an der Krawatte und zog ihn an sein Gesicht. „Du weißt genau was ich meine. Du hast mir ins Gesicht geschlagen, und mir kommt gerade in den Sinn, ich könnte den Gefallen direkt hier vor deinen Klienten erwidern."

„Tut mir leid, es tut mir leid", sagte Kevin. „Bitte."

Barry ließ ihn los. Kevin richtete seine Krawatte.

„Du hast genau dreißig Sekunden, um mit einer wirklich überzeugenden Entschuldigung zu kommen", warnte ihn Barry.

„Nicht hier", sagte Kevin. „Folge mir."

Kevin ging ihm voraus nach draußen, weg von den Leuten, die im Haus umherliefen. „Es tut mir leid, und ich weiß, ich hätte viel früher etwas sagen sollen. Ich war eifersüchtig, weil …" Er starrte zu Boden. „Zac hat mich betrogen. Ich weiß, dass du es nicht warst, doch jedes Mal, wenn er mit dir geflirtet hat, hat es sich bei mir so angefühlt, weißt du?"

Barry erwiderte nichts darauf. Er fand immer noch nicht, dass das Gewalt entschuldigte.

„Wenn ich die Hauptrolle hatte, hat Zac mir immer so viel Aufmerksamkeit geschenkt, und dann warst du da." Kevin stieß einen Atem aus. „Ich weiß, du bist der bessere Schauspieler. Es gibt keine Entschuldigung dafür. Es tut mir nur so leid. Ausgerechnet ich hätte es besser wissen sollen. Ich habe selbst bereits reichlich Schläge eingesteckt."

Barry drückte seine Lippen zu einer schmalen Linie zusammen. Anscheinend hatten sie das gemeinsam.

„Ja, okay", sagte Barry schließlich.

„Was kann ich für dich tun?", fragte Kevin. „Du willst dieses Haus kaufen? Ich kann dir helfen. Ich kann die Aufstellungen herausfinden, bevor sie veröffentlicht werden. Ich könnte dich frühzeitig reinbringen, damit du in keinen Bieterkrieg gerätst."

„Ich weiß nicht, ob ich dich als Makler will", sagte Barry. „Es fühlt sich nicht richtig an, dem Typen, der mir zwei blaue Augen verpasst hat, das Geld zu geben."

„Du musst mich nicht bezahlen", sagte Kevin. „Das werde ich ohne Kommission tun."

„Das kann ich nicht von dir verlangen."

„Das ist das Geringste, was ich tun kann."

Barry schüttelte den Kopf, drehte sich um und ging zurück ins Haus. Er begann, umherzugehen und den Raum auf sich wirken zu lassen. Viele große Fenster. Sonnenlicht, das hereinströmte.

Kevin tauchte an seiner Seite auf und begann mit seinem Verkaufsgespräch, deutete auf all die großartigen Vorzüge des Hauses. Und als Berry erwähnte, dass er ein Studio brauchte, zeigte ihm Kevin die freistehende Garage, die als Holzwerkstatt genutzt worden war.

„Gefällt es dir?", fragte Kevin. „Möchtest du es dir erst mit Amber ansehen?"

„Ich muss tatsächlich erst mit ihr reden", sagte Barry. *Vor allem, da wir genau genommen nicht zusammen sind.*

Kevin reichte ihm seine Karte. „Du kannst mich jederzeit anrufen, dann siehst du es dir noch einmal mit ihr zusammen an. Keine Kommission. Ich meine es so."

Barry nahm die Karte. „In Ordnung. Danke, Kevin!" Er wandte sich zum Gehen.

„Wirst du nächstes Jahr bei *Grease* mitspielen?", fragte Kevin.

Barry öffnete die Tür, machte sich nicht einmal die Mühe, sich umzudrehen. „Natürlich."

„Ich werde in der ersten Reihe sitzen und dich anfeuern", sagte Kevin.

Barry drehte sich um. „Du wirst auf der Bühne stehen, direkt neben mir, wo du hingehörst."

Kevin lächelte. „Danke, Bare!"

KATE TRIEB Amber buchstäblich in den Wahnsinn. Ihre Schwester ging ihr die ganze Woche über morgens, mittags und abends wegen der Party auf die Nerven. Kate versuchte, sie von den Vorzügen eines solchen Ereignisses zu überzeugen, schickte ihr Artikel darüber, wie vorteilhaft eine Ausstellung war, die von einem Mäzen gesponsert wurde, und schickte ihr wiederholt schriftliche Aufforderungen, sie solle hingehen, selbst wenn sie direkt nebeneinandersaßen.

Schließlich hatte Amber genug. Die Party war morgen, und Kate hatte zu fieberhaften Höhen aufgedreht.

„Kate, warum ist es dir so wichtig, dass ich zu dieser dummen Party gehe?", rief sie.

Kate machte sich nicht die Mühe, von ihrem Laptop aufzusehen. „Weil ich es versprochen habe."

„Hast du es Bare versprochen?"

„Ja."

Sie setzte sich neben ihre Schwester. „Warum solltest du das tun? Warum bist du auf seiner Seite? Ich bin deine Schwester."

Kate sah sie ernst an. „Ich möchte dich glücklich sehen. Und das hier wird dich glücklich machen."

„Wie? Meine Mutter wird da sein."

„Wer redet denn von ihr? Barry ist derjenige, der dich glücklich machen wird. Du gehst."

Amber schnaubte. „Du wirst mich schon um mich tretend und kreischend aus diesem Apartment zerren müssen, damit ich zu der Party gehe."

Kate hob eine Braue. „Die Idee hat so ihre Vorzüge. Ich werde Steph und Daisy anrufen."

Letzten Endes war es eine Nachricht, die unter der Tür hindurchgeschoben wurde, die sie überzeugte. Darauf stand: Summenzeichen zusammen (Bare + Amber) > Summenzeichen (NICHT) zusammen (Bare + Amber).

Kate warf einen Blick darauf und rief: „Er ist so romantisch! Er meint damit, dass ihr mehr zusammen als getrennt seid. Amber, ich schwöre dir, wenn du nicht zu dieser Party gehst, werde ich dich nie wieder schlafen lassen. Ich werde dich jede Nacht wach halten, indem ich mein iBone spiele."

Amber ächzte. Das iBone war eine Posaune auf Kates iPhone, von dem sie absolut besessen war. Sie sah auf die süße Gleichung hinunter und spürte, wie ihr Inneres schmolz.

„Ich muss mit Bare reden."

„Yay!", quiekte Kate.

Amber nahm die Gleichung mit über den Flur und klopfte an seine Tür.

Als Bare öffnete, sah er um einiges besser aus als beim letzten Mal, dass sie ihn gesehen hatte. Er hatte sich rasiert und die Haare kurz schneiden lassen und es stand stachelig von seinem Kopf. Sie konnte nicht widerstehen, die Stacheln anzufassen.

„Nette Spikes", sagte sie.

Er lächelte, ein schiefes Lächeln, das an ihrem Herzen zog.

„Ich habe deine Gleichung", sagte sie. „Sehr clever."

„Ich habe es so gemeint", sagte er mit dieser knurrenden Stimme, die so viele Emotionen verriet.

„Ich weiß."

Er trat zurück. „Komm rein."

Sie trat ein. „Wo ist Ian?"

„Er holt was zu essen." Er deutete aufs Sofa.

„Ich würde lieber stehen", sagte sie und verschränkte die Arme.

Er legte seine Arme trotzdem um sie. „Hast du Angst, dass ich dich überfalle?"

Sie schüttelte den Kopf. „Es ist nur leichter zu reden, wenn ich nicht, du weißt schon, auf deinem Schoß sitze."

Er ließ sie los und setzte sich aufs Sofa. „Sprich zu mir, meine Liebe."

„Kate hat mich mit dieser Party verrückt gemacht. Das war ziemlich schlau von dir, sie mit da reinzuziehen."

Er neigte seinen Kopf.

„Und auch wenn ich die Vorstellung, meine Arbeit in einer Galerie zu sehen, mag …" Ihre Kehle verengte sich, und sie räusperte sich. „Bare, du kannst nicht einfach tun, was du für mich am besten hältst. Ich kann nicht mit jemandem zusammen sein, der überhaupt nicht an meine Gefühle denkt. Ich mag es nicht, wenn du hinter meinem Rücken etwas tust. Ich möchte nicht, dass du Entscheidungen für mich triffst. Das hier wird nur funktionieren, wenn wir da einer Meinung sind. Wir müssen miteinander reden, bevor wir Dinge entscheiden."

„Aber du sagtest doch, du magst Überraschungen." Seine Brauen zogen sich verwirrt zusammen. „Du magst es, wenn ich das Sagen habe. Jedenfalls reagierst du sehr positiv darauf."

Ihre Wangen erröteten, und sie schüttelte den Kopf. „Das ist etwas anderes. Sex ist …" Sie stieß einen Atemzug aus.

„Okay, ja, ich mag es, wenn du im Schlafzimmer das Sagen hast –"

„Nicht nur im Schlafzimmer."

Sie hob eine Hand. „Ich mag es, wenn du das Sagen hast, wenn wir nackt sind, okay?"

Er nickte, sah zufrieden aus, dass sie in diesem Punkt nachgegeben hatte.

„Und manchmal mag ich Überraschungen. Kleine Überraschungen. Wie den Strauß Pinsel, den du mir gegeben hast. Oder einen Besuch am Strand. Nicht: Du wirst eine Ausstellung in einer Galerie haben und deine dir fremde Mutter wird auftauchen, um Zeuge deiner demütigenden Überraschung zu werden." Plötzlich hatte sie das Gefühl, kein weiteres Wort mehr herausbringen zu können. Es war so schwierig, darüber zu reden. Ihre Augen füllten sich mit Tränen.

Er stand auf und schloss sie in seine Arme. „Es wird nicht demütigend. Es wird eine Feier für dich und deine Arbeit."

Sie schniefte und sah zu ihm auf. „Du verstehst das nicht. Sie ist eine großartige Künstlerin, die *eingeladen wird*, ihre Arbeit in Galerien zu zeigen. Sie glaubt, das hier ist auch so etwas, ist es aber nicht. Mein Freund hat die Galerie dafür bezahlen müssen, damit sie meine Arbeit zeigt. Es ist vollkommen anders!"

„Nein, ist es nicht. Du bist immer noch eine großartige Künstlerin."

Sie löste sich von ihm. „Du verstehst es einfach nicht!"

Das hier war ein Fehler gewesen. Sie hatte geglaubt, sie könnte zur Party gehen, doch sie konnte es nicht, da sie ihrer Mutter nicht gegenübertreten konnte. Sie kam nicht einmal entfernt an die Liga ihrer Mutter heran, und sie würde nicht zulassen, dass ihre Mutter ihr Versagen mitbekam.

Sie eilte zur Tür und kreischte, als er sie von hinten packte. Ihr Rücken traf gegen seine warme Brust, während seine Hände sich um ihre Hüfte legten. Sie packte seine

Hände und versuchte, sie von sich loszubekommen. „Bare, hör auf damit."

Seine Stimme, so tief und nah, flüsterte in ihr Ohr. „Du hast gesagt, du möchtest reden, doch du tust nichts anderes, als davonzulaufen. Das ist schon das zweite Mal. Wir gehen jetzt ins Schlafzimmer, wo ich das Sagen habe."

Sie war so überrascht, dass sie überhaupt nicht mehr klar denken konnte, was ihm genug Zeit gab, sie von ihren Füßen zu heben und ins Schlafzimmer zu tragen.

BARRY HATTE beide Hände voll mit einer wilden, sich wehrenden Frau zu tun, doch er schaffte es dennoch, die Tür seines Schlafzimmers zu schließen, bevor er Amber vorsichtig aufs Bett setzte. Er hatte vorgehabt, sie dort festzuhalten und mit ihr zu reden, doch sie rollte sich rasch vom Bett herunter und stellte sich auf die andere Seite.

Sie stieß einen Finger in seine Richtung, ihre Augen waren geweitet. „Ich gehe jetzt, und du kannst mich nicht aufhalten."

Sie war schnell, doch sicherlich nicht so groß wie er. Außerdem konnte er ihr mit Leichtigkeit den Weg zur Tür versperren. Er war näher dran. „Ich könnte dich aufhalten."

Sie nahm sich ein Kissen und warf es auf ihn, dann versuchte sie, zu entkommen. Er lief ums Bett, um ihr den Weg zu versperren, als sie plötzlich über das Bett hastete. Er schaffte es noch, sie dabei an den Fußknöcheln zu packen, und sie landete mit einem leisen „Uff" bäuchlings auf der Matratze. Das funktionierte.

„Bare!", schrie sie. „Lass mich gehen!"

Sie trat nach ihm, zwang ihn, beide Fußknöchel zu packen und sie festzuhalten, um sich selbst zu schützen.

„Nicht, ehe wir nicht zu Ende geredet haben", sagte er.

Sie wehrte sich wie verrückt, wand sich und kam

nirgendwo hin, ihr kurviger Hintern in den Shorts sah so verführerisch aus. Ihr T-Shirt rutschte ihr am Rücken hoch, entblößte die glatte Haut und die Senke unten an ihrem Rücken, die er am liebsten geleckt hätte.

„Das ist lächerlich!", keifte sie.

Er sah auf ihren sich windenden Hintern. „Das ist heiß."

Sie hielt inne. Ein Herzschlag verging. Als sie sich nicht bewegte, ließ er ein Fußgelenk los, um seine Hand auf ihren Hintern zu legen. Sie protestierte nicht. Er schob ihre Beine auseinander und eine Hand zwischen ihre Schenkel. Die Berührung ließ sie zusammenzucken, sie reagierte immer so gut auf ihn, und er spürte, wie heiß sie war. Er unterdrückte ein Stöhnen, und kämpfte mit sich – reden und dann Sex. Nein, Sex richtet alles. Ja, Sex, Sex, Sex.

Er musste sie berühren. Sein Instinkt gewann die Oberhand, und er legte sich auf sie, stützte sein Gewicht auf seine Arme, während er sie unter sich drückte.

„Amber", knurrte er. „Du weißt, ich liebe dich."

Sie drehte ihr Gesicht zu ihm, legte ihre Wange auf die Matratze. „Ich weiß", sagte sie leise.

„Es tut mir leid, dass ich es vermasselt habe, indem ich deine Mutter eingeladen habe, aber die Party in der Galerie tut mir nicht leid. Ich habe das nicht gemacht, um dir wehzutun. Ich habe es gemacht, weil ich dich so sehr liebe. Manchmal gehe ich zu weit, ich weiß das. Es ist nur ... Okay, hör zu –"

„Es ist schwierig, nicht zuzuhören, wenn du auf mir liegst."

Er rollte von ihr herunter und zog sie an sich, sodass sie nebeneinander lagen und sich ansahen. Dann legte er seine Arme um sie, war sich immer noch nicht sicher, ob sie einen neuen Fluchtversuch starten würde. Sie entspannte sich in seinen Armen, und er stieß einen erleichterten Atem aus.

Er schob ihr Haar hinter das Ohr und umfasste ihr Gesicht. „Vermutlich werde ich es wieder vermasseln, wieder zu viel machen, irgendeine übertriebene Geste, so bin ich nun mal, aber ich werde mich wirklich bemühen, das erst mit dir abzusprechen. Nur, bitte ..." Seine Kehle verschloss sich, und er zog sie eng an sich. „Lauf nicht vor mir davon", flüsterte er.

Sie flüsterte etwas zurück, doch er konnte die Worte nicht verstehen, da sie so eng an ihn gedrückt war. Er lockerte seinen Griff ein wenig.

„Was hast du gesagt?", fragte er.

„Ich habe gesagt, dass es ohnehin keinen Sinn hat, davonzulaufen, weil du mich wieder einholen wirst." Sie schenkte ihm ein kleines, schelmisches Lächeln.

Er musste das Lächeln unweigerlich erwidern, während sich sein Herz mit Liebe füllte. „Das stimmt, und ich werde dich jedes Mal zu meinem Bett bringen. Denk dran, Frauenzimmer."

Sie kuschelte sich näher an ihn und legte ihr Bein über seine Hüfte, eine Position, die all das Blut aus seinem Gehirn zugunsten eines wichtigeren Teils entweichen ließ. Seine Hand legte sich um ihren Hintern, und zog sie näher dorthin, wo er sie so verzweifelt brauchte.

„Ich weiß, ich bin feige", sagte sie, und ihr Blick fixierte etwas über seiner Schulter, „aber ich kann meiner Mom nicht gegenübertreten. Das wird einfach den ganzen Abend ruinieren. Ich bin jetzt schon unruhig, wenn ich nur daran denke."

Er wollte dieses Problem so schnell wie möglich lösen, damit er schnell auch sein anderes pochendes Problem lösen konnte. Er lockerte seinen Griff und ließ etwas Raum zwischen ihren Körpern, damit sein Gehirn wieder etwas funktionierte. „Sie ist bereits hier in einem Hotel in der Stadt."

Sie starrte auf seine Brust. „Woher weißt du das?"

„Sie hat sich bei mir gemeldet, um zu fragen, ob sie an der Galerie vorbeifahren und dort ein paar von ihren eigenen Postkarten und Drucken ablegen kann." Sie versteifte sich, und er rieb ihren Arm, versuchte, ihren Schmerz zu lindern. „Ich habe ihr nein gesagt, es ist deine Ausstellung, und nur ein Künstler wird dort zu sehen sein."

Sie stieß einen Atem aus. „Sag ihr, sie darf nicht zur Party kommen."

„Hältst du das wirklich für eine gute Idee?"

Sie hob ihr Kinn und sah ihm endlich in die Augen. „Ja. Ich will sie nicht dahaben. Du hättest sie nicht einladen dürfen."

„Aber sie ist doch den ganzen Weg hierhergekommen. Sie wollte dich wirklich sehen."

Amber schwieg. „Entweder sie oder ich. Wir werden nicht beide da sein."

Er verstand ihren Widerwillen, genauso, wie er verstand, dass sie sich irgendwann ihrer Mutter würde stellen müssen und sagen, was immer ihr auf dem Herzen lag. Er streichelte ihr Haar, musterte sie, versuchte, sich die richtigen Worte einfallen zu lassen.

Ihr Blick zuckte zu ihm. „Du musst kein Mitleid mit mir haben. Mir geht es gut. Ich bin auch ohne sie ganz gut geraten."

„Das weiß ich. Und ich habe kein Mitleid für dich, na ja, es tut mir schon leid, dass du deine Mom nicht hattest ... Wie wäre es damit? Wie wäre es, wenn du sie vor der Party irgendwo triffst? Dann kann sie dich sehen. Und du bekommst Gelegenheit, mit ihr zu reden. Und dann sagst du ihr, sie soll nicht zur Party kommen."

Sie senkte ihren Blick auf seine Brust. „Ein Vor-Feierverhinderungsschritt."

„Ja."

Sie biss sich auf die Lippe. Tränen glänzten in ihren Augen, und seine Brust schmerzte vor Mitleid.

Sie sah mit wässrigen Augen zu ihm auf. „Wirst du mich begleiten?", fragte sie mit erstickter Stimme.

„Ja."

Sie schniefte. „Kannst du es arrangieren?"

„Ich werde mich um alles kümmern."

Und dann brach sie in Tränen aus. Er hielt sie fest, während sie laut und heftig schluchzte, bis sie sich ausgeweint hatte und friedlich in seinen Armen schlief. Er entspannte sich zum ersten Mal seit Wochen. Er würde ihr da durchhelfen, und dann, in der Galerie, würde er den großen Schritt gehen.

AM NÄCHSTEN MORGEN brannte Ambers Magen, und sie konnte auch nicht einen Bissen herunterbekommen. Kate brachte ihr erneut lauwarmen Kamillentee, der ihre Nervosität nicht gerade beruhigte. Wie bereitete man sich darauf vor, seine Mutter nach fünfzehn Jahren wiederzusehen? Sie hoffte nur, stark genug zu sein, um das durchzustehen.

Bare hatte sie angerufen, um ihr zu sagen, dass alles arrangiert war. Ihre Mutter würde mit dem Zug nach Clover Park kommen. Bare holte sie ab, und sie würden sich im Park treffen. Es war ein guter Plan. Irgendwie wusste Bare, ohne dass sie es gesagt hatte, dass sie ihre Mutter nicht in ihrer Wohnung haben wollte. Und sie wollte auch nicht in irgendeinem Restaurant festsitzen, wo es eine hässliche Szene geben konnte. Der Park war neutrales Terrain.

Sie fuhr etwas zu früh zum Park an der Main Street und hoffte, es würde ihre Nerven beruhigen, wenn sie etwas im Park saß. Sie setzte sich in den Pavillon, ihren Treffpunkt, und schloss die Augen. Sie hörte Kinder, die auf dem kleinen umzäunten Spielplatz spielten. Ihr glückliches Kreischen, wenn sie die Rutsche heruntersausten, das quietschende Geräusch der Schaukel, die kleinen Schaukelpferde, die vor und zurück schwangen. Und, wenn es mal für Augenblicke still war, hörte sie die Vögel in den Bäumen. Irgendwie entspannte sie der Vogelgesang wie nichts anderes. Vielleicht, weil es sie an Bare denken ließ.

So sehr sie es vielleicht hasste, es gab immer noch diesen kleinen bedürftigen Teil in ihr, der ihre Mutter trotz allem sehen wollte. Selbst wenn es nur war, um ihr endlich Lebewohl sagen zu können. Sie hatte nicht Lebewohl gesagt, als sie dreizehn gewesen war, hatte nicht gewusst, dass es Lebewohl hieß. Sie war sauer und schlecht gelaunt gewesen, weil man sie zwang, ihren Dad zu Hause zu besuchen, und hatte nicht gewusst, dass es erst der Anfang ihres Elends sein würde.

Doch dieses elende dreizehnjährige Mädchen war sie nicht mehr. Jetzt würde sie richtig Lebewohl sagen, und die hässliche Situation zwischen sich und ihrer Mutter hinter sich lassen.

Kurz darauf sah sie Bare, seinen vertrauten schwungvollen Gang, der sich auf sie zu bewegte, eine zierliche Frau mit roten Haaren an seiner Seite. Grüßend hob er eine Hand in ihre Richtung und lächelte. Langsam hob auch sie ihre Hand, nicht in der Lage, ein Lächeln zustande zu bringen. Sie stand auf, und dann war sie da, ihre Mutter, direkt vor ihr. Sie schien kleiner als Amber sie in Erinnerung hatte. Ihre Haare waren kurz und von ihrem natürlichen Blond rot gefärbt. In ihrem Gesicht waren Falten, die zuvor nicht da gewesen waren, und doch hätte sie das Gesicht überall erkannt. Sie hatte das Auge einer Künstlerin, geerbt von ihrer Künstler-Mutter.

Ihre Mutter lächelte verkrampft. „Hi, Amber. Schön, dich zu sehen."

Amber konnte nicht dasselbe sagen. Sie spürte, wie Bare ihre Hand drückte, ein Zeichen, dass er sie unterstützte, und sie schaffte es, etwas zu sagen. „Hi!"

Ihre Mom hob ihre Arme, zögerte, dann umarmte sie Amber. Amber konnte die Umarmung nicht erwidern. Sie zog sich zurück und setzte sich auf die Bank des Pavillons.

Ihre Mutter setzte sich etwas von ihr entfernt. Bare stand unsicher herum.

Amber sah ihn an. „Du musst nicht bleiben."

Er musterte sie. „Ich bin gleich da drüben." Er deutete etwas entfernt auf eine Parkbank.

Sie nickte. Dieser Kloß war wieder in ihrer Kehle. Sie wollte wirklich nicht vor ihrer Mutter weinen. Sie war jetzt achtundzwanzig Jahre alt, eine Erwachsene, die für sich selbst sorgte, sie sollte nichts von dieser Frau brauchen.

„Herzlichen Glückwunsch zu deiner Galerie Ausstellung!", sagte ihre Mutter.

Amber schluckte. „Ich will dich nicht dahaben."

„Verstehe."

Amber drehte sich um und suchte nach Bares stärkender Anwesenheit. Er saß in einem Winkel zu ihnen, sodass er nicht in ihre Richtung starrte, sie aber sehen konnte, wenn sie ihm ein Zeichen machte.

Sie drehte sich zurück zu ihrer Mutter. Der Kopf ihrer Mutter war geneigt, und sie hatte ihre Hände fest im Schoß zusammengelegt.

„Es tut mir leid, dass ich dich nicht habe aufwachsen sehen", sagte ihre Mutter.

„Das war deine eigene Schuld."

„Ich schätze, ich schulde dir irgendeine Erklärung."

„Ich glaube, es gibt nichts, was erklären könnte, wie man sein einziges Kind verlassen kann."

„Ich habe dir doch Karten geschickt."

Amber schnaubte. „Wow. Du bist immer noch dieselbe egoistische Frau, an die ich mich erinnere. Selbst deine Entschuldigung klingt, als könnte man dir keinen Vorwurf machen."

Ihre Mutter sprach so leise, dass Amber sich vorbeugen musste, um es zu hören. „Dein Vater hat mich erdrückt. Er wollte keine Künstlerin als Frau, er wollte jemanden, der an seiner Seite stand, bei muffigen Abendessen seiner Fakultät lächelte und nickte. Ich habe mich selbst verloren."

„Also hast du die Scheidung eingereicht. Das tut das halbe Land. Das heißt aber nicht, dass du auf einen anderen Kontinent ziehen musstest."

„Ich musste mich testen, meinen Horizont erweitern, mich daran erinnern, wer ich bin. Er hat so schnell wieder geheiratet, und ich bin nicht von der Stelle gekommen. Ich hatte wirklich vor, nur zwei Wochen in Paris zu bleiben. Doch dann habe ich jemanden kennengelernt, einen fabelhaften Mentor, der Größe in mir sah. Ich musste bleiben und sehen, wie weit ich kommen konnte. Ich war in einer solch glorreich kreativen Phase, wie ich sie seit deiner Geburt nicht mehr gehabt hatte. Ich musste bleiben. Und dann bekam ich allmählich Ausstellungen in Galerien. Die Leute kauften meine Arbeit. Sie haben mich geliebt da drüben. Wie hätte ich das alles hinter mir lassen können?"

„Wie konntest du mich hinter dir lassen?", fragte Amber, und ihr gefiel gar nicht, dass ihre Stimme so leise klang. „Ich hätte mit dir in Paris leben können, an deiner Seite lernen. Du wusstest, wie ich es liebte zu malen."

„Ich hatte nicht das Gefühl, beides tun zu können. Eine großartige Künstlerin und eine großartige Mutter zu sein. Und dein Dad und Maxine haben es mit Kate wunderbar hinbekommen. Ich dachte, da wärest du besser aufgehoben."

„Und keine Anrufe? Keine Besuche? Nichts?"

„Ich dachte, es würde dich verwirren. Du hattest eine neue Familie. Ich wollte nicht, dass du am Ende des Besuchs traurig warst."

„Also hast du mich einfach die ganze Zeit über traurig sein lassen."

„Dein Dad hat mir Fotos geschickt. Du sahst glücklich aus."

Tränen brannten in ihren Augen. „Ich kann für ein Foto lächeln, ohne wirklich glücklich zu sein."

Ihre Mutter schwieg. Die harte Wahrheit war, dass es bequem für ihre Mutter gewesen war, zu glauben, dass ihre Tochter mit ihrer neuen Familie glücklich war. Ihre Mutter hatte gewollt, dass das der Wahrheit entsprach, um sich von jeglicher Verantwortung freizusprechen.

Amber lauschte den Vögeln und den kleinen Kindern, die in der Nähe spielten. Es gab nichts mehr zu sagen. Ihre Mutter hatte nichts, was einer guten Entschuldigung dafür, dass sie Amber im Stich gelassen hatte, auch nur nahekam. Keine verlorenen Gliedmaßen, keine Geisteskrankheit, nichts. Sie hatte einfach nur eine großartige Zeit als Künstlerin in Paris verbracht.

Amber stand auf.

„Ich würde trotzdem gern deine Kunst sehen", sagte ihre Mom.

„Ich werde dir ein Foto schicken", sagte Amber. „Darauf werde ich sogar lächeln. Dann solltest du dich besser fühlen."

„Okay", sagte ihre Mutter. „Das habe ich verdient. Und wenn du mich wirklich nicht dahaben willst, werde ich nicht kommen."

„Danke. Dann heißt das wohl Lebewohl."

Ihre Mutter stand auf. „Ich bleibe noch die ganze Woche in einem Hotel in der Stadt, wenn du es dir anders überlegst und mich sehen möchtest." Sie zögerte. „Wenn du möchtest, können wir ins Met oder das Museum of Modern Art gehen."

Ambers Augen füllten sich auf die Einladung hin, denn es war bei weitem zu wenig, bei weitem zu spät. „Leb wohl, Mom."

Sie ging geradewegs zu Bare, der aufsprang und sie in seine Arme nahm. Er beugte sich hinab an ihr Ohr. „Geht es dir gut?"

Sie schniefte. „Wird schon."

Er löste sich von ihr und musterte ihr Gesicht. „Was kann ich tun?"

„Bring sie einfach zurück zum Bahnhof. Ich fahre nach Hause. Ich bin erschöpft."

„Okay, Liebes", sagte er, umfasste ihr Gesicht und wischte eine Träne beiseite. „Ich seh dich dann heute Abend für deinen großen Auftritt."

Sie nickte und eilte davon zu ihrem Wagen.

～

NACHDEM SIE NOCH EINMAL LANGE GEWEINT UND dann geschlafen hatte, hatte Amber das Gefühl, als könnte sie sich jetzt der Party in der Kunstgalerie stellen. Vielleicht hatte sie keinen kommerziellen Erfolg als Künstlerin, doch sie war stolz auf ihre Arbeit. Sie würde mit erhobenem Kopf in diese Galerie gehen und stolz sein.

Steph und Daisy kamen etwas früher, daher konnten sie sich zusammen fertig machen. Daze hatte gesagt, sie würde sie alle in die Stadt fahren und für den Abend ihr Fahrer sein.

Daze reichte ihr ein paar schicke Federohrringe, die zu ihrem kleinen schwarzen Lieblingskleid passten. Ihre Freundin trug ein Umstandskleid, hatte die Haare hochgesteckt, und ein paar Strähnen hingen herunter. Steph versuchte, etwas mit Kates Haaren zu machen. Obwohl Kate protestierte, sie sehe lächerlich aus, während Steph sich mit einem Lockenstab an ihre Haare machte, lächelte Steph weiter. Allmählich wurde Amber misstrauisch.

„Steph, hör mit diesem verrückten Lächeln auf", sagte Amber. „Du siehst aus wie einer von diesen unheimlichen Clowns."

Steph lachte. „Ich bin nur glücklich. Das ist eine Party zu deinen Ehren!"

Amber schob sich ein klobiges Armband aus Silber über. „Ich weiß nicht, weswegen du dann so viel lächeln musst, aber okay."

Steph verbarg ein weiteres Lächeln.

„In einer Minute werde ich dir dieses Lächeln aus dem Gesicht schlagen", drohte Amber.

Steph duckte sich hinter Kate.

„Das war wirklich nett von Barry", sagte Daze vom Bett aus, auf dem sie sich jetzt ausgebreitet hatte und sich auf dem Kissen fläzte. „Ich werde nur eins über ihn sagen. Wenn er sich etwas in den Kopf gesetzt hat, dann kleckert er nicht. Habt ihr dieses verrückte Dreiradrennen letztes Jahr beim Straßenfest gesehen?"

„Ich hab das Straßenfest letzten Sommer verpasst", sagte Amber.

„Ich auch", sagte Steph. „Was ist passiert?"

Daze' Augen tanzten vor Lachen. „Barry hat die Führung übernommen, mit den Kindern eine fröhliche Verfolgungs-jagd angefangen und fast das Zelt umgefahren."

Amber konnte sich das perfekt vorstellen.

„Und sein Laden", sagte Daze. „Wie er als Kuh so richtig abgeht? Wie er als Pirat so richtig abgegangen ist?"

Amber drehte sich langsam um. „Ich habe das Gefühl, ihr versucht, mir etwas zu sagen. Hat Bare etwas Großes vor, auf das ich vorbereitet sein sollte?"

„Absolut nicht", sagte Kate. „Das würden wir niemals sagen."

„Warum würdet ihr das nicht sagen?", fragte Amber. „Hat Bare euch schwören lassen, es geheim zu halten?"

Kate trat von Steph zurück und schüttelte ihre Haare aus. Die Hälfte war gelockt. „Also, ich bin fertig. Entschuldigt mich, ich suche mir einen für dieses Ereignis passenden Lippenstift."

Ihre Schwester sprach immer etwas förmlicher, wenn sie nervös war. Kate ging rasch davon. Ihre Schwester benutzte nicht einmal Lippenstift. Amber verengte die Augen und sah erst Steph, dann Daze an.

Steph und Daze tauschten einen Blick aus.

„Erzählt es mir", sagte Amber.

Steph legte einen Arm um ihre Schulter. „Entspann dich, das ist dein Abend. Du bist der Star."

„Du machst mir Angst", sagte Amber.

Daze setzte sich auf und schwang ihre Beine seitlich über das Bett. „Weißt du noch, wie Bare ein schneidiger Pirat war und dich vor allen über seinen Arm gebeugt und geküsst hat?"

„Ja."

„So etwas in der Art", sagte Daze. „Nichts Schlimmes. Das verspreche ich. Und wenn du ihn nicht küssen möchtest" – sie wedelte mit einer Hand durch die Luft – „Knall ihm einfach eine und sag ‚frech'!"

Amber kicherte. „In Ordnung."

Kurze Zeit später gingen sie nach draußen, und er blieb abrupt stehen. Eine schwarze Limousine wartete mit einem uniformierten Chauffeur.

„Die Damen", sagte der Mann und öffnete die hintere Tür. „Ich bin Ken. Ich werde heute Abend Ihr Fahrer sein."

Kate schob sie vorwärts „Komm schon. Die ist für uns."

Sie konnte es nicht fassen, dass Bare ihnen eine Limousine für ihre Fahrt in die Stadt gemietet hatte. „Ist Bare da drin?"

Kate schüttelte den Kopf. „Er und Ian sind etwas früher hingefahren, um alles aufzubauen."

„Lasst uns gehen!", sagte Steph und drängte sich vor.

Sie stiegen ein. Drinnen stand bereits der Champagner kühl und ein Teller mit schokoladenüberzogenen Erdbeeren daneben. Sie spürte, wie sie dahinschmolz. Er kleckerte wirklich nicht. Und er hatte sich entschuldigt. Mehr als einmal. Und dann diese süße Gleichung, und wie er bei ihrer Mom für sie da gewesen war.

„Mmm …", machte Daze. „Reich mir mal eine von diesen Erdbeeren. Ich hab solch ein Verlangen danach."

Sie tranken Champagner, außer Daisy wegen ihrer Schwangerschaft, und verschlangen die Erdbeeren. Als sie ankamen, war Amber guter Laune.

Sie betrat die Galerie und schnappte nach Luft. Obwohl sie wusste, dass es eine Party und nicht wirklich eine Ausstellung war, war der Effekt, ihre Bilder gerahmt und an den Wänden der Galerie wie das Werk eines echten Künstlers zu sehen, überwältigend. Phänomenal. Ein lebensverändernder Ein-Traum-wird-wahr-Moment.

Plötzlich war sie zittrig. „Leute ..." Sie nahm Stephs Arm. „Geht mit mir. Ich würde gern alles sehen."

„Das ist großartig", sagte Daze. „Seht euch nur diese wunderschönen schwarzen Rahmen an."

Und die Mattierung.

Und die Kellner in Livree.

Ein Kellner trat mit einer Platte voller Kokosnussshrimps an ihre Seite. Alle nahmen sich eine. Amber sah sich um. Sie entdeckte ihren Vater und ihre Stiefmutter, die Besetzung von *The Pirates of Penzance,* die zusammen kauerten, einige Freunde von der Arbeit, Ian, doch wo war Bare? Wo war der Mann hinter diesem verrückten Ereignis? Der Mann, den sie von ganzem Herzen liebte. Plötzlich wollte sie ihn unbedingt sehen.

Ihr Dad und ihre Stiefmutter kamen zu ihr. „Herzlichen Glückwunsch!", sagte Maxine. „Dein Vater und ich sind beeindruckt."

„Deine Arbeit ist ganz schön aussagekräftig", sagte ihr Dad, und Emma vermutete, dass das das beste Kompliment war, das sie jemals von jemandem bekommen würde, der Kunst für Zeitverschwendung hielt.

„Danke!", sagte sie.

„Kate, warst du zufrieden mit deiner Zeit bei Amber?", fragte Maxine.

„Ja, Mom", erwiderte Kate.

Amber war sich nicht sicher, ob sie über den Besuch sprachen, ihren nicht länger jungfräulichen Zustand oder ihre Studien. Bei ihrer Familie war sie immer verwirrt.

„Deine Mutter wollte dich sehen", sagte ihr Dad und klang beinahe entschuldigend.

Amber nahm einen tiefen Atemzug. „Ich habe sie gesehen. Und ich habe Lebewohl gesagt. Sie wird heute Abend nicht kommen."

„Oh", sagte ihr Dad. „Vielleicht ist es am besten so. Wenn es das ist, was du möchtest."

„Das ist es, was ich möchte", sagte sie überzeugt.

„Ich habe deinen Freund kennengelernt", sagte ihr Dad. „Sehr nett. Sehr rücksichtsvoll."

Sie lächelte. „Wo ist er?"

„Er hat sich deine Gemälde angesehen", sagte Maxine. „Ich bin mir sicher, er ist hier irgendwo."

Sie wandte sich an ihre Freunde. „Wollen wir uns die Bilder ansehen?"

„Geh voraus", sagte Steph.

Sie gingen zum ersten Gemälde. Ihrem Lieblingsbild, dem Drachen. Sie lächelte. Sie hatte dieses Bild vermisst. Sie hätte es zu Hause an ihrer Wand behalten sollen.

„Das hier mag ich wirklich", sagte Kate. „Kann ich es kaufen?"

„Ich glaube, ich kaufe es vielleicht zurück", sagte Amber. „Ich vermisse es."

Sie gingen zu den nächsten Bildern. Es fühlte sich an, als begrüßte sie alte Freunde. Hallo, rot-schwarzes abstraktes Bild. Hallo, ängstliches Gemälde meiner Vergangenheit. Hallo, Flammen auf Wolken. Steph und Daze plauderten ununterbrochen, machten ihr Komplimente, gaben ihr das Gefühl, wegen der von ihrem Freund organisierten Ausstellung nicht so beschämt sein zu müssen. Es war schön, ihre Kunst mit ihrer Familie und ihren Freunden teilen zu können. Doch sie hatte immer noch nicht den Mann dahinter gesehen.

Sie drehte sich zu Kate um. „Siehst du Bare?"

Kate sah sich um. „Nein, aber ich weiß, dass er hier ist. Ich bin mir sicher, wir werden ihn bald sehen. Er war sehr beschäftigt damit, dieses Ereignis auf die Beine zu stellen."

Sie erreichten das Ende des Gangs vor einer Reihe von drei Gemälden. Eine kleine weiße Karte nannte den Titel und den Künstler. Es war Elation. Auf dem ersten Bild waren explodierende Punkte zu sehen, auf dem zweiten hüpfende Marshmallows, auf dem dritten ein fröhlicher Sonnenuntergang. Es war ganz anders als ihre sonstige Arbeit, skurril, aber auch naturalistischer. Sie erinnerte sich daran, dass sie es gemalt hatte, nachdem sie ihr erstes Gemälde auf eArt verkauft hatte. Sie war gehobener Stimmung gewesen. Zwar unwissend, aber dennoch. Das Gefühl dahinter war echt gewesen.

„Ich verstehe es nicht", sagte Kate.

„Das ist lustig", sagte Daze.

„Mir gefällt der Sonnenuntergang", sagte Steph.

„Es fängt perfekt die Emotionen ein", sagte die Stimme einer Frau. Amber drehte sich um. Es war Delilah.

„Hallo, Darling", sagte Delilah und küsste Amber auf beide Wangen. „Wie viel für diese Reihe?"

„Oh, das ist eine Privatsammlung", sagte Amber. „Nur zu Ausstellungszwecken."

„Ich gebe dir eintausend Dollar", sagte Delilah.

„Verkauft!", sagte Kate und stieß Amber ihren Arm in die Rippen.

Delilah lächelte. „Wunderbar! Mir gehört eine kleine Galerie in South Norfolk. Ich werde mich mal umsehen. Mal sehen, was mir noch so ins Auge fällt."

Delilah ging zum nächsten Gemälde, dann zum nächsten, während Kate an ihrer Seite blieb und ihr Zahlen zuwarf.

Amber sah ihnen hinterher, ihr war ein wenig schwindlig. Hatte sie wirklich gerade ein Bild an eine echte Galerie verkauft? Sie tauschte einen erstaunten Blick mit Steph und Daze aus. Dann quietschte Steph, packte sie, und alle drei umarmten sich und hüpften umher.

BARRY BLIEB IM HINTERGRUND, wartete sozusagen in den Flügeln, gab Amber Gelegenheit, all ihre Werke zu bewundern, die in der Galerie hingen. Sie hatte ihre Freundinnen in der Nähe, war einmal durch die Galerie gegangen und plauderte jetzt mit der Besetzung und der Crew ihrer Aufführung. Sie lächelte.

Der Moment würde nicht besser werden. Er nickte Ian zu, der die Lichter dimmte. Vogelgesang war über die Lautsprecher zu hören. Es war der Vogelgesang seines Weckers. Eine Erinnerung an ihre gemeinsamen Morgen in seiner Wohnung.

Er trat hinaus und ging auf sie zu. Ihre Wangen und ihre Brust waren gerötet. Ja, sie erinnerte sich. Er trug einen Anzug, denn das hier war eine verdammt wichtige Gelegenheit.

Der Effekt, wieder in ihrer Nähe zu sein, zu wissen, dass sie ihm verziehen hatte, war überwältigend. Dieses Kleid, das sich an ihre Kurven schmiegte, die hohen Absätze, der auffällige Schmuck, ihr Duft, ein Hauch Rosen von ihrem Shampoo, diese pinkfarbenen Strähnen in ihrem blonden Haar. Er konnte nicht widerstehen, sie zu berühren. Er legte seine Hände an ihre Taille und hielt sie so fest.

„Gefällt dir die Ausstellung?", fragte er.

Sie grinste. „Delilah hat gerade eine ganze Serie meiner Bilder für ihre Galerie gekauft."

„Hat sie das? Ich wusste gar nicht, dass sie eine Galerie besitzt. Das ist großartig! Herzlichen Glückwunsch!"

Sie strahlte zu ihm auf, und er wünschte sich, er könnte sie immer so glücklich sehen. Er würde sein Bestes tun, um dafür zu sorgen.

„Also, was hat es mit dem Vogelgesang auf sich?", fragte sie.

Er hob eine Hand, um die Musik zu stoppen. Er drehte sich zu ihr zurück. „Ich werbe um dich."

Ihre Brauen zogen sich verwirrt zusammen.

Steph kicherte in der Nähe. „Werbung!"

„Schh!", machte Daze und zog Steph ein Stück weg.

Er hob eine Hand, damit alle aufmerksam wurden. „Hört bitte zu, ich bin euch allen sehr dankbar, dass ihr zu der ersten von, wie ich mir sicher bin, vielen Amber Lewis Kunstausstellungen gekommen seid. Mir wurde gerade gesagt, dass bereits etwas verkauft wurde!"

Alle applaudierten.

Er hob eine Hand. „Ich werde ein paar Gemälde in dem Haus aufhängen, von dem ich hoffe, dass wir es bald als Mann und Frau kaufen werden."

Ambers Hand packte seinen Arm. „Bare –"

„Lass mich nur das sagen." Er drehte sich zu ihr um. „Amber, ich liebe dich schon seit dem Tag, an dem wir uns kennengelernt haben."

Die Menge machte im Chor Aww.

Sie schüttelte den Kopf. „Da war ich ja noch mit Rick zusammen", sagte sie leise.

„Ich weiß. Ich habe das ja auch nicht geplant. Es ist einfach passiert."

Er zog sie enger an sich und sprach so leise, dass nur sie es hören konnte. „Es tut mir leid, dass ich dich mit deinen Gemälden etwas Falsches habe annehmen lassen. Ich werde dich nie wieder in die Irre führen."

Sie blinzelte rasch. „Oh, Bare. Ich kann doch niemals lange wütend auf dich sein. Du bist einfach zu verdammt liebenswert."

Er grinste. „Bin ich das?"

Sie lächelte, und es war, als würden alle Vögel gleichzeitig singen. „Das bist du."

„Habt ihr das gehört?", fragte er die Menge. „Sie liebt mich!"

Alle applaudierten.

„Ich habe das perfekte Haus für uns gefunden", sagte er.

„Es ist in Clover Park. Es hat große Fenster mit viel Licht, Platz für ein Studio, viele Wandflächen, an die du deine Bilder hängen kannst. Ich kann es kaum erwarten, es dir zu zeigen."

„Ich kann es auch nicht abwarten, es zu sehen. Moment, hast du es gekauft?"

„Nein, ich werde nichts hinter deinem Rücken tun. Ich lerne aus meinen Fehlern." Er nahm ihre Hände. „Ich kann dir gar nicht sagen, wie sehr ..." Seine Stimme brach und kam als lautes Knurren heraus. „Ich habe dich die vergangenen Wochen so vermisst."

Sie warf sich ihm in die Arme. „Ich habe dich auch vermisst. So, so sehr."

Er hielt sie ganz fest, war so erleichtert, dass sie ihm verziehen hatte, so glücklich, dass sie zu ihrer Galerie-Party gekommen war.

Kate kam zu ihnen und legte ihre Arme um sie beide. „Gern geschehen."

Amber löste sich und lachte. „Danke, Kate, dass du dich so hartnäckig darum bemüht hast, mich herzubekommen."

Er drehte sich um. „Ja, danke, Kate! Und wenn du jetzt noch einmal etwas zurücktreten könntest. Ich habe ein Geschenk für Amber."

Kate trat zurück und lächelte wie verrückt. Amber sah ein wenig nervös aus. Er hoffte, es würde ihr gefallen. Was dachte er sich eigentlich? Natürlich würde es das. Es war ihre Lieblingssache.

Er machte dem Kellner hinten ein Zeichen, der sich mit einem großen Käserad vor Amber stellte, das mit einem roten Band verziert war.

Sie starrte es an. „Du schenkst mir Käse?"

Er schaukelte auf seinen Fersen vor und zurück. „Ja."

Sie nahm das ihr angebotene Käserad und taumelte etwas unter dessen Gewicht. Er streckte die Hand aus, um sie unter der Last im Gleichgewicht zu halten. Alle sahen zu und flüsterten.

„Bare", sagte sie und sah ihn über das riesige Käserad hinweg an, „warum schenkst du mir Käse?"

Er grinste. „Weil ich weiß, dass du Käse magst."

Sie starrte ihn an. „Ich mag tatsächlich Cheddar. Okay. Danke!"

Er verkniff sich ein Lachen. „Iss ihn bald, okay?"

„Okay."

„Lass uns das doch jetzt gleich tun!"

„Ähm, okay."

Er neigte seinen Kopf zu einem kleinen Tisch. „Komm schon."

Sie folgte ihm zu dem Tisch, wo er das Käserad ablegte. „Errätst du, was passiert, wenn du dich bis zum Boden vorisst?"

„Dann bekomme ich Bauchschmerzen?"

Er lachte. „Nein", sagte er langsam. Er ging auf ein Knie hinunter und hielt den Käse in ihre Richtung.

Unsicher sah sie ihn an. Dann beugte sie sich vor, als wollte sie hineinbeißen. Er drehte das Rad um, damit sie den Schatz sehen konnte, den er dort verborgen hatte.

„Amber, willst du mich heiraten?"

Sie griff in den kleinen Hohlraum, den er in das Käserad geschnitzt hatte, und zog ihren diamantenen Verlobungsring hervor.

„Mit dir wird mein Leben wohl niemals langweilig werden, was?", fragte sie.

Er grinste. „Nein, wird es nicht."

„Wie lautet deine Antwort?", rief Ian.

„Ja!" Amber schob den Ring auf ihren Finger. Alle jubelten.

Er legte das Rad auf den Tisch, packte sie, beugte sie über seinen Arm und küsste sie. Sie hörten ein paar Pfiffe, und er richtete sie wieder auf. Sie warf ihre Arme um ihn und umarmte ihn ganz fest. Er wollte sie nie, nie wieder gehen lassen. Sein Körper war in Alarmbereitschaft, drängte ihn, sie zu nehmen. Bald.

Sie stellte sich auf Zehenspitzen und knurrte in sein Ohr: „Bare, hier und jetzt."

Er wurde stocksteif, seine einzige Reaktion war, dass seine Hände ihre Taille etwas weniger festhielten. Dann ging er in Aktion. „Amber hat ein Gemälde in meinem Wagen vergessen. Wir sind gleich wieder da."

Sie rannten lachend zu einer Garderobe ganz hinten in der Galerie, in der keine Mäntel hingen und die kein Schloss an der Tür hatte, und vereinigten sich zum ersten Mal als zukünftiges Ehepaar.

EPILOG

Amber tanzte langsam mit Bare auf ihrem Hochzeitsempfang, sie trug ihr rosa Hochzeitskleid, das perfekt zu den pinkfarbenen Strähnen in ihren Haaren passte. Sie war jetzt Amber Lewis-Furnukle. Kate war entschlossen, sich ihren eigenen Furnukle zu schnappen und hatte sich den ganzen Abend Bares Bruder Daniel an den Hals geworfen, einem puritanischen Militärtypen. Ian war gar nicht er selbst, störte Kate und Daniel ständig, indem er ihren langsamen Tanz unterbrach. Daniel schien das Ganze amüsant zu finden.

Die Hochzeit fand im Oktober statt, denn das war ihre Lieblingsjahreszeit. Es gab ihr außerdem Zeit, in dem Studio ihres neuen Hauses ein Hochzeitsgeschenk für ihn vorzubereiten. Mit ausgerechnet Kevins Hilfe hatten sie das Haus im Kolonialstil in Clover Park für ein Schnäppchen erstanden. Kevin hatte versucht, auf eine Kommission zu verzichten, doch Bare hatte sie dennoch gezahlt, er trug ihm nichts nach. So groß war Bares Herz. Sie hatte ein großes Herz gemalt und es als ihr eigenes Liebesgedicht an ihn in ihr Haus gehängt, um ihm zu zeigen, was sie am meisten an ihm liebte.

Doch das, was ihm am besten gefiel – was er ihr sagte, indem er ihr ununterbrochen neue Pinsel, Farben und Leinwände schenkte – war die Sammlung von sechs Vögeln, die sie als Hochzeitsgeschenk gemalt hatte. Sie hatte Fotos von den seltenen Entdeckungen gemacht, über die er sich so gefreut hatte, wenn sie morgens bei ihren Ausflügen Vögel beobachtet hatten, und sie auf der Leinwand wiedergegeben. Das war sein Käserad.

Bare wirbelte sie auf der Tanzfläche herum, als das Lied schneller wurde, und der rosa Tüll ihres Hochzeitskleides flog um sie. Sie erhaschte Blicke auf ihre Familien, Freunde, die Besetzung des Theaterstücks, das sie zusammengebracht hatte, selbst ihre Mutter. Bare hatte darauf bestanden, dass sie eingeladen wurde. Er hatte Amber davon überzeugt, dass sie ja nicht die beste Freundin ihrer Mutter werden musste, doch es war wichtig, sie als ihre Familie anzuerkennen. Sie hatte sich dagegen gesträubt, doch letzten Endes fand sie, dass er recht hatte. Ihre Entscheidung wurde dadurch erleichtert, dass sie so gut mit Bares Mom klarkam, einer süßen, gefühlvollen Frau, die Amber oft zum Mittagessen und zum Shoppen einlud. Sie hatte das Gefühl, durch die Hochzeit eine neue Mom bekommen zu haben.

Amber hatte nicht erwartet, dass ihre Mutter bei der Hochzeit auftauchen würde, so, wie sie auseinandergegangen waren, doch sie war es. Sie bemühte sich. Amber wusste, dass sie sich ihrer Mutter niemals nahe fühlen würde, doch was sie hatten, reichte. Amber hatte ihren Frieden damit gemacht und war endlich in der Lage, all den Zorn, den sie so lange verspürt hatte, loszulassen.

Bare wirbelte sie ein weiteres Mal herum und legte seine Hände um ihre Taille, zog sie an sich.

„Amber", knurrte er, und allein bei dem einen Wort begann sie zu pochen. Es war die strenge, knurrende Stimme, die je nach Situation etwas anderes bedeuten konnte, aber *immer* Liebe hieß. „Ich liebe dich."

Wieder sah sie ihm in die warmen braunen Augen und strahlte. „Ich liebe dich auch."

Er zog sie wieder an sich und sprach direkt in ihr Ohr. „Amber", knurrte er.

Diesmal war ein anderer Unterton zu hören. Einer, der andeutete, dass er etwas von ihr wollte. Sie versuchte, sich von ihm zu lösen, doch er hielt sie fest.

Sie spürte, wie sie rot wurde. „Sag es bitte nicht."

„Hier", forderte er.

„Hier sind zu viele Leute. Das ist zu peinlich."

„Komm schon", lockte er sie. „Bitte. Für deinen Ehemann."

Er hatte sie deswegen angefleht, seitdem sie ihre Hochzeit geplant hatten. Seufzend gab sie nach. Er erkannte den Moment, in dem er gewonnen hatte, denn er ließ sie los, trat zurück und lächelte.

Und dann legte sie für ihn einen Irish Jig hin.

„Ich liebe dich, Frauenzimmer!", rief er, dann ging er zu ihr.

Die Menge teilte sich, um zu klatschen und sie anzufeuern. Sie warf ihre Füße hoch und überraschte ihn mit der Bewegung. Er warf seinen Kopf zurück und lachte. Dann tat er dasselbe, warf ebenfalls seine Füße in die Luft und übernahm die Führung. Sie blieb an seiner Seite, trat um sich, dank der Stunden, die Jasmine ihr vor ein paar Wochen gegeben hatte. Ian gesellte sich hinzu, dann Kate auf merkwürdig roboterhafte Art, dann Zac, der ganz agil auf den Beinen war. Bis alle auf der Tanzfläche waren, klatschten und mittanzten.

Warum hatte sie jemals gedacht, dass sie so verschieden wären?

Sie waren einfach nur zwei verspielte Herzen bei Tag. Zwei umeinander geschlungene Körper in der Nacht. Und am Morgen und am Nachmittag.

Zwei Seelen, die für ein Leben verschmolzen waren.

Verpassen Sie nicht das nächste Buch in dieser Serie, *Beinahe romantisch*, in dem es um Barrys attraktiven Bruder Ian und Ambers brillante Schwester Kate geht!

Die Physikerin Kate Lewis ist schockiert, als der Mann, den sie zurückgelassen hat, tausende von Meilen reist, um bei der Weihnachtsfeier des Physikalischen Instituts reinzuschneien und sie um eine zweite Chance zu bitten. Kate hat keine Fernbeziehungen. Doch sie hat Ian. Mehrmals. Kleines Problem — sie hat einen Freund. Zu schade, dass Liebe keine Wissenschaft ist.

Erhalten Sie die neuesten Nachrichten zuerst in Kylies Newsletter! kyliegilmore.com/DEnewsletter

WEITERE BÜCHER VON KYLIE GILMORE

Liebe von der Leine gelassen Serie << Heiße romantische Komödien mit Hunden!

Fetching – Deutsche Ausgabe (Buch 1)

Dashing – Deutsche Ausgabe (Buch 2)

Sporting – Deutsche Ausgabe (Buch 3)

Toying – Deutsche Ausgabe (Buch 4)

Blazing – Deutsche Ausgabe (Buch 5)

Die Clover Park Serie << Brüder, für die die Familie an erster Stelle steht!

Das Gegenteil von wild (Buch 1)

Daisy schafft alles (Buch 2)

In den Falschen verguckt (Buch 3)

Ein Weihnachtsmann zum Küssen (Buch 4)

Vermieter küsst man nicht (Buch 5)

Nicht mein Romeo (Buch 6)

Bring mich auf Touren (Buch 7)

Clover Park Braut (Buch 7.5)

Gewagte Verlobung (Buch 8)

Retter in der Not (Buch 9)

Eine verführerische Freundschaft (Buch 10)

Ein Geschenk zum Valentinstag (Buch 11)

Raus aus der Tretmühle (Buch 12)

Die Happy End Buchclub Serie << Die Campbell Familie und ein Liebesromanbuchclub prallen aufeinander!

Hollywood Inkognito (Buch 1)

Ärger im Anzug (Buch 2)

Gewagtes Spiel (Buch 3)

Förmliche Vereinbarung (Buch 4)

Wenn der Bad Boy keiner ist (Buch 5)

Ein Störenfried zum Verlieben (Buch 6)

Schicksalsbegegnungen (Buch 7)

Eine Romantische Chance (Buch 8)

Ein sündhafter Flirt (Buch 9)

Ein unbequemer Plan (Buch 10)

Eine Happy End Hochzeit (Buch 11)

**Die Rourkes Serie << Prinzen, bei denen man ins Schwärmen
gerät, und ebenso fantastische Prinzessinnen**

Königlicher Fang (Buch 1)

Königlicher Hottie (Buch 2)

Königlicher Darling (Buch 3)

Königlicher Charmeur (Buch 4)

Königlicher Playboy (Buch 5)

Königlicher Spieler (Buch 6)

Abtrünniger Prinz (Buch 7)

Abtrünniger Gentleman (Buch 8)

Abtrünniges Schlitzohr (Buch 9)

Abtrünniger Engel (Buch 10)

Abtrünniger Fratz (Buch 11)

Abtrünniger Beschützer (Buch 12)

Die Clover Park Charmeure Serie <<süße und sexy Charmeure!

Beinahe drüber weg (Buch 1)

Beinahe zusammen (Buch 2)

Beinahe Schicksal (Buch 3)

Beinahe verliebt (Buch 4)

Beinahe romantisch (Buch 5)

Beinahe frisch verheiratet (Buch 6)

Sehen Sie sich auf meiner Website die aktuelle Liste meiner Bücher an: https://www.kyliegilmore.com/deutsch/

ÜBER DIE AUTORIN

Kylie Gilmore ist die USA Today Bestsellerautorin der Happy End Buchclub Serie, der Clover Park Serie, der Clover Park Charmeure Serie, der Rourke Serie und Liebe von der Leine gelassen Serie. Sie schreibt unterhaltsame Romanzen, die die LeserInnen zum Lachen und zum Weinen bringen und zu einem Glas Eiswasser greifen lassen.

Kylie lebt mit ihrer Familie, zwei Katzen und einem verrückten Hund in New York. Wenn sie nicht gerade schreibt, Kinder bändigt oder bei Autorenkonferenzen pflicht-bewusst Notizen macht, findet man sie beim Stretching – bis ganz nach oben ins oberste Regal, um dort ihren geheimen Schokoladenvorrat zu erreichen.

Melden Sie sich für Kylies Newsletter an, damit Sie keine ihrer Neuerscheinungen verpassen. https://www.kyliegilmore.com/DEnewsletter

Mehr finden Sie auf Kylies Website https://www.kyliegilmore.com/deutsch/